바다, 인간의 조건

바다, 인간의 조건

이강산 중편소설

도서출판 b

별의 나라

᠔᠔

신촌 은하수

이명만 지울 수 있다면, 나는 처음부터 다시 시작하겠다.

신촌역에 내리면서 용주는 중얼거렸다. 4번 출구 계단을 오르는 동안에도 혼잣말을 반복했다. 마치 문장을 다듬기라도 하듯 입천장과 혓바닥 사이로 몇 번씩 굴렸다. 같은 열차, 같은 시간, 같은 식당이 십여 일 사이에 세 번씩이나 반복되다니. '닭한마리칼국수'에 앉은 다음이다. 물 한 컵을 단숨에 들이켜는 순간, 딱 한 번 다른 상상을 했을 뿐 주문한 칼국수가 나올 때까지 독백을 멈추지 않았다. 처음 한 문장으로 시작된 독백은 입술과 혀와 천정과 목젖을 휘돌며 탁마되는 동안 걷잡을 수 없이 확장되었다.

이명만 지울 수 있다면…… 나는 오늘 태어난 것처럼 다시 살겠다. 모든 욕망을 포기하겠다. 아무것도 바라지 않고, 흐르는 물처럼 살겠다. 흘러가는 대로, 조용히, 어제와 오늘과 내일, 매일 같이 반복되는 나를 위해 살겠다. 나의 변화와 차이 때문에 발버둥 칠 필요도 없다. 예술가는 진정한 차이를 창출하는 노마드Nomad. 이게 무슨 의미가 있는가. 들뢰즈의 차이와 반복, 모네의 루앙 성당. 대체 이게 나와 무슨 상관이 있는가. 이명만 지울 수 있다면 내일부터 존재하지 않는 것처럼 살 수 있겠다. 한순간만이라도 내게 그런 기회가 주어진다면.

용주는 칼국수를 들어 올리던 젓가락을 내려놓았다. 옥천 경매장에서 속옷이 젖던 어제보다 날이 무더웠으나 허기는 느껴지지 않는다. 막 열두 시가 지나는 중이다. 아직 때가 이르다. 때가 이른 게 아니라 시간에 익숙해져 있다. 불과 두 주일 사이에 세 번째 앉은 식당이다. 그것도 거의 비슷한 시간에. 첫날과 둘째 날엔 허기 때문에 칼국수 국물까지 깨끗이 비웠다. 이른 아침에 집을 떠나 두 시간 반 만에 식당 의자에 앉았다. 공복처럼 위가 가벼웠다. 그러나 세 번째 찾은 오늘은 아니다. 한낮의 더위도 허기도 견딜 만하다. 그동안 4번 출구에서 칼국수 식당으로 직행했다. 오늘은 길을 바꾸어 현대백화점 신촌점 앞의 창천문화공원을 둘러볼 만큼 여유가 있었다. 기역 자 형태의 빨간 철골 조형물 밑부분에 그려놓은 흰 별도 보았다. 왼쪽 별보다 오른쪽 별이 조금 더 밝고 컸다.

별에 땀 묻히지 마!

오른쪽 별 좌우에 붙어 서서 휴대폰 셀카 촬영하던 남녀 학생의 대화도 엿들었다. 용주는 그동안의 직진을 버리고 우회를 하자니 느긋해진 걸음만큼이나 마음도 가벼웠다. 아하, 땡볕에서도 가벼워질 수 있구나. 목덜미에 끈적끈적하게 달라붙는 땀방울을 느끼면서 가볍다, 라는 낱말을 잠깐 베어 물다 뱉었다. 다른 상념들이 밀치고 떠올랐기 때문이다. 단 세 번 만에 낯선 세상에 적응하다니. 오감의 체계를 무너뜨리고 생물학적 욕망을 억제할 수 있다니. 카메라를 부수고, 욕망을 찢어발긴 채 이십여 년 홀로 세상을 떠돈 몸과 마음이 자신도 모르게 진화한 것일까. 진화가 아니라 변이일까. 어디서든, 어떤 환경에서든 생존할 수 있도록 내 안에 돌연변이의 숙주가 기생하는 것은 아닐까. 용주는 불현듯 자신이 의아해졌다. 오랜 세월을 동행한 듯 익숙한 이 시공간은 기껏 세 번 마주했을 뿐이다. 그런데 자신을 이곳까지 끌고 온, 지금 이 순간의 자신이 왠지 처음 만난 사람처럼 낯설게 여겨졌다.

용주는 목을 앞뒤로 꺾은 뒤 두 손으로 칼국수 그릇을 감싸 쥐었다. 그릇이 아직 뜨겁다. 오래전부터 손바닥으로 느껴온 열기다. 뜨거우면서도 아늑한 사람의 체온 같은 열기. 젓가락을 들어 칼국수 가닥을 두어 바퀴 휘젓고 식탁에 내려놓았다. 점심이 너무 늦으면 안 되었다. 저녁에 진호 형 별장에서 먹기로 한 제육볶음 맛이 떨어질 것이다. 그래도 선뜻 먹고 싶은 생각이 없다. 한 젓가락만 맛이나 볼까 하고 젓가락을 들다가 다시 내려놓았다. 젓가락질하기 전에 먼저 이명을 달래야 하지 않을까.

죄송하지만 먼저 식사할 테니 잠시 기다려주시지요.

진지하면서도 절실하게 이명의 손을 잡고 분기를 가라앉혀야 할 것 같다. 용주는 목뼈 소리가 들리지 않도록 조심조심 좌우로 고개를 흔들었다. 왼손 검지로 왼쪽 귀 입구를 천천히 비빈 다음, 오른손 검지로 오른쪽 귀 입구를 지그시 누르며 다시 비볐다. 무더위 탓인가, 아니면 독백 덕분인가. 신촌역에서 내린 뒤 느닷없이 오른쪽 귀에서 이명이 들렸다. 최근 그런 일이 종종 반복되곤 했다. 지난주, 십칠 년 만에 수빈을 만났을 땐 왼쪽 귀와 오른쪽 귀가 바뀐 줄 알았다.

왼쪽의 이명보다 깊고 날카로운 쇳소리가 오른쪽 귀의 지하실 바닥에서 콸콸 솟구쳐 올라왔다. 그날 수빈과 헤어진 뒤에도 한동안 쇳소리가 제자리를 찾지 못하고 우왕좌왕했다. 수빈이 점심 약속을 취소한 삼 일 전엔 흡사 거울 앞에서서 바라보는 것처럼 좌우의 방향이 뒤집힌 느낌이었다. 환청 같기도 하고 잠결의 환각 같기도 했다. 그런데…… 정말 언제부터였던가. 왼쪽 귀의 이명이 오른쪽으로 전이된 듯 이명의 메아리가 느껴진 것은.

원장님. 이명도 전이가 되는지요?

그럼요. 충분히 가능한 일입니다. 스트레스가 심하거나 몸이 약해지면 나머지 귀에서도 이명 현상이 나타나는 사례가 많습니다.

늦봄이었다. 이명 환자 모임에서 대학병원 의사의 답변은 명료했다. 의사는 용주의 질문을 예상했다는 것처럼 단숨에 답변을 풀어놓았다.

잊으시면 안 됩니다. 육체와 정신의 노쇠와 함께 이명이 깊어지면 단순히 청각 장애를 넘어 귀가 완전히 닫힙니다. 백색소음 앱은 다들 깔아놓으셨죠? 백색소음을 하루 네 시간 이상 듣는 것, 그게 현재로선 가장 효과적인 방법이 될 수 있습니다. 이명보다 더 강한 자극을 반복해서 이명을 둔화시키는 거죠. 그게 아니면 이명을 그냥 일상의 한 부분처럼 여기고 수용하면서 차츰 둔감해지거나. 이밖엔 다른 방법이 없습니다. 병원에서 해드릴 게 없어요.

그 말끝에 의사는 잊지 않고 덧붙였다.

치유할 수 없는 병 하나를 더 키우는 게 얼마나 쉽고도 어리석은 일인지 유념하세요.

이 말은, 말하자면 경고였다. 병원에서 치료 불가능한 병, 당신이 그 발병의 원인이요 숙주이니 당신 스스로 숙주를 제거하고 치료하라. 의사의 무책임한 처방을 향해 회원들이 한마디씩 뱉고 떠날 즈음에 용주는 눈을 떴다. 손바닥을 펼쳐 왼쪽 귀 전체를 누른 채 한참을 그대로 있었다. 칼국수의 뜨거운 열기가 코끝에 닿았다. 허기가 살짝 느껴졌다. 조금만 더 기다리자. 7월의 땡볕이든 칼국수든 독백이든 열기를 좀 더 가라앉히자. 용주는 손바닥을 귀의 전면에 밀착했다. 외부의 공기 유입이 완전히 차단되고 소음이 잦아들면서 이명은 더욱 또렷해졌다.

소음이 제거된 맑은 이명. 오랜 세월 자정自淨을 거듭한 이명의 실체가 손에 잡힐 듯하다. 오십 년의 절반 가까이 삶을 지배한 이명. 대체 자신을 찾아든 필연은 무엇인가. 이명과의 결별은 불가한 것인가. 용주는 이명에 흔들릴 때마다 수백, 수천 번 반문했다.

지난겨울 아내 몰래 팝아트 학원을 닫은 것도, 비상금을 챙겨 제주도의 오름 트레킹을 강행한 것도 이명과의 갈등 때문이었다. 갈등 끝에 이명과 결별하겠다며 용주는 도보 고행을 작정했다. 어떻게든 정리를 끝내지 못하면 돌아오지 않을 각오로. 이명에 묶여 이십여 년 지속된 유랑의 종지부를 찍겠다며 제주도를 다녀온 지 일 년도 못 되어 다시 제주도를 찾았다. 왼쪽 귀가 완전히 닫히기 전, 이명의 문을 폐쇄하기 위해 앞만 보고 길을 걷다가 때때로 오름이 가로막으면 오름을 오르내리며 용주는 상상했다. 제주도를 떠나 집으로 돌아가는 순간, 이명은 마침내 자신의 절명을 맛보게 될 것이다. 햇볕 한 올 들지 않는 몸속 지하실에 괴물 같은 이명을 키우던 모든 근원 또한 뿌리 뽑힐 것이다. 그러나 그 상상이 얼마나 무모한 것인가를 깨닫는 데는 오랜 시간이 필요하지 않았다. 겨울 기행을 마치고 이명의 잔해를 수거하던 봄, 제주도를 다시 찾았을 때였다. 이명은 거기 그대로 살아 있었다. 어처구니없는 일이었다. 4·3 항쟁 70주년 기념 행사 기간이었다. 여인숙 다큐 작업을 하는 고종사촌 동생 민우를 따라서 제주도를 다녀왔다. 3박 4일 일정 가운데 하루는 행사에 참여하고 이틀은 오름 트레킹을 했다. 이명은 백약이오름 곁 시든 유채꽃밭에서, 아끈다랑쉬오름의 마른 분화구에서 한 계절 전보다 더 시퍼렇게 눈을 뜨고 있었다.

"사장님. 닭, 둘 주세요."

주문 소리에 용주는 눈을 떴다. 옆자리에 사십 대 남자와 앳된 여대생이 털썩 주저앉았다. 좀 덥다. 그래도 어제보단 좀 덜하지? 남자의 말에 두 번 고개를 끄덕인 여학생은 휴대폰 버튼을 누르기 시작했다. 아차, 진호 형! 용주는 급하게 휴대폰을 열었다.

"진호 형. 저, 올라왔어요."

"일찍 왔네. 어디?"

"신촌."

"신촌?"

"예. 일 좀 보고 동묘로 가려고요."

"알았어. 일곱 시, 별장에서 제육볶음이다."

"예. 그런데 형, 후배 한 명 불렀어요."

"누구?"

"영화 찍는 후배. 저번에 말한 그 친구."

"그러면 소주는 세 병. 오케이?"

"오케이."

용주는 휴대폰을 닫고 식당을 한 바퀴 둘러보았다. 식탁

두어 개를 빼고는 빈자리가 보이지 않는다. 삼 일 전보다는 적고 지난주보다는 손님이 많다. 중년 두엇 외엔 대부분 대학생이다. 불금이라지만 한낮에 이렇게 북적거리다니. 7월 5일이면 한창 학기말 시험 기간 아닌가?

그해 여름, 그러니까 2002 한일 월드컵 독일전을 치르던 6월 말이었다. 그때는 이보다 더했다. 비교조차 할 수가 없었다. 1학기 종강 무렵이었고 기적 같은 4강전이었다. 서울의 모든 대학생이 신촌으로 한꺼번에 몰려나온 듯 실내든 거리든 빼곡했다. 수빈과 신촌에서 머물던 이틀 내내 그랬다. 거리에 그냥 서 있기만 해도 어깨와 가슴과 엉덩이가 다른 사람의 그것에 부딪히며 밀려갔다. 실내 어디서든 의자를 좁혀 앉아도 옆 사람의 팔꿈치와 무릎을 오며 가며 피하기 어려웠다. 오죽했으면 4번 출구 근처 모텔의 빈방이 없어서 옥탑방을 구걸했을까. 콩나물시루의 콩나물이야, 완전 콩나물. 옥탑방 창밖에 가득한 사람들과 모텔 네온사인을 내려다보면서 수빈이 지껄였다. 수빈의 비유가 너무도 적확해서 용주는 술잔을 채울 때마다 건배했다.

신촌의 콩나물을 위하여. 콩나물의 대한민국을 위하여. 대한민국의 옥탑방을 위하여.

위하여, 를 떠올리다가 용주는 섬뜩했다. 어느 틈엔지

옥탑방이 불쑥 튀어나온 것이다. 어디서 비롯된 걸까. 4번 출구 같기도 하고 콩나물 같기도 했다. 용주는 칼국수를 입안 가득 채웠다. 7월의 염천과 사람들 소음과 닭가슴살과 옥탑방 가운데 무엇을 삼키는지 모른 채 마구 밀어 넣었다. 단숨에 그릇의 절반쯤 비우고 휴대폰을 열었다. 카톡도 문자도 수신 메시지가 없었다. 메일을 열어 볼까 하다가 그만두었다. 수빈이 보낸 사진은 삼 일 전에 보았다. 덧붙인 글 때문에 오늘도 열차를 갈아타는 동안 메일을 세 번씩이나 확인했다.

까미유 끌로델13. 아직도 그 아이디를 써요? 대체 그게 뭐라고, 지금까지 그 낡은 기억을 끌어안고 살아요? ㅎㅎㅎ

문자 보관함을 열어보았다. 발송한 문자가 그대로 남아 있다. 어제 오후였다. 옥천 골동품 경매장을 빠져나와 진호 형과 통화를 마치고 전송한 문자다. 태우야. 내일 오후 네 시, 벼룩시장, 동묘공원 정문에서 보자. 예. 선배님. 네 시에 맞출게요. 태우의 답장을 읽고 잠시 망설이다 수빈에게도 서울행을 알렸다. 내일과 모레 동대문에 있는데 아무 때나 시간 되면 연락해. 수빈은 아직 답신이 없다. 카톡이 아니라 문자였기에 수신 여부도 모른다. 용주는 서울역에서, 시청역에서, 신촌역 4번 출구에서 문자 보관함을 들여다볼 때마다 중얼거렸다.

이명만 지울 수 있다면, 나는 처음부터 새로 시작하겠다.

열두 시 오십 분. 식당 실내는 빈틈이 없다. 벼룩시장으로 옮길 때가 되었다. 동대문 쪽방촌을 둘러보고 동묘 정문에 도착하면 태우와 약속한 네 시가 될 것이다. 용주는 물 한 잔을 더 마셨다. 염천의 늪에 빠져들기 전, 충분히 수분 섭취가 필요하다. 더위가 한창 절정일 것이다. 용주는 휴대폰을 백 팩에 집어넣고 일어서다 멈춰 섰다. 등 돌려 앉았던 맞은편 벽이 보인다. 벽 전체에 액자가 빈틈없이 채워져 있다. A4용지만 한 사진 액자가 빽빽하다. 지난주 수빈 맞은편에 앉아 칼국수를 먹으며 처음 보았을 땐 낯설고 놀라웠지만 세 번째 바라보자니 익숙한 풍경이다. 퍼즐 조각을 맞춘 것처럼 완벽하게 빈틈을 채운, 얼핏 액자로 구성한 팝아트 작품 같은 느낌. 아내의 공방에 걸린 인두화와 딱 닮았다.

사진 속의 사람들은 한결같이 웃고 있다. 모자 쓴 삼십 대 사장과 그 곁에 한 사람씩 서 있는 방문객들 모두가 같은 표정이다. 군데군데 모자를 쓰지 않은 모습도 보였지만 왼손의 엄지는 빠짐없이 치켜세웠다. 그 엄지척 뒤에서,

옆에서, 위에서 방문객은 끝없이 웃음을 쏟는다. 윤도현 님과. 몽니 님과. 양희은 님과. 전현무 님과. 김태원 님과. 하현우 님과. 이문세 님과. 명계남 님과. 바버레츠와 함께. 반소정 님과. 일본인 밴드 사토 유끼에 형과……. 사장은 세상의 모든 님과 함께 웃고 있다. 대체 사장은 어떤 사람일 까. 용주는 사장을 뚫어지게 보았다. 저 많은 연예인이 실제 로 이곳을 다녀갔을까. 사장도 연예인처럼 이 바닥에선 스타인가.

은하수…….

용주는 '닭한마리칼국수' 출입구를 나서면서 중얼거렸 다.

신촌역 4번 출구 근처엔 은하수가 산다. 먼먼 우주의 유영을 마치고 돌아와 쉬는 늙은 별과 미지의 우주로 이제 막 떠나려는 젊은 별들이 모여 산다.

과거는 현재가 아니다

동대문역을 빠져나오기가 무섭게 목덜미에 땀이 맺힌다. 이 더위를 어떻게 견딜 것인지.

오늘 배달은 끝이다.

살려고 하다가 죽겠다.

배달을 마치고 온 상인 셋이 다 죽어가는 얼굴로 동대문역 7번 출구 그늘에 쭈그려 앉는다. 주변을 두리번거리는 눈이 더위에 익은 것처럼 검붉다.

내일도 폭염이면 오늘보다 힘들어질 텐데…….

용주는 땀을 닦으면서 내일 일정을 떠올렸다.

벼룩시장 난전은 오전까지다. 점심 먹고 오후엔 강남역에 가야 한다. 강남역 사거리 CCTV 철탑에서 농성 중인 김용희 씨를 찍어야 한다. 오늘 태우에게 카메라를 받으면 십칠 년 만에 첫 셔터를 누른다. 그 대상을 풍경으로 할 것인가, 사람으로 할 것인가. 고민 끝에 선택한 일이다. 삼성 해고 노동자 김용희 씨. 그런데 그는 이 찜통더위에 철탑의 비닐 천막에서 어떻게 견디는 것일까. 지금까지 살아오는 동안 김용희 씨나 동대문 상인들처럼 땡볕 아래서 눈을 번득여본 적이 있을까.

용주는 목덜미와 뺨의 땀을 손등으로 훔쳤다. 걷잡을 수 없이 땀이 흐른다. 시청역에서 1호선으로 환승할 때부터 등이 젖었다. 동대문역 지하로 내려갈까? 탁하고 후텁지근한 바람이지만 그런대로 더위를 눈가림할 수는 있을 것이다.

거기 쉬고 있는 노인들과 잡담이나 즐기다 태극기 집회를 다녀온 사람이 있으면 이 시대의 애국을 주제로 토론이나 해볼까. 용주는 헛웃음을 쳤다. 광장에서 수없이 촛불을 태운 자신이 태극기 부대 노인들과 지하철 피서라니. 어처구니없는 상상이다. 아예 신촌으로 돌아가 현대백화점 지하상가에서 아이쇼핑이나 즐기는 편이 낫지 않을까. 그곳은 현존하는 파라다이스다. 쩔쩔 끓는 지상의 열기와 무관하게 냉장실처럼 싸늘한 지하의 천국. '닭한마리칼국수'를 나와 4번 출구로 걸어가는 동안 용주는 몇 올 남지 않은 정수리의 머리카락이 타는 것을 느꼈다. 그래서 발끝을 돌려 신촌점 지하 통로로 내려섰다. 그 선택은 신의 한 수였다. 칼국수를 먹으러 온 손님만큼 많은 사람이 북적거리며 무료입장 피서를 즐기고 있었다. 용주는 그 광경이 언뜻 식당 벽의 은하수 사진 같다고 생각하면서 2호선에 올랐다.

그 은하수로 돌아가 나도 별이 되어 볼까.

용주는 또 헛웃음을 흘리면서 휴대폰을 열었다. 수신된 문자가 없었다. 한 시 사십오 분. 벼룩시장이 서는 동묘 정문에서 태우를 만나려면 두 시간 남짓 남았다.

그나저나 아직 7월 초 아닌가. 더위도 촬영도 장사도 이제 시작인데 어쩌자는 것인지. 벼룩시장 다큐 작업과 난전 장사 둘 다 가을로 미루는 게 좋을 것 같다. 말라비틀어진 햇볕을 밟고 서서 살찐 바람이 거드름을 피울 때, 그쯤에서 박차를 가하면 몸도 시간도 경비도 효율적일 것이다. 그런데 태우를 설득할 수 있겠는가.

"벼룩시장 다큐 사진 프로젝트 기획하는 데 꼬박 한 달 걸렸어요. 한 달간 보릿고개였지요. 자료 뽑고 현장 드나들며 사전 취재하는 동안 굶었다는 얘기죠. 수입이 제로였으니까요. 애초 솔로 프로젝트를 형님과 2인 공동 작업으로 바꾸는 데 또 한 주일. 비상금 밑바닥이 보여서 거의 빵과 물로만 배를 채웠어요. 하루하루가 삶과 죽음의 경계였지요. 가족이 없다는 것에 깊이 감사하면서 마침내 첫 단추를 끼우려는 중입니다."

엄동에 손가락이 얼어 터져가면서 셔터를 누르던 태우다. 그 열혈 사십 대 청년의 눈에 과연 땡볕이 보이겠는가.

"형님. 그만 나약함을 떨치세요. 벼룩시장 공동 작업, 이것 말입니다. 철거와 여인숙 다큐 실패로 쓰러진 형님 일으켜드리려는 고육지책입니다. 자칫 한눈팔면 그대로 벼랑 끝인데, 더위를 피해 가자고요? 이런 식으로 하다간 저마저 형님 꼴 됩니다."

옛 제자로부터 그런 말을 듣는다? 상상만 해도 참담한

일이다. 진호 형은 또 누군가. 태우보다 더한 독종이다. 지난봄이었다. 여인숙을 촬영하는 민우가 처음 소개할 때부터 한눈에 알아봤다.

"용주 형. 인사드려요. 여인숙 달방 형님입니다."

"예. 처음 뵙습니다. 한용줍니다."

"반갑소. 나, 백진호요."

"잘 부탁드립니다. 많이 배우겠습니다."

"딱 보니까, 이 세계를 전혀 모르고 들어온 냄새가 아주 독합니다."

"아, 예……."

"여긴 인생 체험 학습장이 아니오. 한 방에 목숨 떨어지는 절벽인 줄만 아시오."

진호 형은 말 그대로 바늘로 찔러도 안 들어갈 인물이었다. 비록 낡은 여인숙 달방에 머물고 있으나 이 바닥에서 산전수전을 다 겪은 게 틀림없었다. 벼룩시장 난전 행상을 배우겠다는 말을 입 밖에 내는 순간, 형은 진검 승부하듯 한 문장으로 자신을 제압했다.

진호 형은 이십 대부터 축사와 건축 현장에서 잔뼈가 굵었다. 아직도 사나흘은 현장 작업을 하고 쉬는 날은 어김없이 벼룩시장 난전을 펼친다. 돈이 아깝잖아. 시간은 더 아깝고. 입에 달고 사는 그 말을 증명이라도 하듯 형은 컵라면 하나와 물병 하나로 골동품 경매장에서 하루를 견딘다. 예순일곱에 말이다. 그런데 시작도 하기 전에 행상 보따리를 접자는 말을 한다? 그것도 다른 이유가 아니라 날씨 때문에?

이 자식, 아직 배가 부르구만. 배꼽에 낀 때처럼 아직 먹물이 남아 있어. 당장 때려치우고 내려가서 땅이나 파라. 죽을 만큼 굶어봐야 밥맛보다 목숨 맛이 더 소중한 줄 알 것이다. 당장 내려가, 새끼야.

진호 형의 악다구니를 상상하면서 용주는 심호흡을 했다. 골목의 건물 틈 사이로 올려다보는 하늘이 시퍼렇다. 날씨는 염천이지만 하늘은 가을이다. 구름 한 점 없다. 모처럼 미세 먼지도 안 보인다. 아무런 장애물도 없으니 땡볕이 곧장 지상으로 쏟아져 내릴 만하다. 이 날씨가 대체 어쩌자는 것인지. 완구점 골목과 가죽 잡화점 골목 두어 개를 더 돌아보고 동묘까지 가야 한다. 그런데 절반도 못 가서 쓰러질 것 같다. 점심을 제대로 못 먹은 탓이 아니다. 욕심 때문이다. 여인숙을 들르는 게 아니었다. 벼룩시장 촬영 겸 행상 겸, 한두 달 정도 묵을 만한 달방을 얻으려던 차였지만 달방은 조금 미루어도 될 일이었다.

골목을 돌아보니 하나도 변한 게 없다. 민우를 끌고 여인숙 다큐 촬영을 하던 이십 년 전 그대로다. 골목 밖의 모든 게 변한 탓에 변하지 않은 여인숙만 폭삭 쭈그러든 모습이다. 그러나 동대문역 뒷골목의 여인숙은 더 이상 과거의 그 여인숙이 아니었다. 현대여인숙, 순안여인숙. 보령여인숙 ……. 간판만 여인숙이지 골목 밖 세상에서 흔히 말하는 쪽방촌이었다. 낡은 간판은 익숙했으나 집 안팎의 몰골은 처음 보는 세상처럼 낯설었다. 어둡고, 비좁고, 부서지고, 기울어진 방과 계단들. 한때 안방처럼 드나들었던 모습과는 완전히 다른 세계였다. 이런 궁핍한 공간을 아늑한 거처로 여기며 수십 번을 드나들었다니.

과거는 현재가 아니다.

용주는 언젠가 보았던 영화의 대사를 지껄였다. 문명의 이기에 쫓기는 전통 카우보이들이 자신의 생존권과 정체성을 지키기 위해 사투를 벌이며 나눈 대사다. 아슬아슬하게 숨이 붙어 있는 여인숙을 향해 그 말을 해주고 싶었다. 아니, 까마득한 추억에 묶여 여인숙 골목을 찾은 자신에게 말하는 게 옳을 것 같았다.

한 번 더 독백을 삼키면서 용주는 작정했다. 창문이 있든 없든 무조건 달방을 정한다. 글씨의 흔적만 겨우 남아 있는 동해여인숙 문 앞에서 마른침을 삼키며 목을 가다듬었다.

"사장님. 월세방 좀 구하려는데 방 있는지요."

"방 없어요."

"창문 없어도 괜찮습니다."

"없어요."

빈방이 없었다. 속옷 바람에 부채질하는 팔십 대 노인과 앞니 두 개가 비어 있는 노파에게 구걸하듯 사정했지만 소용없었다.

"예약은 가능해요?"

"반년 전에 해야 얻을까 말까 해."

"반년 전에요?"

"누가 돈 벌어서 나가든지, 죽어서 나가기 전엔 방이 없어."

노파에게 이만 원을 건네고 예약을 한 것은 그나마 다행이었다. 간판도 없는 유령 여인숙 0.8평 쪽방이다. 옆 건물이 가로막은 손수건만 한 창문값을 포함해서 월세가 삼십이만 원이다. 민우가 한창 다큐 작업 중인 대전역 인근의 여인숙은 방의 절반만 한 창문을 달았어도 십오만 원짜리가 흔했다. 서울과 지방의 달방 월세가 두 배 이상 차이가 났다.

담장 그늘 쪽으로 바싹 붙어서 골목을 빠져나오며 용주는 휴대폰을 열었다. 벼룩시장으로 갈 시간이 아직 여유가 있다. 반가운 일은 아니다. 그만큼 더 땀을 흘려야 한다는 뜻이다.

"교수님."

"또 그 말! 나, 교수 아니라니까."

"아, 형님. 저와 내기해요."

"무슨 내기를?"

"형님이 오늘 동묘 벼룩시장으로 곧장 오면 형님 승, 동대문 여인숙을 힐끔거리며 우회하면 제가 승. 저녁 내기요."

태우의 예감은 적중했다. 신 내린 놈 같았다. 용주는 피식 웃었다. 어찌 됐든 오늘 저녁은 내가 준비해야 한다. 진호 형 별장에서 제육볶음을 먹겠지만 태우를 초대했으니 돼지고기와 소주는 준비해야 한다. 그런데 가진 돈이 얼마나 되는가? 주머니를 뒤적거렸다. 현금 칠만 원. 신용카드 사각지대인 여인숙 숙박비 삼만 원을 제하면 현금은 사만 원이 남는다. 체크카드 잔액 구만 오천 원을 합해서 십삼만 오천 원. 이것으로 서울에서 이틀을 견디려면……. 용주는 다리가 흔들렸다. 담장 그늘 바닥에 털썩 주저앉았다. 골목을 더 돌아볼 필요가 없다. 수빈이 처음 발견하고 깡충깡충 뛰었던 말표 신발이 이 근처 어딘가 있을 것이다.

까미유 끌로델 13

아직 서울에 있죠?

삼 일 전, 화요일 오후였다. 신촌에서 혼자 칼국수를 먹고 동묘공원 옆의 벼룩시장을 살피던 중이었다. 점심 약속을 취소한 수빈이 카톡을 보냈다.

대낮엔 절대 열차를 타지 않는다. 내 예측이 맞죠?

동대문 근처야.

그럴 줄 알았지. ㅎㅎ. 점심 약속 깬 것, 사과도 할 겸 저녁 쏠게.

수빈의 어투는 변하지 않았다. 오래전 그대로 반말 반, 경어 반이었다.

볼 일이 좀 남았는데, 끝나면 홍대 앞으로 갈까?

동대문에서 봐요. 집이 중계동이라서 4호선 타면 되거든.

그래.

동대문역 7번 출구, 일곱 시.

수빈이 7번 출구 계단에 올라선 것은 일곱 시 이십 분이었다. 용주의 예상보다 십 분 정도 일찍 도착했다.

"늦었죠?"

"퇴근 시간이라 밀리지?"

"뭐, 지옥철이야 늘 달리던 대로 달리는 건데, 좀 늦게 퇴근했어요 다음 회차 시나리오가 늦게 마무리되는 바람에."

한낮에 폭력을 휘두르던 땡볕은 초저녁 어스름 속에서도 활개를 쳤다. 수빈과 용주는 더위를 피해 달아나는 사람처럼 식당을 두리번거렸다. 포항 물회 카드를 내민 것은 수빈이었다. 찬 음식은 절대 불가인 위장병을 숨긴 채 용주는 물회를 삼켰다. 십칠 년 만에 두 번째 먹는 식사에 토를 달고 싶지 않았다. 지난주엔 뜨거운 칼국수를 먹었으니 물회도 좋다는 생각이었다. 그러나 식당을 나설 무렵, 시끌시끌한 식당처럼 속이 끓기 시작했다.

"오늘 안 내려가면 자리 옮겨서 소주 한잔해요."

수빈이 골목으로 들어서면서 소주를 꺼냈다. 이미 얼음 진창이 된 뱃속에 소주를 들이부으면 불씨에 기름을 뿌리는 일이 될 터였다.

"오늘은 차 마시고 소주는 다음에 하자."

용주는 뜨거운 것으로 속을 다스려야 할 것 같았다.

"참, 기억하는지 모르겠다."

골목 모퉁이를 돌며 깜박 잊을 뻔했다는 것처럼 입을 열었다.

"수빈아, 너 혹시 이 골목에서 떠오르는 것 없니?"

"뭐?"

"말표 신발."

"아, 말표 신발. 그게 지금까지 남아 있겠어?"

용주는 입안에서 뒹굴던 한 묶음의 말을 삼켰다. 꺼낼 필요가 없었다. 말표 신발 글씨 아래 기차 벽화가 있었잖아. 기차 객실이 몇 개였는지 기억해? 말표 신발 모퉁이에 있던 순안여인숙도? 케케묵은 과거를 들추어내는 게 무슨 의미가 있겠는가. 입 밖에 꺼내는 순간 수빈이 그것을 휘어잡아 길바닥에 팽개칠 것이다.

선배, 아직도 미라 같은 시간 속에 갇혀 사는 거야?

동대문역 근처나 동묘 쪽 대로변에 카페가 있는 듯했다. 수빈은 카페 위치를 꿰뚫고 있는 것처럼 익숙한 걸음으로 세 번째 골목 모퉁이를 돌았다. 두 사람의 어깨가 부딪칠 만큼 골목이 좁았다. 모퉁이를 돌 때마다 조금 전 걸어왔던 골목이 반복되듯이 골목의 형태가 비슷비슷했다. 대로변의 고층 건물 뒤, 멈춘 시간의 상징물처럼 늘어선 키 낮은 지붕들. 죽죽 갈라 터진 담장 옆으로 구부정하게 박혀 있는 전봇대와 삿갓 가로등. 더는 걸을 수 없을 만큼 지친 몸으로 뒷골목에 들어설 때마다 반겨주던 1평짜리 여인숙. 이십여 년이 지난 뒤 처음 찾아온 골목은 여전히 출구가 보이지 않는 미로였다. 골목 어디선가 격렬하게 부딪치는 맨살의 파열음이 금방이라도 튀어나올 것만 같았다.

"이상하다. 이 근처에 별다방이 있었는데. 더위 먹고 죽었나 못 찾겠네."

길가 건물을 두리번거리던 수빈이 작은 카페로 들어서며 중얼거렸다. 스타벅스를 찾는 것 같았다. 용주는 의자에 털썩 주저앉으며 머릿속에서 깃발처럼 나부끼는 독백 하나를 끌어내렸다.

이명만 지울 수 있다면, 나는 처음부터 다시 시작하겠다.

때와 장소를 가리지 않고 반복되는 침묵과 독백은 이명에 대한 최선의 반응이었다. 그것은 빛도 소리도 없이, 아무런 전조도 없이 충동적이며 폭력적으로 출몰하는 이명에 대한 무의식적인 저항이었다. 이명을 죽이기 위해 오랜 세월 홀로 유랑을 즐겨온 육체와 오감의 융합으로 빚어진 산물이었다. 오늘도 마찬가지였다. 용주는 카페 의자에 파묻힌 채 짧은 순간, 침묵과 독백을 은밀하게 맞았다. 선배, 커피 싫으면 캐모마일이나 페퍼민트로 할까? 아무거나. 수빈의 주문에 딱 한 번 고개를 끄덕인 뒤 용주는 신체의 모든 부위를 움직이지 않았다. 수빈도 그랬다. 차 몇 모금을 마신 다음 용주처럼 창밖 대로변에 시선을 고정한 채 미동도 하지 않았다. 마치 지금은 겹겹이 쌓인 기억의 퇴적층에서 이 순간 꼭 필요한 단층 하나를 추출하는 시간이라는 듯.

십칠 년째, 나는 이명 속에서 살고 있다.

용주는 독백을 오물거리며 찻잔을 내려다보았다. 캐모마일 향이 콧속으로 파고들었다. 이명으로부터 자유로워질 수만 있다면 당장…….

"선배."

당장 죽어도 좋겠다. 그 문장을 막 끝내려는 데 수빈이 불렀다. 에어컨 냉풍 직격탄을 맞은 것처럼 수빈의 안면이 불그레했다.

"지난주 말이야. 두 번 놀랐거든."

두 번 놀랐다고? 용주는 반문을 삼켰다. 수빈이 꺼낼 다음 말이 궁금했다.

"난데없는 전화에 놀랐고, 메일 받고는 잠깐 놀랐다가 비웃었어."

"비웃어? 왜?"

"대체 까미유 끌로델 13이 뭐라고 지금까지 그 아이디를 쓰는지. 이 광속의 세상에 왜 낡은 기억을 끌어안고 사는 건지. 웃기잖아."

"그건…….""

용주는 열었던 입을 얼른 닫았다. 닫힌 입술에 캐모마일을 살짝 적셨다. 수빈이 까미유 끌로델 13 아이디를 버리지 못한 까닭을 모르고 묻는 말이 아니었다. 설의적인 반문이었다. 까미유 1, 까미유 2……, 오늘이 벌써 13이다. 그런데 선배, 까미유 100이 되도 내가 까미유가 될 수는 없겠지? 수빈은 신촌역 4번 출구를 다녀올 때마다 숫자를 바꾸면서 자문자답했다. 까미유보다는 내가 좀 늙었고, 로댕보다는 선배가 좀 젊긴 하지만, 그래도 선배가 뛰어난 사진작가가 되면 불가능할 것도 없는데, 그치? 아니다. 그러면 선배보다 능력 있는 내가 비극의 주인공이 되겠다. 그러니까 그냥…… 까미유는 모르는 척하면서 살자. 깔깔깔. 숫자와 까미유를 입에 담을 때마다 수빈은 숨이 넘어갈 듯이 깔깔거렸다. 취재부 새내기, 스물여섯 강수빈입니다. 문창과 소설 전공입니다. 잘 부탁드립니다. 수습기자로 들어온 수빈을 고향 신탄진 후배라는 이유로 용주가 취재에 동행시킨 일 년 내내 수빈의 웃음은 한결같이 호쾌했다. 평소엔 얌전하고 싹싹한 어투가 술이 입에 닿는 순간부터는 남자들 이상으로 걸쭉하게 돌변했다. 씨발, 날 우습게 보지 마. 내가 서울에서 세 번씩이나 휴학하고도 졸업했다구. 씨발, 천 원으로 하루를 견디고, 짝퉁 트렌치코트에 팬티만 입고 겨울을 버틴

적도 있어. 니들이 그걸 알아? 갸름하고 단정한 차림으로 현장을 뛰어다니는 수빈에게 취재부 고참 기자들이 별명을 붙였다. 미녀와 야수. 수빈은 서울 지역 사건 취재를 동행하는 동안 어투와 웃음소리가 미녀와 야수 캐릭터 이상으로 크고 거칠었다. 한 교수님. 한 기자님. 용주 선배. 야, 한용주! 우리 그냥 아무것도 생각하지 말고 살자. 그냥, 오늘 밤처럼 즐겁게만 살자. 깔깔깔. 한일 월드컵 독일전에서 1:0으로 패하던 날이었다. 신촌 모텔의 옥탑방에서 수빈은 그 말을 토사물처럼 쏟았다. 신촌 콩나물을 위하여! 옥탑방을 위하여! 다음 날 술이 덜 깬 것처럼 흔들리며 옥탑방을 내려오는 계단에서 수빈은 어젯밤 무슨 일이 있었느냐는 얼굴로 또박또박 말했다. 선배, 나는 반드시 서울에서 살 거야. 필사적으로 돈 벌어야 하고, 죽을 때까지 소설도 써야 해. 선배는 가족을 먹여 살려야 하고, 사진도 찍어야 하고. 그러니까…… 나는 말이야 까미유처럼 정신병원에 갇히기 싫으니까, 우리 그냥 모르는 척하고 살자. 모르는 척, 알지? 그 말에 답을 달기도 전, 수빈의 말은 현실이 되고 말았다. 누가 먼저랄 것 없이 소식이 끊겼다. 지난주, 십칠 년 만에 다시 만날 때까지, 단 한 통의 메일도 문자도 주고받은 일 없이, 완벽한 타인처럼 그렇게.

그즈음에 용주가 지방 대학 사진영상학과 시간 강사 보따리와 지방 일간지 사진부 기자 보따리를 동시에 날려버린 것은 우연한 일이었다. 수빈과의 단절은 보따리 상실과는 무관한 일이었다. 학과 폐쇄와 구조 조정의 결과일 뿐이었다. 다만, 모텔 옥탑방을 내려온 며칠 뒤 용주가 비뇨기과에 들러 세면발이 성병 진단을 받은 것, 그 며칠 뒤 아내가 산부인과와 비뇨기과를 번갈아 찾아가서 속옷을 두 번씩이나 벗은 것, 변명할 겨를도 없이 카메라가 박살 난 것, 그리고 철거재개발 다큐와 여인숙 다큐 작업이 종지부를 찍은 것이며 일 년 남짓 신경정신과 가루약을 밤마다 아내 몰래 삼킨 것 등등, 연쇄 반응처럼 벌어진 일련의 소요는 결코 우연이 아니었다.

용주 형. 필연은 우연의 옷을 입고 나타난다, 그 말 들어봤지?

함께 여인숙 다큐 작업을 했던 민우의 말이다. 그것을 허투루 흘린 것을 용주는 지난주 수빈을 만나기 위해 열차를 타고 오는 내내 후회했다. 휴대폰을 열고 수빈이 전송한 사진을 보면서 그 말뜻을 너무 늦게 깨달은 자신을 책망했다. 월드컵 독일전의 밤, 모텔 옥탑방 창문에서 별을 배경으로 찍은 셀카 사진과 그 아래 덧붙인 글을 읽는 내내 용주는 눈시울이 따끔거렸다.

　별이 아름다운 나라, 신촌에서. 2002. 6. 25.

　"아직도 가마솥이네. 빌어먹을 열대야."
　용주의 침묵이 지루했는지 수빈이 카페 밖을 다녀왔다.
흡연 때문인 것 같았지만 묻지 않았다. 그새 냉풍에 얼었던
살이 녹은 것처럼 낯빛이 붉었다.
　"수빈아. 나에게 궁금한 거 없니?"
　용주는 의자를 탁자 가까이 당겨 앉았다.
　"글쎄. 밀린 안부야 산더미 같지만, 그걸 묻고 듣는 게
무슨 의미가 있을까 싶네. 선배가 불쑥 나타난 것, 무슨
필연이 있을 것 같다는 생각 정도는 하고 있어."
　"세월이 많이 흘렀지."
　"스물여섯이 마흔셋. 묻힌 기억들이 화석이 되고도 남았
겠다. 후훗."
　"수빈아. 전화한 것, 그 마흔셋 때문이야."
　"마흔셋이 뭘?"
　"마흔셋이 쓴 소설. 우습게 들리겠지만 네 소설 속에
등장하는 인물들이 나를 여기까지 끌고 왔다."

"아, 그렇게 된 거야? 그거 꽤 낭만적이다. 그렇지? 선배, 지금 쉰 몇이야?"

"셋."

"와우, 그 나이에도 낭만이 살아 있네. 후훗."

수빈은 용주와 동대문 골목에 들어설 때면 어김없이 말했다. 나는 선배의 낭만이 좋아. 어떻게 요즘 같은 세상에 여인숙에서 살 섞을 생각을 해. 내가 선택한 신촌 옥탑방보다 백 배, 천 배는 낭만적이다. 이것 좀 봐. 세상에, 십오 촉 꼬마전구 불빛이라니. 선배 물건에만 빛을 모으면, 완전 수술실의 local lighting이야. 국부 조명 말이야. 대체 어떻게 이런 환타스틱한 공간을 발견한 거야? 이런 건 우리 시골집 골목에나 있는 건데, 어떻게 서울 한복판에 있지? 역시, 선배는 타고난 낭만주의자야. 그래서 선배의 낭만이 좋다며 수빈은 용주 위에 올라앉아 자기의 유두에 국부 조명을 연출했다. 용주가 그것을 원한 것은 아니었다. 수빈이 스스로 십오 촉 불빛을 즐겼을 뿐.

"수빈아. 작년에 낸 소설집 말이야."

"응. 그거, 마흔 넘어서 겨우 책 한 권을 냈으니, 많이 늦었지."

"이른 것은 아니지만 그렇다고 많이 늦은 것도……."

"내가 그렇게 살고 있어. 대학 졸업도 늦고, 결혼도 늦고, 문단 데뷔도 늦었어. 남들보다 한 걸음씩 늦게 사는 것, 운명이라 생각해. 죽으라고 뒤를 쫓아가야 간신히 생존의 문턱에 걸터앉는 운명."

"결혼했구나."

"응. 결혼 때문에 소설 데뷔가 삼십 중반으로 훌쩍 뛴 거야. 첫 창작집도 인생의 절반이 꺾여서야 낸 거고."

"몰랐다. 늦었지만 축하해."

"땡큐. 지금 딸 하나, 싱글맘."

"……."

"잠깐. 전화 좀 받고 올게."

딸인가? 용주는 수빈이 사라진 창밖을 보았다. 건물 불빛과 간판 네온사인들이 땡볕의 여진에 휘둘리는 것처럼 파르르 떨렸다. 생의 한순간, 흔들리는 어느 찰나의 혼돈과 번민을 지우듯 불빛의 떨림은 짧은 순간 강렬한 파문을 남기고 어둠 속으로 사라졌다. 이 거대한 도시 어디선가, 누군가는 저 불빛의 떨림에 기대어 생의 중심을 잡는 사람이 있을 것이다. 꼭 그래야만 이 도시에서 살아남을 수 있다는 것처럼 날마다 그렇게 하루를 시작하고 끝낼 것이다. 수빈도 그중 한 사람일지 모른다.

용주는 휴대폰 시간을 확인했다. 수빈의 통화가 생각보다 길었다. 흡연 때문인가?

"어휴, 날씨 정말, 욕 튄다."

사라졌던 창밖 반대편 쪽에서 수빈이 종종걸음으로 들어왔다. 의자에 털썩 주저앉으며 창밖을 향해 가운뎃손가락을 치켜세웠다.

"선배, 아까 가족 얘기."

"응."

"궁금해할까 봐 꺼낸 건데, 그것 내가 쓰리잡 하는 이유야."

"쓰리잡을?"

"개인 스튜디오에서 팟캐스트 구성 작가 한다고 했잖아. 그거하고 출판사 편집일과 소설. 셋 다 합쳐봐야 쥐꼬리만 한 수입이지만, 어떻게든 모녀가 먹고살아야 하니까. 후훗."

딸을 먹여 살리기 위해 수빈의 어머니는 모텔에서 열네 시간씩 일했다. 신탄진역 근처의 모텔 세 군데를 뛰어다니며 객실 청소를 했다. 엄마 몸에서 정액 냄새가 나. 아주 역겹다니까. 수빈은 같은 말을 맥주잔에 여러 차례 쏟았다. 하루라도 빨리 집을 떠야 해. 그 말꼬리를 물고 느닷없이 아버지가 등장하면 수빈은 눈이 뒤집혔다. 병신 새끼. 남 등 처먹다가

지가 사기당하고 집을 날려? 그 인간이 심심하면 집에 쳐들어와 엄마를 두들겨 팬다고. 주머니에 돈을 꽂으라면서 날뛰는 거야. 엄마 눈가에 시꺼멓게 멍이 번지면 말이야. 다음 날은 하루 종일 정액 냄새가 나. 엄마한테도, 방에서도. 아버지의 폭력을 피해 수빈이 집을 비우면 방에서 아버지는 어머니를 때려눕혔다. 방 한 칸에 거실 하나짜리 전세였다. 남동생이 누워 있는 거실에선 폭력을 휘두르지 않았다. 집을 날리고 딸의 피아노까지 팔아먹은 사기꾼이 아들 앞에선 창피한 줄 알았다. 단란주점에서 술 심부름을 하는 아들 덩치가 자신보다 큰 탓인지도 몰랐다. 교복에서도 썩은 정액 냄새가 나. 인간이 사는 데 냄새가 필요하다면, 절대 그 냄새는 아닐 거야. 수빈은 대학 합격과 동시에 교복을 태워버리고 집을 떠나 서울에서 떠돌았다. 휴학과 복학을 세 번씩이나 반복하면서. 그리고 이십 대에서 사십 대로 세월이 건너뛰도록 엄마의 냄새는 잊고 살았다.

"수빈아, 소설 얘기해도 되지?"

용주는 말을 돌렸다. 그러는 게 좋을 것 같았다.

"소설집에 실린 '금반지'와 '피아노가 있는 방'은 수빈이 너, 자전적 소설 맞지?"

"그렇다고 봐야지. 어떻게든 궁핍한 고향을 떠나 in 서울

하려고 발버둥 치는 인물의 이야기니까."

"그래. 이제 내가 궁금한 얘기."

"뭔데?"

"단편 '이중섭의 네 번째 편지'와 '흑백사진이 있는 풍경' 말인데, 그 여자 주인공, 성별만 바꾼 나의 캐릭터 같은데, 내 생각이 맞지?"

"선배, 다 읽은 거야? 우와, 고맙다. 박수!"

수빈은 용주의 질문을 이미 예상했다는 것처럼 박수를 쳤다. 두 번 모두 짝, 짝 소리를 내면서. 그게 의도적인 동문서답인지, 소설가다운 상상력의 발현인지는 모르겠으나 용주의 질문에 대한 긍정도, 부정도 아닌 것만은 확실했다.

"수빈아. 그 주인공을 통해서 던지는 메시지 말이야."

용주는 박수에 반응을 보이지 않은 채 말을 이었다.

"당연히 작가의 의도일 그것 말인데."

"그런데?"

"그게…… 나한테 던지는 메시지 같아서 말이야."

"그래서 전화를 했다?"

"십칠 년 만의 전화라서 좀 설레더라."

"설레? 나를 만난다고?"

"그래."

"하하하. 선배, 여전하다. 하나도 안 변했어. 신촌에서 만날 때마다 말하던 그대로야."

　"당연히 변한 게 없지. 그때나 지금이나 너한텐 거짓말을 못 한다."

　"그랬나?"

　그랬다. 용주는 거짓말을 한 기억이 없었다. 수빈을 만나면 필요 이상으로 가족의 일상과 여인숙 다큐 사진 작업을 낱낱이 전했다. 그게 모두 진실이어야 한다는 강박관념은 없었으나 최대한 사실대로 말하기 위해 고민했다. 마치 그렇게 하는 것이 수빈을 향한 최소한의 도덕적인 예의라는 듯이. 그런 언행이 단절의 원인이 될 줄은 미처 예상하지 못한 채. 선배는 가족도 있고, 욕망도 꿈도 확실한데, 나는 뭐야? 스물여섯 외엔 아무것도 없는 나 말이야. 나는 뭐냐고? 안 죽을 만큼 밥값이나 거머쥐는 인턴 기자가 도대체 뭐야? 내가 찾는 소설은 캄캄한데 인간 시장 같은 서울에서, 별 부스러기도 볼 수 없는 반지하 쪽방에서 두더지같이 파묻혀 사는 나는 뭐야? 선배처럼 언제든 따뜻한 체온을 나눌 사람도 없는 나는 뭐냐고! 유리 조각 같은 수빈의 반문이 종종 용주의 정수리를 찔렀다. 신촌역 4번 출구 근처에서, 혹은 동대문역 뒷골목에서. 그 통증을 예상했으나 용주는 당장 통증을 가라앉힐 대안이 없었다. 수빈아, 내가 도와줄게. 신문사에 있는 동안은 그 말을 수없이 입에 물다 목구멍으로 삼켰다. 서울을 오르내리는 수빈의 교통비와 숙박비 정도를 아내 모르게 챙겨주는 일만으로도 벅찬 형편이었다. 신촌과 동대문을 오가는 어느 순간부터 가슴이 무겁고 답답해지는 것을 느꼈다. 수빈에게 감춘 것은 없었지만 감추고 싶은 어떤 것의 무게에 짓눌린 것처럼 온몸이 늘어졌다. 죽죽 갈라 터진 낡은 아파트 벽의 틈새처럼 자신의 모든 것에 이미 오래전부터 균열이 번지고 있는 것을 용주는 짐작했다. 더디고 은밀하게 진행된 균열이 마침내 걷잡을 수 없는 파열음과 함께 무너진 것은 순식간의 일이었다. 비뇨기과에 들러 현미경으로 들여다본 세면발이 떼들은 한순간에 용주의 모든 것을 파괴했다. 그것으로 끝이었다. 용주의 현재와 미래의 모든 시간이 멈춰버렸다. 그즈음이었다. 왼쪽 귓속에서 정체불명의 쇳소리와 벌 떼 소리가 뒤엉키기 시작한 것은. 카메라 배낭이 사라진 가벼운 몸으로 훌쩍 떠난 섬과 오지와 산에서 천근만근의 몸으로 돌아오는 날이면 허겁지겁 신경정신과 문을 열었다. 흰 가루약을 털어 넣으며 서너 시간의 잠을 꾸리는 동안, 아내의 손에 떠밀려 디자인 사무실과 팝아트 학원 문을 번갈아 여닫았다. 인두화 작가인 아내가 인두화 공방으로 개조한 집 안팎으로 매캐하게 번지던 나무와 아내의 살 타는 냄새. 그 냄새를 피하며 사무실에서 홀로 쪽방 생활을 해온 십칠 년은 결코 짧은 시간이 아니었다.

"선배, 막차 탈 거야?"

수빈이 카페 밖을 한 번 더 다녀오면서 물었다. 열대야가 누그러졌는지 날씨를 향해 삿대질은 하지 않았다.

"그래야 할 것 같아. 내일과 모레 옥천에서 볼 일이 있어. 주말엔 동대문에서 사람 만나야 하고."

"바쁘구나."

"응. 새로 시작한 일 때문에."

"무슨 일?"

"다큐 사진, 다시 해보려고."

"예전에 했던 여인숙? 아니면 철거?"

"동묘 벼룩시장."

"동대문에 온다는 게 그 일 때문이구나."

"응. 좀 늦고 힘들 줄은 알지만 부딪쳐보려고."

"힘들긴? 마흔셋 싱글맘도 쓰리잡인데."

"거리가 좀 멀기도 하고.."

"선배, 오늘 하루 내가 뛰어다닌 거리가 얼만 줄 알아?

중계동 집에서 홍대, 홍대에서 파주 출판사 들른 다음 다시
홍대 스튜디오 갔다가 동대문 왔어. 서울에서 신탄진보다
더 먼 거리야."

봄꽃 소식이 낙화처럼 분분할 때였다. 태우가 느닷없이
전화를 했다.
"형님, 학원 쪽방에서 무사히 월동하신 거죠?"
그 농담 끝에 동묘 옆 벼룩시장을 꺼냈다.
"교수님, 아니 형님. 팝아트, 그것, 이미 낡은 거예요.
Contemporary Art, 동시대 미술의 시대라고요……. 이참에
팝아트 학원 문 닫고 저랑 공동 작업 해보는 거 어때요?
벼룩시장 다큐. 이것, 옥탑방 개인전 마치고 새로 기획한
다큐 프로젝트입니다. 형님이 먼 옛날에 저를 유혹했던 말대로
시공간을 초월하는 영원한 사진 예술, 그 다큐 예술의 항해
를 저와 함께 떠나지 않을래요?"
세상을 다 가진 것처럼 치기 만만했던 젊은 날이었다.
사진영상학과 강의 시간에 예술철학사와 사진사를 가르치
며 열 살 아래 복학생 유태우를 향해 침을 튀겼다. 데리다,
질 들뢰즈, 롤랑 바르트, 프랜시스 베이컨…… 로버트 카파,
유진 스미스, 요셉 쿠델카, 루이스 하인, 세바스티앙 살가도.

젊은 날의 자신보다 늙은 태우가 끌어당긴 인물들을 만나며 용주는 며칠간 뜬눈이었다. 그리고 팝아트 학원 쪽방에 쭈그려 앉아 아내 몰래 계획을 잡았다. 무조건, 최대한 빨리 팝아트 학원 문을 닫는다. 인두화 공방을 운영하는 아내와는 살림을 나누었다. 보증금을 돌려받으면 당분간 혼자 견딘다. 사진 작업 사전 취재도 할 겸, 벼룩시장도 살펴볼 겸 아예 서울에서 두어 달쯤 지내도 좋을 것이다. 그리고…… 인생의 낯선 바다를 향해 출항하는 것처럼 들뜬 마음으로 용주는 학원을 정리했다. 아날로그 흑백 다큐 사진가. 철거재개발과 전통 여인숙 다큐 사진의 꿈을 싣고 항해하다 좌초한 난파선. 용주는 자신의 난파선에 묶어둔 녹슨 닻을 올리고 찢어진 돛을 꿰매며 벼룩시장으로 나침반을 맞추었다. 팔부 능선을 힘겹게 타고 오르던 신록이 절정으로 치닫던 5월이었다. 사전 답사를 위해 벼룩시장을 두리번거리던 중이었다. 카톡 문자가 날아들었다.

'문학의 향기' — 제577회. 이영산 소설가의 『나비의 방』 편.

문학 단체에서 운영하는 팟캐스트 URL이었다. 오래전 사진 영상 강의를 하던 지방 대학 문창과 교수가 보낸 카톡이었다. 연초에 신간 장편 소설 사인북을 보내주었는데 자신이 출연한 인터넷 라디오 방송을 시청해 보라는 광고였다. 그 작품이 방송을 탈 정도였나? 용주는 인터넷을 검색한 뒤 팟캐스트 제작진을 살펴보았다. 연출 조윤진. 진행 나해수. 작가 강수빈. 강수빈? 눈을 둥그렇게 뜨고 작가 프로필을 열어보았다. ○○문학 신인상 당선. 창작집 『칼자국』. 용주는 혹시, 하는 생각으로 '강수빈 칼자국'으로 검색했다. 사진과 출생지가 맞았다. 작가가 되었구나……. 용주는 인터넷 서점에서 『칼자국』을 주문했다. 홍대 앞의 팟캐스트 스튜디오로 전화를 한 것은 소설집에 실린 아홉 편의 단편을 두 번 정독한 뒤였다. 소설집에 적힌 메일 주소로 안부를 전할까 하다가 육성 통화를 하는 게 낫겠다고 생각했다.

강 작가님은 화요일, 금요일만 출근하세요. 오늘은 녹음이 없어서 쉬는 날입니다.

휴대폰 번호를 몰라서 스튜디오로 두 번 전화한 끝에 통화가 되었다. 십칠 년 만의 통화였다.

"강수빈 작가님?"

"네. 누구시죠?"

"한용줍니다."

이명만 지울 수 있다면 나는 새로 태어난 것처럼…….

용주는 고개를 숙인 채 잠깐 침묵했다. 포항 물회를 먹은 뒤, 아니면 말표 신발 골목을 그냥 지나친 다음부터였을 것이다. 가슴 아래쪽으로 쌓이기 시작한 열기인지 무엇인지 모를 뜨거운 덩어리가 식도를 타고 올라왔다. 지금쯤 열대야는 가라앉았을 것이다. 바쁜 걸음으로 땀을 흘리지 않으려면 일어나야 한다.

"용주 선배."

엉덩이를 의자에서 뗄 때였다. 수빈이 용주의 손등에 손바닥을 올려놓으며 이름을 불렀다. 이름을 부른 게 언제였던가. 기억이 가물가물하다. 수빈의 목소리가 격앙되는 순간마다 이름이 공중에서 붕붕 날아다니던 것은 기억난다. 아주 짧은 순간, 용주는 일으켜 세우려던 몸이 에어컨 냉풍에 흔들리는 것 같은 환각을 느꼈다. 무슨 일이 벌어질 것만 같았다.

"미안해."

"미안하다니?"

"그거."

"그거?"

"……."

"혹시, 세면발이?"

"응."

"너도 알고 있었구나."

"선배의 길을 따라가다 보니까 내 길이 안 보이는 거야. 어느 날, 문득 그랬어. 신촌의 지상에서, 지하에서 다들 제 갈 길을 찾느라 분주한데, 목숨을 거는데, 스물여섯 살 촌년이 이렇게 살아도 되는 건지. 그래서……."

"……."

"그때, 서울 취재 때문에 고시텔에서 묵었잖아. 이불이 없어서 옆방 사람에게 빌려 썼는데, 그가 병원을 다녀와서 감염 사실을 들려줬어. 신촌 옥탑방에 올라가던 날이야. 전날부터 증상이 느껴져 짐작은 했는데 그냥 올라갔어. 그런데…… 그렇게 선배가 하는 일이 뒤집힐 줄은 몰랐어. 그냥 선배와 단절 정도만 예상했던 일인데."

"그랬구나."

"방법이 좀 서툴렀어. 뜻은 이루었지만. 지금 같으면 선택할 다른 길도 많은데."

수빈은 용주의 손등을 가볍게 쓸어내렸다. 더위에 가위눌린 듯 천장 에어컨에서 신음이 새 나왔다. 이명만 지울 수 있다면 나는 아무것도 바라지 않겠다. 용주의 독백을 들었는지 수빈이 입을 다물었다. 몸도 마음도 좀 가벼워질 필요가 있었다. 용주는 입술을 닭 똥구멍처럼 둥글게 말아 빈 잔을 빨아들이는 시늉을 했다. 수빈이 눈웃음을 쳤다.

"수빈아, 한 가지 궁금한 게 있어."

"뭔데?"

"예전에 왜 하필 장소를 신촌으로만 고집했는지, 말 안 했지?"

"아, 그거? 별 뜻 아니야. 집이 신탄진이니까 신탄진 촌년을 줄여서, 신촌. 그 연상이 재밌어서 그랬어."

"그랬던 거야?"

"신촌은 밤이고 낮이고 대학생들이 뒤엉켜서 소란하잖아. 나는 휴학생 별을 세 개씩이나 달도록 끙끙대고. 그래서 그 한풀이 발상으로 그랬는지도 몰라."

신세계

진호 형 별장에서 제육볶음 먹는 시간을 멀찌감치 잡은 것은 더위 때문이 아니다. 두 가지 볼 일 때문이다. 태우와 벼룩시장 사전 취재를 마무리하는 일, 그리고 근처 여인숙에 달방을 잡는 일. 별장 계단을 오르기 전에 그 일을 끝내야 한다. 벼룩시장은 서쪽으로 해가 기울면 파장이다. 파장의 밀물이 여인숙 빈방까지 밀어닥칠 것은 당연하다. 누군가 원정 매매를 다녀가는 지방 사람이 있으면 하룻밤 숙박이든 달방이든 상관없이 간판의 불빛이 깜박거리기도 전에 방이 찬다. 그런 까닭에 날이 짜부라지면 둘 다 놓치고 만다.

용주는 휴대폰을 열었다. 네 시 오 분 전. 태우가 도착했을 것이다. 동대문역 말표 신발 골목에서 너무 지체했다. 서둘러야 한다. 그런데 저만치 동묘공원 정문이 빤히 보이는데도 도무지 걸음에 속도를 붙일 수가 없다. 대체 어디서 이렇게 많은 사람이 쏟아져나온 건지. 외국인 관광객이나 보따리장수들이야 관광 지도나 가이드를 따라서 짬도 모르고 달려들었을 테지만 평일 한낮에 한국인들이 북적대는 까닭이 무언가. 이 사람들은 땡볕도 모르고 더위도 못 느끼는가. 대로변 벼룩시장 입구부터 공원 담장을 따라 펼쳐진 난전은 흡사 불볕을 피해 사람들이 몰려든 현대백화점 신촌점 지하 통로 같다. 용주는 몸속의 열기를 다 뿜어내듯 된 숨을 뱉었다. 어떻게 이 틈을 비집고 진호 형이 자리를 차지했는지.

평화시장이나 남대문시장에선 두세 배 장사라지만 여기선 대여섯 배도 가능해. 눈 뜨고, 입 열고, 손가락만 까딱거릴 줄 알면 밥은 먹고 산다는 얘기지.

진호 형의 말은 결코 과장이나 허세가 아닐 것이다. 그러나 문제는 자리였다. 빈틈이 없었다. 용주는 걸음을 멈추고 주변을 둘러보았다. 사람과 난전이 뒤섞인 벼룩시장 어느 곳에도 뚫고 나갈 통로가 보이지 않았다. 그것은 자신이 비집고 들어설 공간이 마른 멸치만큼도 허락되지 않는다는 뜻이었다. 사 층짜리 낡은 상가의 옥상에 숨어 들어가 벼룩시장 평면 사진을 찍을 때다. 사람과 중고 물건과 파라솔이 물결처럼 굽이치는 풍경에 숨이 컥, 막혔다. 두 번, 세 번 휴대폰 앨범을 열고 사진을 볼 때마다 용주는 가슴이 뛰었다. 그것은 지금까지 살아오면서 처음 보는 신세계였다.

늦봄이었다. 태우와 벼룩시장 다큐 사진 공동 작업을 결정한 뒤였다. 용주는 팝아트 학원 문을 닫고 사전 답사도 할 겸 민우와 벼룩시장을 찾았다. 마침 민우가 한 달 남짓 달방 생활을 했던 여인숙에서 사귄 형을 소개해 주겠다는 제안을 했다. 달방 형님 말이야. 일용 잡직 노동자거든. 그런데 일주일에 두세 번은 벼룩시장에서 난전 행상을 해. 그 말을 듣고 당장 보고 싶다며 날을 잡았다. 그렇게 소개받은 달방 형님이 백진호다. 동묘공원 북문 쪽 골목의 파란 줄무늬 파라솔에서 진호 형을 처음 만났다. 성주여인숙 입구였다. 조선족 중년 여자가 제육볶음과 녹두빈대떡을 팔았다. 형은 마침 성주여인숙 달방으로 퇴근하던 길이었다.

"대전에서 온 한용줍니다. 구제 옷 장사를 하는데 벼룩시장 좀 알아보려고 왔습니다."

처음엔 벼룩시장을 찾은 목적을 감추었다. 그러나 진호 형을 속일 수가 없었다. 이미 자신을 꿰뚫어 보고 있었다.

"이곳에 발을 들여놓았다면 다른 이유가 있을 거요."

"아, 예. 사실은……, 사진을 찍으려고 합니다."

그날 이후, 형과 함께 제육볶음을 먹은 게 여섯 번이다.

"백 사장님. 오늘부터는 형님으로 모시겠습니다."

세 번째 제육볶음을 먹던 날이다. 호형호제를 결정하고 슬그머니 과거의 이력을 밝히자 형은 달방으로 안내했다.

"여기가 내 별장이야. 별이 보이는 마당. 마당 장, 알지?"

형은 여인숙 옥탑방을 별장으로 소개하면서 자신의 비화를 꺼냈다.

"벼룩시장 난전 자리 잡는 데 십오 년, 딱 십오 년 걸렸어. 세 걸음짜리 터를 잡는 데 자그마치 십오 년. 별별 짓 다 했다. 말로 할 수 없는 일들, 씨팔, 징그럽게 겪었지. 상가 주인에게 찬물 벼락도 맞아보고, 양아치 같은 놈들에게 엎어치기도 당하고. 텅 빈 파주 집으로 다시 돌아갈까, 생각도 하고. 손바닥만 한 가게도 없는 떠돌이 행상들이

겪는 수모지. 이 바닥이 그랬다고. 그렇게 잔뼈가 굵어지면서 내가 예순일곱이 된 거야. 그런데 이젠 앉을 자리가 없어. 눈 씻고 찾아봐도 빈틈이 없다고."

진호 형의 경험담은 사실 여부를 떠나 설득력이 있었다. 아니, 결코 거짓이 아니었다. 다큐 촬영을 위해 사전 답사하면서 용주는 상인들에게 몇 번씩 물었다. 벼룩시장이 형성된 시기와 행상 난전에 대해서. 그때마다 욕을 먹거나 문전박대를 당했다. 대로변의 난전 장꾼이나 동묘공원 주변과 골목의 모든 난전 주인은 용주를 향해 한결같은 표정을 보였다. 서울이 어떤 곳인지 모르는 촌놈. 자신의 생존권을 위협하는 약탈자. 그러나 단 한 사람, 진호 형만은 예외였다.

"여긴 빈자리가 보여도 다 주인이 있어. 다른 사람은 절대 자리를 못 잡아. 그래서 말인데, 민우 아우의 인연도 있고 해서 난전 장사하는 방법을 알려줄게. 내가 인력 시장에서 일을 받는 날, 난전을 비우는 날 말이야. 그게 일주일에 이삼일쯤 되거든. 그때 용주 아우가 내 난전 행상을 대신하는 거야. 아직은 물정을 모르니까 시장 돌아가는 꼴도 보고, 사람 끌어당기는 요령부터 배우라고. 이렇게 하면 나도 자리 잃을 염려가 없고, 아우는 일도 배우고 돈도 벌고. 세 마리 토끼를 한꺼번에 잡는 거지, 안 그래?"

제육볶음에 소주를 마시다 진호 형은 용주에게 제안을 했다. 용주는 놀랍고 반가운 마음을 감추면서 생각했다. 투잡 때문에 힘든 탓인가? 혼자 살아가면서 외로운 탓으로? 아니면……. 용주는 형의 의도를 대충 짐작했지만 입을 다문 채 별장을 내려왔다. 벼룩시장에 비빌 언덕을 진호 형이 마련해준 것은 어쨌거나 고마운 일이었다.

"내가 파는 물건들은 대중없어. 그때그때 시장 돌아가는 판을 보면서 결정하고 그래. 단, 부가가치가 높은 단일 품목 만으로."

다시 별장에 올라 소주를 마시던 날이었다. 난전에서 파는 물건이 궁금해서 물었다. 형은 세상에 처음 공개하는 비밀이라는 것처럼 진지하고 낮은 어조로 설명했다.

"품목 결정이 승부를 좌우하는 거야. 장기전이냐. 단기전 이냐. 나처럼 여기서 평생을 버티려면 마케팅 전략이 필요 해. 나는 이천 원, 삼천 원짜리 옷이나 시대에 뒤떨어진 신발 따위는 절대 안 팔아. 쓰레기 같은 고물을 쓸어 모아 덤핑 판매도 안 해. 시대를 초월하는 골동품이라든가, 빈티 지 외제 장식품 같은 것만 취급해. 진짜와 짝퉁 반반 섞어서 말이야. 내가 얘기했지. 일주일에 일만 명씩 다녀간다고 치면 그 가운데 0.1%, 단 열 명이면 충분해. 그러자면 값이 좀 쎈 것으로 하는 게 좋아. 내가 기초생활수급자로 생계급여를 타잖아. 생활비를 빼고 남은 돈하고 건축 일당 받는 것을 최대한 모아서 쓸 만한 물건을 구입하는 거지. 그런 식으로 나만의 마케팅 전략이 필요한 거야.”

용주가 골동품 경매장을 드나든 것은 진호 형의 권유 때문이 아니었다. 자신의 계획표에 붉은 동그라미를 빙빙 둘러친 일이었다. 죽은 카메라의 좀비처럼 창궐하는 이명과 속병과 불면증을 피해 여기저기 떠돌 때, 옥천을 지나가다 ‘향수 골동품 경매장’을 몇 차례 구경한 적이 있었다. 향수? 정지용 시인의 그 향순가, 아니면 옛것에 대한 그리움인가. 대체 저 짝퉁 골동품들은 어디서 흘러들어 어디로 팔려나가는 것인지. 그런 호기심으로 한참씩 들여다보곤 했다. 보면 볼수록 한편 흥미롭고 한편 애틋한 풍경이었다. 그러나 다 잊은 일이었다. 벼룩시장을 다녀오고, 진호 형을 만나고, 진호 형이 안내한 인사동 골동품 점포와 난전을 차례로 살펴보면서 무릎을 치기 전까지는.

그래, 나도 시작해 보자. 진호 형의 자리에 내 물건을 깔고 내 방식대로 한번 해보자.

향수 경매장 맞은편 소머리국밥집에 앉아 경매장을 지켜보면서 용주는 고개를 끄덕였다.

이미 팝아트 학원은 넘겼다. 사진이든 난전이든 벼룩시장에 몰두해야 한다.

국밥 숟가락을 내려놓을 때까지 용주는 그 생각을 거듭했다. 서울 왕복 일정을 몇 번씩 수정하면서 생계에 대한 계획도 잡았다. 아내에겐 학원 처분을 통보했으니 이후의 계획은 최종 정리가 끝난 뒤에 해도 될 것이었다.

진호 형이 난전 임대료 명목의 자릿세를 원하면 적당히 떼어주면 된다. 어차피 2년간의 벼룩시장 다큐 작업을 위해서도 필요한 일이다. 태우야. 벼룩시장에서 봄부터 겨울까지 두 바퀴쯤 돌아보자. 그렇게 태우와 협의도 끝냈다. 2년이면 짧지 않은 시간이다. 교통비와 숙박비를 고려하면 서울, 대전을 오르내리는 것보다 차라리 얼마간 머무는 게 현명한 선택일지도 모른다. 벼룩시장 촬영은 엄연히 다큐 아닌가. 산책자가 아니라 내부자의 시선이 필요하다. 그러자면 현장에서 직접 부대끼는 게 최선이다. 시장의 생리와 시장을 드나드는 모든 사람의 표정과 호흡까지를 담아내려면 현장 가까운 곳에 숙소를 마련하는 게 성패의 관건이 될 수도 있다. 그렇다고 다큐 작업에만 매달릴 수는 없는 노릇이다. 당장의 호구지책도 마련해야 한다. 그것이 여인숙 달방이 필요한 이유다. 물론 아내에게 말할 필요는 없다.

"여보. 두어 달 정도 여인숙에서 지내야 할 것 같아."

"여인숙? 새삼스럽게 그런 말을? 당신, 지금까지 집 밖에서 살아왔잖아."

여인숙 달방 얘기를 꺼내기가 무섭게 아내는 일축하고 돌아앉을 게 분명하다.

일산 백 고모

"형님."

동묘 정문에서 태우가 불렀다. 표정이 오래 기다린 것 같진 않았다. 젊은 탓인가? 정문 앞 난전에 널려 있는 무조건 이천 원짜리보다 더 빛이 날아간 슬라브 티를 입고서도 생기가 돌았다.

"어제보다 복잡하네요. 이 더위에 안경 열댓 개 놓고 앉아 있는 사람이 있어요. 티셔츠 몇 장만 벽에 붙여둔 사람도 있고."

"그래도 그게 다 물 건너왔을 거다."

"외제라고요?"

"그 사장님 말씀으론 그렇다는 얘기지. 하하. 나도 다음

주부터는 물 건너를 입에 달고 살아야 하는데, 잘 될까
모르겠다."

"형님, 정말 난전 펼치려고 그러세요?"

"이미 칼을 뽑은 셈."

"칼날은 없고 칼자루만 있는 게 나을지도 모르겠네요.
하하하."

오후 네 시의 땡볕은 무르익을 대로 익어 터져버린 석류
속같이 검붉은 더위를 내뿜었다. 마지막 일전을 치르듯
시장의 모든 사람과 사물에 화력을 쏟아붓는 중이었다.
이미 죽어 널브러진 시체든 실낱같은 숨이 붙어 꿈틀거리든
가리지 않았다. 지금쯤 별장은 옆 건물의 그늘에 덮였을
것이다. 달방 계약은 다음으로 미룰까? 일찌감치 별장 그늘
에 파묻혀 돼지고기나 볶는 게 어떨지. 용주는 휴대폰을
열었다. 문자도 카톡 메시지도 없었다.

"형님, 이선주 말인데요."

"별일 없지?"

"예. 지난번 만났을 때 형님 안부 전했어요. 벼룩시장
다큐 공동 작업 얘기도 하고."

"얼굴 좀 봐야 할 텐데. 미안하다는 말도 해야 하고."

"그러잖아도 오늘 시간 되면 함께 오려고 했는데 면접이

있다고 하네요."

"무슨 면접을?"

"미술관으로 자리를 옮기려나 봐요. 지금 근무하는 갤러리가 전망이 없다고. 우선 인턴 큐레이터부터 시작인데, 오늘 1차 면접이랍니다."

"다음에 꼭 한번 보자고 해주라. 못 본 지가 이 년이 되었어."

이 년……. 세월이 빠른 것은 지나고 보아야 안다. 그 말이 맞았다. 그새 이 년이 지났다니. 선주 얼굴을 마지막으로 본 게 지지난해 봄이었다. 선주가 태우와 2인전으로 작업한 옥탑방 사진전 오프닝 날이었다. 그 뒤론 못 보았다. 용주는 걸음이 흔들렸다. 좁은 골목을 꽉 채운 불볕과 사람과 소음 탓이 아니었다. 눈앞에 어른거리는 옛 제자의 얼굴 때문이었다. 걸음을 바로 잡으며 생각할수록 선주에게 미안한 일이다. 왜 생각도 없이 덤볐을까. 태우가 벼룩시장 다큐 공동 작업을 입에 담았을 때, 대뜸 계획서를 낚아챈 일은 두고두고 민망한 일이다. 민망함 이상으로 마음이 무겁다. 벼룩시장 다큐 프로젝트는 원래 선주 몫이었다. 태우가 말을 꺼냈으나 사실 가로챈 것과 다를 게 없었다. 내가 해볼게. 나랑 하는 것으로 하자. 밥 먹는 자리에서, 지나가는 말로 꺼냈을지도 모르는 태우의 말에 그토록 민감한 반응을 보이다니. 태우의 의사도 묻지 않은 채, 단호한 어조로 스스로 결정하다니. 둘은 5년 가까이 땀 흘린 옥탑방 다큐 때문에 몸과 마음이 많이 망가졌다. 라이카 카메라에서 주최하는 국제 사진 공모전 'LEICA OSKAR BARNACK AWARD'에서 탈락한 뒤, 겨우 몸과 마음을 수습하고 가진 사진전이었다. 그랬으므로 짐작건대 벼룩시장 다큐는 그 상처를 아물게 하려는 어떤 처방 같은 것일지도 몰랐다. 그런데 덥석 칼자루를 빼앗아 들다니. 그래서 용주는 나름대로 뽑아 든 칼을 벼리는 심정으로 서울을 오르내리며 동묘 근처의 달방을 뒤지는 중이었다. 선주를 대신해서 벼룩시장 다큐 작업을 제대로 한번 해보고 싶은 생각으로.

"형님. 저는 이제 사전 답사는 마무리된 것 같아요."

용주를 불러 세우며 태우는 카메라 배낭을 추슬렀다.

"나도 서너 번 둘러보았는데 이젠 뭐, 시작해도 될 것 같다."

"그래요. 7월부터 프로젝트 인트로를 잡았으니까 오늘 마지막으로 스케치 마치고 진행하면 될 것 같아요."

"그래. 날도 더운데 힘내야겠다."

"형님. 여기, 카메라."

"아, 가져왔구나."

"이것 제가 쓰던 DSLR인데, 형님 양에는 차지 않겠지만 그런대로 쓸 만할 겁니다."

"태우야……, 미안하다."

미안하고 고맙다, 하려다가 용주는 말을 잘랐다. 그냥 미안한 생각이 들었다. 과거에 폐기 처분한 자신의 욕망과 그 욕망의 잔해를 뒤적여 불씨를 찾아준 옛 제자. 마흔세 살짜리 가난한 서울 청년이 건네준 중고 카메라. 그리고 오늘, 이 땡볕에 서 있는 자신에게까지 모두 다, 미안하게 여겨졌다.

"한 바퀴 둘러보고 별장으로 올라가자."

"아, 별장 사장님과 저녁 약속했다고 했죠?"

"그 형님이 인물 촬영 첫 번째 대상이야. 최소 다섯 분 이상은 모셔야 스토리가 완성될 텐데, 출발은 괜찮은 것 같다."

"초상권 때문에 포트레이트는 쉽지 않겠어요."

"그게 난제라서 두어 달 드나든 셈인데, 일단 두 분은 확보."

"또 누가 있어요?"

"일산 백 고모."

"일산 백 고모?"

"벼룩시장에서 백전노장으로 소문난 여자 사장님이야."

"역시, 형님 내공은 못 따라가요. 하하."

용주는 태우보다 반걸음쯤 앞장서서 인파 속을 뚫고 들어갔다. 들어찬 사람에 비해 골목은 터무니없이 좁았으나 서너 차례 답사를 한 탓으로 어느 정도 길이 익숙했다.

"태우야. 여기, '로마 VINTAGE'."

"예."

"이 상가를 중심으로 좌우로 나누어서 작업하는 게 어떨까."

"그러죠. 형님이 여기서 먼저 방향을 잡으시면 저는 형님 동선과 겹치지 않게 진행할게요."

태우가 '로마 VINTAGE'를 가리키는 손가락을 바라보는데 휴대폰이 떨렸다. 문자 메시지였다.

오늘 시간 돼요. 저녁 먹을까? 후다닥 달려가면 여섯 시부터 가능.

수빈이었다. 기다리던 답장이다. 1박 2일 만에 기어서 도착한 문자. 제 볼 일 다 보고 느릿느릿 길을 돌아오다가 길 끝에 닿을 때쯤에서야 헐레벌떡 가쁜 숨을 내뿜는 어투. 십칠 년 전과 똑같다. 오늘 밤, 시간 되는데, 올라올 수 있으면 저녁 먹어. 한 사람은 사오일 전부터 기다리고 한 사람은 당일, 일방적으로 정한 시간에 자기의 뜻을 관철하는 방식. 샌들에 반바지 차림으로 집 밖을 서성대다가 신촌역을 향해 열차와 지하철을 번갈아 탄 게 한두 번이 아니었다.

"어휴, 해가 언제 떨어지는 거냐. 더위가 사람 잡겠다."

용주는 귀뿌리를 타고 내려가는 땀을 닦으며 귀를 비볐다. 수빈의 문자를 읽을 때였다. 왼쪽 귀에서 벌 떼 소리가 들렸다. 귀를 비비던 손을 내려 문자를 찍었다. 동묘공원 북문 앞. 여섯 시. 도착하면 연락해. 휴대폰을 닫고 상점 두어 개를 보는 둥 마는 둥 지나쳤다. 여섯 시면 별장 저녁 식사 한 시간 전이다. 수빈과 함께 벼룩시장을 한 바퀴 둘러보고 별장에 올라가면 될 것이다. 그런데 두 사람에게 수빈을 어떻게 소개해야 하나. 말투가 남자보다 거친 후배 여자를 두 사람이 어떻게 바라볼 것인지.

"형님."

태우가 용주의 어깨를 쳤다. 몇 번을 불러도 못 알아들었던 모양이었다.

"저는 저녁 식사 어렵겠는데요. 같이 영화 작업하는 후배가 얘기할 게 있다고 문자 보냈네요."

"급한 일?"

"내일 광화문 광장에서 추모 집회가 있는데 지방에서 올라온 사람들 인사 좀 나누자고 해서요."

"추모 집회라면, 누구?"

"얼마 전에 사망한 황재학 PD 소식 들으셨죠? 지방의 C 방송국."

"아, 비정규직 철폐 유서 남기고 떠난 PD."

"예. 그래서 저녁은 좀……."

"태우야, 나도 내일 광화문에 가봐야겠다."

"두 시부터 집횐데, 시간이 되겠어요?"

"오전은 벼룩시장 난전을 펼치고 오후에 강남에 들를 데가 있는데, 집회 마치고 좀 서두르면 될 거야. 강남역에서……."

용주는 강남역에서 말끝을 흐렸다. 강남역 사거리 철탑에서 농성 중인 해고 노동자 김용희 씨 촬영은 감추는 게 좋을 듯했다. 벼룩시장 다큐를 하겠다고 태우에게 카메라를 얻었다. 그런데 첫 셔터를 누르기도 전에 한눈파는 게 좋게 비치지는 않을 것이었다.

"다섯 시 약속이니까 광화문에서 삼십 분 잡고 움직이면 될 거야."

"좋아요. 선주도 집회 참석하는데 형님까지 동행해서

힘이 납니다.”

"잘 됐다. 내일은 그렇게 하기로 하고 태우야, 오늘은 아주 급한 일은 아닌 것 같으니까 별장에서 저녁 먹고 가자.”

"글쎄요, 그게……."

"초대한 손님이 있어.”

"누굴?”

"옛날에 신문사 있을 때 후배 여기잔데, 지금은 서울에서 살아.”

설악산 환선굴이 딱 맞는 비유일 것이다. 좁은 입구의 철제 계단을 위태롭게 내려간 뒤 목을 접은 채 어둡고 날카로운 암벽 모퉁이를 무사히 빠져나가면 마침내 펼쳐지는 환상적인 종유석 광장. 벼룩시장 동남쪽 상가 골목이 그 환선굴 형상과 같았다. 제법 값이 세고 부가가치가 높은 빈티지 잡화와 골동품들이 즐비한 이곳은 사람으로 치면 심장부쯤에 해당할 터이다. 병목 같은 난전 골목에 어울리지 않게 붙박이 상가와 이동식 상품 진열대가 널찍하게 혼재된 풍경. 외부에선 도저히 깊이와 출구를 알 수 없는 미지의 신세계. 벼룩시장이 바로 그곳이었다.

자, 기회는 단 한 번. 비행기 타고 산 넘고 물 건너왔습니다.

자, 여러분보다 연세가 많으신 골동품. 세상에 딱 하나밖에 없는 진품보다 더 진품……. 순간의 선택으로 영원히 행복해지시는 겁니다. 자, 행복을 드립니다.

비록 저음과 냉랭한 눈빛으로 일관했으나 국적과 연령, 정체를 알 수 없는 장꾼들을 단 한 사람도 놓치지 않을 듯 끌어당기는 중년 여자. 일산 백 고모다. 백 고모의 호객 소리는 들을 때마다 비현실적으로 느껴져서 흡사 최면에 걸린 듯 그냥 지나칠 수가 없었다.

"저기, 빨간 티셔츠 사장님 보이지. 저분이 일산 백 고모야."

"첫눈에도 백전노장입니다."

"낼모레 칠십인데, 이 바닥에선 모르는 사람이 없어. 진호 형 말로는 일단 손님이 상품을 물면 놓치는 법이 없다는 거야. 최고의 매상을 올리는 분이라고 소문이 자자하고. 벼룩시장에선 스타로 불려."

"아, 여기서도 별이 뜨는군요. 하하."

"저 별을 카메라에 담으려면 백 번은 눈도장 찍어야 할 거다."

"형님, 그러다 별똥 되는 거 아녜요?"

"별똥? 하하하."

스타와 달포쯤 전에 벼룩시장에서 몇 마디 주고받은 뒤, 옥천 골동품 경매장에서 다시 만나 점심을 함께한 것은 우연한 일이었다. 이 가방, 수제 가죽 틀림없나요? 젊은 양반이 눈매는 고운데 생각은 흉하네. 나는 한 입 가지고 두말 안 해. 중고 카메라 가방 흥정이 첫 대화였다. 생각보다 터무니없이 값이 비싸서 흥정은 깨졌다. 경매장에서 만난 것은 그 며칠 뒤였다. 사장님. 저번에 수제 가죽 가방 흥정하던…… 아, 그래. 눈매 보니까 알겠네. 점심 함께 하시죠. 제가 소머리국밥 사드리겠습니다. 그렇게 인연이 닿았다. 스타를 뒤늦게 알아본 뒤 벼룩시장 사전 취재를 하면서 지날 때마다 인사를 했다.

　자, 인도 황금 램프입니다. 램프를 비비면 황금 덩어리가 왕창 쏟아져 나옵니다. 이거 새빨간 거짓말입니다. 저는 거짓말을 못 합니다.

　스타가 거짓말을 고백하면서 손님 두엇을 웃기고 있었다. 용주는 멀찌감치 스타를 지켜보는 내내 독특한 상술에 혀를 찼다.

　자, 진짜는 루브르 박물관에 제가 맡겨두었고요, 오늘은 이미테이션만 가지고 왔습니다. 그래도 인도산입니다. 멋지죠? 자, 내가 선택하는 게 진짜라고 믿고 사면 됩니다. 그게 행복입니다. 자, 행복 사세요. 싸게 드립니다. 십오만 원. 거저 드리는 겁니다.

진호 형이 별장에 도착했다는 전화를 받은 것은 일산 백 고모에게 한창 넋을 빼앗길 때였다.

"용주야, 폭염으로 두 시간 앞당겨 퇴근했어. 돼지고기랑 소주 세 병, 오케이?"

형은 오케이를 세 번씩이나 반복했다. 더위가 조금 짜부라지면 파장일 텐데 아무래도 여인숙 달방은 미루는 게 좋을 것 같았다. 수빈을 동묘에서 보자고 한 게 문제였다. 내일, 주말에 시간이 날 줄 알았는데 오늘 보게 될 줄은 예상하지 못했다. 시간을 여섯 시로 잡은 것도 잘못이었다. 동일 시간대에 일이 겹쳤다. 용주는 태우에게 달방 얘기를 꺼내려다 그만두고 골목을 빠져나갔다.

"태우야, 조금 전 황금 램프 말이야."

"응. 스타가 팔던 거요?"

"그거, 어제 경매장에서 두 개 오만 원에 산 거야. 나랑 경매가 붙었는데 백 고모가 낙찰받은 물건이거든."

"아까 십오만 원 부르던데, 세 배, 아니지, 여섯 배 튀긴 거네요."

"그러게 말이야. 정말 무서운 솜씨다."

"형님도 앞으로 그래야 하잖아요 여기서 살아남으려면 말입니다. 하하."

"그런가? 그래도 그 정도는 아니겠지."

"그게 아니라, 스타가 되려면 까마득하겠죠. 하하하."

까마득하다는 태우의 말, 틀린 말이 아니다. 까마득으로는 부족한, 도저히 닿을 수 없는 세상 어딘가에 떠 있을 스타였다.

"저기 보이는 파라솔 옆이 진호 형 별장이야."

동묘 북쪽 담장을 끼고 돌자 저만치 파란 줄무늬 파라솔이 보였다. 파라솔을 가리키던 손가락을 접고 용주는 모퉁이를 꺾어 돌았다. 파라솔 직전에 손바닥만 한 마트가 있다. 거기서 삼겹살과 소주를 사면 된다. 태우를 앞세우고 용주는 걸음 속도를 늦추었다. 마트를 향해 걸어가는 태우 뒷모습에서 스타의 환영이 얼핏 보였다.

일산 백 고모. 백태순 여사. 그가 누군가. 90년대 일산 신도시 재개발 싸움 때부터 소문난 사람이다. 고양시 행신리 뱀골 사수 투쟁 때 감옥도 다녀왔다. 신도시 개발 결사반대. 토지 조사 거부하자. 뭉치자! 마을회관과 율동상회 벽에 빨간색 스프레이 글씨를 쓴 사람이 백 고모다. 빨간 티셔츠에 빨간 프라이드를 타고 마을 사람들을 찾아다니며 결사반대 연판장을 돌린 사람도 그녀다. 뱀골의 개집 같은 무허가

판잣집에서 끝까지 버티고 딱지 열 장을 거머쥔 뒤에 서울로 스며든 곳이 벼룩시장이라는 소문이 아직도 떠돈다. 그 소문이 전혀 거짓이 아니라는 증거는 넘친다. 인사동 골동품 상점 한 곳의 공동 업주이면서 벼룩시장 내에 점포 세 개를 소유한 임대인. 그리고 난전에 새끼 사장을 둔 고용주. 젊어 밑바닥 싸움의 전설로 회자되던 백 고모는 자본의 갈고리를 잡아끌며 서울특별시의 당당한 갑으로 변신했다. 한용주. 자신은 기껏해야 행상 난전의 을이다. 그것도 내일 첫걸음을 떼는 애송이다. 그런데 벼룩시장 전설의 스타와 견주다니. 어불성설이다.

시청역 1호선 환승.

수빈의 문자였다. 문자 알림 소리에 용주는 일산 백 고모의 최면에서 깨어났다. 땀에 젖은 것처럼 눈이 흐렸다. 문자를 끝까지 읽을 수 없었다. 눈 때문이 아니라 아직 쨍쨍한 햇볕 탓이었다. 눈을 두어 차례 끔벅이고 문자를 마저 읽었다. 십오 분 후 도착. 홍대 입구에서 2호선을 타고 시청에서 환승했다면 동묘까지는 다섯 정류장이다. 진호 형 별장은 동묘에서 오륙 분 거리에 있다.

"태우야. 소주 세 병, 삼겹살 두 근. 이 카드로 계산해."

태우가 마트로 들어가는 모습을 지켜본 뒤 용주는 동묘공원 담장 쪽으로 다가섰다. 낮은 담장의 그림자가 좁은 골목길에 그늘을 드리우기 시작했다. 그늘 듬성듬성 빈틈이 보였다. 곧 파장이라는 뜻이다. 해가 떨어지려면 아직 멀었으나 벼룩시장은 순식간에 공터가 된다. 물건보다 사람이 더 많은 공원 입구와는 다르게 뒷골목 난전은 해가 고층 빌딩 너머로 넘어간다 싶으면 사람들이 썰물처럼 빠져나간다. 그러면 시장은 끝이다.

시청역 1호선 환승. 십오 분 후 도착.

용주는 수빈의 문자를 다시 읽었다. 놀랍게도 십칠 년 전과 똑같은 문장 구조다. 어미나 조사가 생략된 두 문장. 앞은 공간, 뒤는 시간.

덕수궁 정문. 이삼십 분 늦음.

인사동 쌈지길. 다섯 시 반.

잔가지를 모조리 잘라버린 나무처럼 뼈대만 앙상한 문자를 기다리면서 용주는 그때마다 주체하기 어려울 만큼 설렘과 긴장을 느꼈다. 그리고 문자를 반복해서 읽으며 그 느낌을 즐겼다. 수빈과 함께 서울의 거리를 무수히 밟은 것은 순간순간 증폭되는 설렘과 긴장감 때문이었다. 두 감정의 소용돌이에 휩쓸려 광장으로, 철거촌으로, 여인숙으로 동지처럼 어깨를 겯고 뛰어다녔다. 삼십 대 중반, 연두의 시기였다.

상도새싹13길

마을 언덕의 정상에 올라오긴 했으나 내려가는 게 걱정이었다. 비탈길 대부분이 빙판이었다. 엎드려서 손을 짚어가며 기다시피 비탈길을 오르는 동안 살펴보았다. 눈 녹은 물이 찔끔찔끔 흘러내린 게 한파에 그대로 얼어붙어 있었다. 마을 곳곳에 빈집이 늘어난 탓이었다. 산기슭 마을 아래부터 정상까지 실핏줄처럼 이어진 비탈 흙길에서 연탄재는 월동용 필수품이었다. 연탄불을 피우는 집이 줄어들면서 빙판길에 뿌릴 연탄재가 부족했다. 미끄럼틀처럼 번들거리는 빙판길을 어떻게 내려갈 것인지. 용주는 카메라 배낭을 풀면서 절레절레 고개를 흔들었다.

"선배, 사진 느낌, 너무 좋다."

수빈은 빙판길 따윈 아랑곳없이 카메라 셔터를 눌렀다. 정상의 폐가와 벽서를 찍고 있었다. 용주는 이미 두 차례 찍은 풍경이다. 철거 반대. 금호건설 OOOO. 단결 투쟁. 주거권을 사수하자. 붉은색 스프레이로 굵고 거칠게 쓴 투쟁 구호들이 지붕과 벽 곳곳에 적혀 있었다. 상도동 철거 예정지를 찾아온 것은 세 번째였다. 새천년이 시작되던 작년 봄과 연말, 그리고 오늘. 해를 넘기고 2월 마지막 날이다. 그동안 마을 아래부터 정상까지 벽서와 폐가를 대부분 찍었다. 앞으로 주민들 초상 사진만 찍으면 상도동 기록은 일단락이 된다. 세 번째 길에 수빈과 동행한 것은 주민들과 거리를 좁히고 더불어서 취재 경험을 쌓아주려는 의도였다.

"새싹길. 선배, 길 이름 참 이쁘다. 어, 그런데 길 양옆으로 마을이 갈라지네. 이쪽은 새싹13길. 저쪽은 양녕14길."

수빈은 폐가 옆으로 전봇대의 이정표를 배치해서 촬영하려는지 뒤로 물러섰다.

"수빈아, 조심해!"

두어 발짝만 더 물러섰으면 폐가의 지붕으로 떨어질 뻔했다. 산꼭대기 인근은 언덕의 경사가 심해서 아랫집 지붕 위에 윗집이 놓인 형국이었다. 자칫 발을 헛디디면 큰일을 치를 수도 있었다. 용주는 수빈을 한 걸음 앞당기게 한 뒤 길모퉁이 폐가 쪽으로 돌아섰다. 786. 이사동 12길. 절반쯤 빛이 날아간 철거 번호와 벽에 붙은 도로명 팻말이 보였다. 지난번 다녀가면서 필름에 담은 풍경이다. 폐가를 왼쪽에 배치하고 산 아랫마을과 멀리 아파트 숲을 대비해서 광각으로 찍었다. 폐가의 벽 곁엔 63빌딩을 붙여두었다. 거리가 멀고 날이 흐려 63빌딩 모습은 쉽게 눈에 띄지 않았다. 수빈이 조금 전에 찍은 정상의 폐가와 786번 집은 길 하나를 두고 둘로 나뉜 마을의 상징 같았다. 이정표가 붙은 전봇대 양쪽에 나란히 앉았기에 어느 폐가를 뷰파인더로 들여다보아도 좌우로 63빌딩이 담겼다.

"선배, 저기 흐릿한 게 63빌딩이야?"

"맞아."

수빈이 63빌딩을 발견하고 신기하다는 듯이 눈을 둥그렇게 떴다. 용주도 처음엔 눈을 의심했다. 아, 63빌딩 높이의 산마을이라니. 한강에 맞닿을 듯한 저 아래 산기슭부터 이 산꼭대기 정상까지 사람들이 나무처럼 뿌리를 내리고 살아왔다니.

"하, 서울 시내가 다 보이네. 산 아랫마을만 아니면 풍경은 정말 일품이다."

수빈이 풍경에 감정이 격해졌는지 코를 훌쩍거렸다. 그럴 만도 했다. 아름다움과 처연함을 동시에 보여주는 풍경. 상도동 정상에서 내려다보는 산마을은 도무지 현실감이 없었다. 21세기 서울특별시의 풍경이라고는 믿어지지 않았다. 한눈에 들어차는 마을의 낡은 슬레이트와 거무튀튀한 기와지붕들. 고층 아파트와 현대식 빌라에 둘러싸인 마을은 마치 거대 문명에 반기를 들고 끝까지 원시 자연을 고수하겠다며 결사 항전을 벌이는 모습처럼 보였다.

우주 만물이 생멸의 법칙에 따르듯 시대의 흐름에 휩쓸려 불가피하게 생존의 터전을 상실할 사람들. 누군가는 함박웃음을 쏟으며 남을 것이고, 누군가는 피눈물을 흘리며 떠날 것이다. 주거 환경 개선 사업의 명목으로 진행되는 철거재개발 현장이 다 그렇듯 상도동도 마찬가지다. 골목 곳곳에 단결 투쟁, 생존권 사수와 같은 구호를 쓰고 머리띠를 두른 사람이 있다. 그들을 만나러 왔다. 그들의 과거와 현재와 미래는 무엇인가. 다시 새겨야 한다. 목숨을 걸고 싸우는 사람들, 그 진실을 어떻게 필름에 담을 것인가. 용주는 상도 새싹13길과 양녕14길 정상에 오를 때마다 다큐 사진의 목적과 방향을 되새겼다.

"수빈아, 춥다. 내려가자."

수빈의 손과 얼굴이 추위에 얼어선지 붉게 상기되었다. 철거 현장 취재를 겸해서 촬영에 동행했으나 방한복이 제대로 갖춰지지 않았다. 선배, 내 글감도 얻고 다큐 사진도 맛보고 싶어. 의욕은 컸으나 아직 경험이 부족했다. 산꼭대기의 맵찬 바람이나 빙판길 따위에 익숙해지려면 시간이 더 필요했다.

"선배, 몇 시에 마을 주민들 만나기로 했어?"

"두 시 반."

"삼십 분이나 남았네."

"사진 찍었으면 내려가자. 빙판길이라서 시간이 좀 걸릴
거야."

용주는 카메라를 배낭에 넣고 비탈길 앞에 섰다. 내려갈
일이 까마득했다. 얼음 덮인 흙길이 번들번들 빛났다. 이
길을 어떻게 올라왔는지. 대체 왜 수빈을 데리고 올라온
것인지.

"아, 참. 선배, 여기 철거가 언제야."

"예측불허. 내년에 한일 월드컵 끝나봐야 알 수 있을
것 같아."

"아니, 철거재개발 결정 난 게 1세기나 지났는데?"

"와, 그러니까 진짜 100년쯤 지난 것 같다. 하하."

"틀린 말은 아니지. 1999년에 결정했고 지금은 2001년.
내 말 맞잖아."

"보상 시비 때문에 쉽지 않은 모양이야."

"그러면 다큐 작업도 끝이 안 보인다, 그런 뜻이네."

"뭐, 그 비슷한 셈이지."

"선배는 상업성과 무관하게, 캄캄하게, 작가 정신만으로

살겠다는 것인데, 그러면 나는?"

"너? 너는 돈과 빚을 찾아가야지."

삼거리 슈퍼에 연탄난로가 없었으면 말 그대로 동태가
될 뻔했다. 빙판길에서 몇 번을 미끄러졌는지 셀 수가 없었
다. 정상 비탈길을 떠나 바지 엉덩이 부분이 찢겨나갈 것처럼
미끄러지고 나서야 겨우 두 발로 걸을 만한 길에 닿았다.
그새 손가락과 얼굴이 얼어붙어 터질 듯했다.

"기자 양반, 몸 좀 녹이셨수?"

"예. 고맙습니다."

"고맙긴요. 우리가 고맙지요."

초로의 슈퍼 여사장이 용주와 수빈에게 봉지 커피를 타주
면서 고맙다는 말을 반복했다. 주민 여섯 사람이 연탄난로
주변에 빙 둘러앉아 둘을 지켜보았다. 슈퍼 실내가 좁아
어깨를 끼우듯 앉은 남자 넷, 여자 둘 모두 육십 대로 보였다.
한두 분 빼고는 용주의 눈에 익었다. 봄과 연말에 인사를
나누었던 세입자들이었다. 다들 세입자 철거민 대책위원회
소속 회원들이다. 어디서든 철거재개발 시공사와 빚어지는
보상 시비는 건물주 따로, 세입자 따로였다. 건물주나 토지
소유자는 어느 정도 보상이 마무리되면 다른 곳에 거처를

마련해 떠나거나 신축 아파트 입주권을 얻는 것으로 철거 절차가 해결되었다. 그 와중에 거액의 보상금이나 시세 차익을 챙기는 졸부도 발생했다. 그러나 세입자는 입장이 달랐다. 최소 이사 비용만 주어지는 탓에 당장 집을 떠나면 갈 곳이 없었다. 낡고 좁고 춥고 허름하지만 서울 시내에서 오랜 세월을 그냥저냥 버텨왔던 생존 공간을 완전히 상실하고 마는 것이다. 이것이 세입자들이 '죽어도 못 떠난다'는 머리띠를 두르고 단돈 십 원이라도 더 보상을 받기 위해 싸우는 이유다. 갈등을 해소할 방안은 명료했다. 영세 세입자 이주민에 대한 정부의 주거 대책 마련. 그것이다. 비록 그게 현실과 너무 멀리 있는 게 문제지만.

"기자님들. 우리 좀 도와주시구려."

"있는 그대로, 사실대로만 보도해 주세요. 그게 도와주는 겁니다."

"기자 양반. 집주인은 우리 모임에 나올 생각을 안 해요."

"씨발놈들. 처음엔 우리보고 같이 싸우자고 사정하던 놈들이 다 등을 돌렸어."

"그 새끼들, 우리만 이용하고 치고 빠진 거라고."

세입자 대책위 주민들이 돌아가면서 한두 마디씩 건네고 대화를 마쳤다. 격앙된 주민들 목소리에 수빈은 어리둥절한 표정을 감추지 못했다. 예, 예, 하면서 취재 수첩에 무엇인가 열심히 받아적고는 있으나 상황의 앞뒤를 간파하진 못한 듯했다. 용주는 수빈의 기사 작성에 필요한 대화를 이끌며 카메라를 꺼냈다. 다큐 사진용 촬영을 놓치면 안 되었다.

"그러면 마지막으로 사진 한 컷 찍겠습니다."

"아, 사진은 안 되는데."

"얼굴 나가면 안 돼요."

용주가 카메라를 들고 일어서자 주민 몇이 튀었다. 초상권 문제가 아니었다. 곤궁한 마을의 세입자는 수많은 철거촌 중에서도 가장 힘없는 사회적 약자, 을인 탓이었다.

"아, 예. 잘 알고 있습니다. 절대 얼굴은 안 나오게 찍을 테니 걱정하지 마셔요."

"약속하시면 찍겠는데, 어떻게 찍어야 하나요?"

"연탄난로에 빙 둘러앉아서 찍으면 됩니다. 뒷모습만 나올 것이고요, 앞모습이 보이는 어르신은 제 앞 어르신과 겹쳐서 찍겠습니다."

"아, 그러면 되겠네."

"자, 늘 하시던 대로 단결 투쟁, 생존권 사수하자, 구호를 외쳐주세요. 이대로 밀려나면 죽는다는 생각으로 투쟁의 결의를 다지는 모습입니다."

생존권 사수하자.

사수하자, 사수하자, 사수하자.

단! 결! 투! 쟁!

취재와 촬영을 마치고 슈퍼를 나설 때였다. 세입자 가운데 가장 나이가 많아 보이는 여자 어르신이 수빈의 손을 붙잡고 길게 말을 이어 갔다. 용주는 조용히 휴대폰 녹음을 했다. 수빈에게 녹음 파일을 건네면 언젠가 글로 풀어낼 자료가 될 것 같았다.

딸 같아서 하는 말이요. 기자님이 우리 가족이라 여기고 이 늙은이 말을 들어줘요. 우리는 이사 비용 받아야 아무 쓸모가 없어요. 서울에서 살려면 변두리 반지하방 아니면 앞뒤가 꽉 막힌 콘크리트 쪽방뿐이죠. 아니면 서울 밖으로 떠나야 하는데 이 나이에 어딜 가요. 없으면 없는 대로, 욕심 없이 난전 행상만 열심히 해도 밥벌이가 되는 서울인데, 어디 가서 먹고살아요. 마을 이름 좀 봐요. 새싹길. 얼마나 이뻐요. 길이 가파르고 좁아도 등산하는 셈 치고 어릴 때부터 이렇게 쪼그라지도록 오르내린 산마을이요. 밤엔 마을 어디서든 하늘을 보면 별이 정말 이뻐요. 이런 별을 어디 가서 봐요. 우리 아들딸이 이 별을 보면서 자랐어요. 매연도 없고 소음공해도 없고 도둑도 없어서 사람이고 별이고 걱정 없이 살았어요. 그런데 이젠 집이고 별이고 다 잃어버리는 거라고요.

녹두빈대떡

'강변 마을 뒷골목을 떠나 죽기 살기로 서울만을 고집한 나는 한때 인간이 생존할 수 있는 가장 높은 곳에 살았다.'

제육볶음으로 술병 하나를 비웠을 때였다. 용주는 파라솔 조선족 여자의 빈대떡을 사기 위해 2층 옥탑방 계단을 왕복하면서 글을 떠올렸다. 수빈의 소설집 '칼자국'에서 읽은 문장이었다.

'더는 오를 수 없는 산비탈 막다른 집. 그 집의 끝 방. 별이 너무 가까워 날마다 별빛으로 눈이 부셨다. 이따금 별빛은 지친 몸을 불태울 듯 뜨거웠다. 주머니에 약간의 지폐가 쌓이고 도심이 그리운 어느 날부터 별빛에 질리기 시작했다. 나는 도망치듯 별이 보이지 않는 곳으로 내려와 살았다. 한강보다 낮은 집, 그 집 지하의 지하. 별 때문에 다시는 땀 흘리지 않았다. 그것 또한 한때였다. 인간의 생존이 가능한 최후의 공간 같은 지하는 빛 한 점 없이 추웠다. 마음속까지 까맣게 얼어붙었다. 나는 다시 별빛이 그리워 높은 곳을 찾아 헤맸다. 서울은 높은 곳이 무수히 많았으나 쉽게 내려왔던 계단은 열 배, 백 배 오르는 게 어려웠다. 쉴 틈 없이 올라서도 계단의 끝이 보이지 않았다. 가까스로 지상에 올랐을 때, 내가 그리워했던 과거의 별빛은 사라지고 없었다. 별빛이 사라진 게 아니라 과거의 내가 사라진 것인지도 몰랐다.'

수빈이 얼마나 높은 곳에서 살았는지, 지금도 살고 있는지는 모르지만 진호 형 옥탑방 별장으로 오르는 계단은 벼랑처럼 높고 가팔랐다. 좌우로 두 걸음도 안 되는 공간에 거의 수직으로 만들어진 나선형 계단을 돌아 올라야 간신히 옥상 출입구가 보였다. 계단 높이는 한두 발짝에 뛰어내릴 만한 거리였다. 그럼에도 계단을 내려설 땐 까딱 한눈을 팔면 그대로 고꾸라져 몸 어딘가 부서지고도 남을 형국이었다. 2층 슬래브 건물에 열여섯 개의 방을 들인 숙박업소라면 제법 큰 규모일 법도 했다. 그러나 성주여인숙은 그저 방세 칸짜리 개인 주택 크기에 불과했다. 입구에 사람이 들어서면 2층 계단까지 발소리가 들릴 만큼 층간이 낮고 통로가 좁았다. 오죽하면 층마다 취침 중, 발소리 조심! 이라고 써 붙여 두었을까. 하긴 한 평 남짓한 방 열여섯 개를 다 합해야 건넌방에서 거실을 지나 안방으로 걸어오는 넓이에 불과했으니 달방 사람들은 밤낮으로 인기척에 뒤척일 수밖에 없을 것이다. 그중 옥탑방은 독채 전세와도 같은 특별한 공간이었다. 무엇보다 논둑길만 한 복도의 소음으로부터 해방된 독립 공간이라는 점이 매력적이었다. 그뿐 아니다. 5층 건물에 가려져 어떻게든 반나절만 견디면 땡볕과 열대야로부터 어느 정도 자유가 보장된 별장이었다. 가파른 계단만 아니었으면 옥탑방은 두 배, 세 배 웃돈을 주고도 탐낼 만한 별장이었다. 오늘 저녁 삼겹살 파티만 보아도 이곳은 신세계나 다름없었다.

"이봐요. 두 사람, 진짜 애인이 아니야?"

"전혀 아닙니다."

살짝 취기가 오른 진호 형의 말에 수빈이 먼저 펄쩍 뛰었다. 태우는 입에 술잔을 댄 채 말이 없었다. 용주는 불안했다. 예정에 없던 수빈이 나타나는 바람에 두 사람을 한 자리에 앉힌 게 잘못한 일 같았다.

"아, 형님. 오늘 처음 인사 나누었다니까요."

용주는 목청을 높였다. 굳이 왜? 우길수록 판이 커지는 법을 몰라? 수빈이 그런 표정으로 용주를 흘겼다.

"야, 인마. 둘 다 고향 후배고 나이도 같다며."

"예."

"그러면 손바닥만 한 시골 소꿉친구라는 얘긴데, 고향을 떠나 이 멀고 낯선 서울의 한 지붕 아래에서 산다. 그러면 뭐, 그렇고 그런 사이 아냐?"

"그게 아니라 제가 오늘 처음 소개했어요."

"처음이든 천 번이든 여자는 소설 쓰고, 남자는 사진 찍고, 딱 어울리는 청춘인데. 안 그렇소, 두 청춘?"

"예. 맞습니다. 듣고 보니 애인 아닌 게 이상하네요."

"자, 그러면 우리 두 사람, 서울의 청춘 남녀를 위해서 건배!"

"건배!"

"용주야, 너 술 안 마시려면 불판이나 닦아라. 오케이?"

"오케이."

명령에 따르듯 용주가 화장지를 둘둘 말아 불판을 닦았다. 태우는 소주 뚜껑을 땄다. 세 병째, 마지막이다. 제육볶음

두 판에 소주 세 병. 적당한 속도였다. 그나저나 진호 형이 수빈의 술잔을 너무 빨리 채운다. 이러다 느닷없이 수빈의 말이 거칠어지기라도 하면……. 용주는 태우에게 넘겨받은 술병을 움켜쥐었다.

"진호 형, 달방 말인데요."

"그래, 동대문엔 방이 없다며."

"예. 예약을 했는데 쉽지 않을 것 같아서 말인데요, 여기 1층에 빈방이 하나 있더라고요."

"침대방? 그 방은 낮 손님용이야."

"매춘!"

용주와 진호 형 대화에 수빈이 매춘, 하면서 끼어들었다. 매춘 소리에 진호 형 눈이 번득였다.

"오, 여자 청춘께서 그걸 어찌 아시나?"

"제가 살던 신탄진역 앞이 모텔촌이라서 그쪽은 훤합니다."

"야, 세상 물정을 다 알고 있구만. 그렇다면 한 잔 더."

수빈과 진호 형 사이로 술병이 빠르게 오갔다. 앉은뱅이 밥상 중간에 앉은 자신을 건너뛰는 술병을 물끄러미 바라보면서 용주는 더듬더듬 입을 열었다.

"그것보다는…… 월세 달방이 더 낫지 않나요."

"물론 그러면 뱃속 편하고 좋지. 그런데 관리는 쉽지만 돈이 안 되잖아. 원래 여인숙 같은 숙박업소는 낮 장사라는 것, 모르냐?"

"대충은 알지만 그래도……."

"사장님, 사장님 말씀이 맞아요."

수빈이 대화를 또 가로챘다. 수빈과 진호 형의 말은 사실이다. 민우와 여인숙을 수년 동안 뒤지고 다녔기에 어느 정도는 안다. 다만, 세월이 많이 흘렀고 세상도 변했다. 어느 게 더 여인숙에 도움이 되는지는 사정에 따라 다를 것이다. 용주는 머리를 털면서 벼룩시장을 떠올렸다. 달방이나 매춘이 문제가 아니다. 내일 오전, 진호 형 자리에 첫 골동품 난전을 펼치기로 했다. 형 말대로 과연 장사를 할 수 있을까? 장사는 그만두고 사진 촬영만 하는 것으로 계획을 바꿔야 하지 않을까?

"야, 한용주."

진호 형이 정색하고 불렀다. 무슨 일인가 예감이 안 좋다. 뒷말이 궁금했다.

"너, 정신 차리고 세상 공부 좀 더 해라."

"……."

"넌 이 바닥을 너무 몰라. 단 일 초만 한눈팔아도 이 바닥에선 살아남을 수가 없어, 인마."

진호 형이 술잔을 단숨에 비우고 용주 앞에 들이밀었다.
엉거주춤하게 뒤로 밀리는 자세로 용주는 술을 받아 입술에
적시는 시늉만 했다.

"한용주, 여인숙도 그렇지만 벼룩시장은 말이야. 전쟁터
야, 전쟁터."

진호 형 목소리가 평소의 높이보다 두 계단을 뛰어올랐다.
곧장 한판 벌일 듯했다.

"여기선 하루도 빠짐없이 총소리가 들려. 이 바닥은 하루
하루 목숨이 죽고 사는 전쟁터라고. 사람들 떠들고 박수
치는 거, 그거, 사람 소리가 아냐, 새끼야. 그거…… 총소리
야, 인마. 총알을 피해서 오늘 살아남아야 내일도 사는
거야."

"……."

"세상 물정에 그렇게 어두워서 반나절이나 살아남겠냐,
인마."

용주는 단숨에 술잔을 털어 넣었다. 수빈이 킥, 킥 웃음을
삼켰다. 태우가 수빈을 향해 턱짓을 했다. 화제를 돌리자는
뜻이었다. 이대로 그냥 두면 용주가 평상에 고꾸라질 것이라
는 눈빛을 둘이 주고받았다.

"사장님, 저 형님은 빼고 우리끼리 한잔하시죠. 먼저 제 술부터."

태우가 진호 형에게 두 손으로 술잔을 받쳐 올렸다.

"오, 고맙소. 사진작가님."

"사장님, 저는 아직 무명이라서 사진작가보다는 그냥 딴따라라고 불러주셨으면 합니다만."

"딴따라? 그러지 뭐. 돈 드는 것도 아니고."

태우 술잔을 받아 드는 진호 형 손이 가볍게 떨렸다. 실핏줄이 터진 것처럼 흰자위가 붉게 물들어 있었다. 땡볕에 얼어붙은 몸도 마음도 풀어졌다는 뜻이었다. 세 번째 술병 밑바닥이 보였다.

"자, 사장님. 제 잔도 받으시고, 우이 씨!"

수빈이 평상 모서리에서 휘청, 흔들렸다. 취기 때문이 아니었다. 좁은 평상 탓이었다. 진호 형에게 술잔을 넘기려다 평상 밖으로 중심이 쏠렸다. 수빈이 평상 안쪽으로 당겨 앉는 모습을 지켜보던 태우가 술이 부족하다며 일어섰다.

"근데 여기 까딱없나?"

태우의 빈자리부터 옥탑방 입구 쪽을 한 바퀴 휘두르던 수빈이 느닷없이 반말을 평상에 뿌렸다. 용주와 진호 형이 토끼 눈으로 마주 보았다.

"누구? 나한테 물은 거요? 아니면 용주?"

"사장님, 여기 옥탑방을 별장이라고 하셨죠?"

"그랬지. 여인숙에서 유일하게 별을 볼 수 있는 마당, 마당 장."

"별장이 불안해서 말입니다."

"불안?"

"옥상도 좁은데 이렇게 장정 넷이 밟아도 되나? 아랫집이 괜찮을까 걱정되네."

꼬리를 툭, 툭 잘라낸 수빈의 말이 신문지 밥상 위로 야생마처럼 달렸다. 용주는 수빈의 말을 가로막았다.

"수빈아, 이 집 말이야. 진호 형 방은 철골 조립식이라서 끄떡없어."

"선배, 완전 사장님 대변인이다."

수빈이 용주를 향해 눈을 치켜떴다. 무언가 심사가 뒤틀린다는 표정이었다.

"선배, 아까부터 사장님 말을 멋대로 가로채. 벼룩시장 장사한다더니, 사장님 대변인 노릇으로 갈아탄 거야?"

"그건 아니고. 형한테 들은 걸 전해주는 거지. 날도 더우니까, 후딱후딱."

"그래도 그게 아니잖아. 무슨 고용 계약서라도 쓴 거야?

좀 비굴해 보이네, 선배."

"수빈아, 그게 무슨 말이야?"

"오케이, 오케이. 내 집이니까 내가 말한다. 아랫집은 모르겠고, 내 방은 무너져봤자 순식간에 조립 끝. 내 전공이 원래 건축 시공이요. 때려 부수고 세우고, 세우고 때려 부수는 거. 아셨죠, 수빈 소설가님. 하하하."

"어, 진호 형. 축산업이 전공 아닌가요?"

"아, 그거야 광우병 파동 나기 전 얘기고. 근데, 용주 아우야."

"예."

"너, 후배한테 한 대 터지더니 빙빙 도는 거니?"

"예?"

"왜 하필 이 순간에 축산업을 꺼내냐? 왜 그러시냐구요."

"아, 형. 그게 아니라……."

진호 형 눈이 시뻘겋게 달아올랐다. 아차, 싶었다. 말이 그만 허방다리를 짚고 말았다. 이제 형의 입에서 씨발놈이 튀어나올 게 분명했다.

형은 파주에서 제법 큰 규모의 한우 축사를 운영했다. 광우병 파동으로 문 닫기 전까지는. 소고기는 쳐다보지도 않고 돼지고기만 먹는 이유가 거기 있었다. 야, 씨발놈아.

내가 돈이 없어서가 아니라 한우에 한이 맺혀서 그런다, 이 새끼야. 이 어금니 금이빨 보여? 그때 그 씨발, 좆같은 정치인 때문에 축사 문 닫고, 마누라 떠나고, 내가 분을 섞어 삼키다 망가져서 해박은 거여. 개, 씨발놈의 새끼들. 형은 눈앞에 한우의 깃털 같은 것만 날려도 소주 다섯 병쯤 마신 듯 격앙되었다. 조심한다는 게 어쩌다가 말이 헛나오고 말았다. 수습이 필요했다.

"아, 형 전공이 본래 현장 막일이 아니었다, 그 말씀이죠. 어제의 형은 결코 오늘의 형이 아니다. 그런 말씀입니다."

"사장님, 그 정도는 넘겨다보셨겠죠. 호홋."

"얘기가 그렇게 돌아가는 건가?"

"그럼요. 잘 돌아가고 있습니다. 자, 제 술 한 잔 받으시오. 술잔이 자알 돌아갑니다."

진호 형과 수빈이가 번갈아서 제육볶음을 뒤집고 술잔을 빨았다. 그새 태우가 평상에 걸터앉으며 검은 비닐봉지 속에서 소주 한 병을 꺼냈다. 남은 게 몇 병인지 알 수 없었다.

"이봐. 딴따라. 날 더운데 수고했다."

"아, 예."

"근데, 니 고향 선배 말이야. 원래 술 못 하냐?"

"아뇨. 원래 잘하시는데, 위장병 때문에 요즘엔 한두 잔 정도만 합니다."

"아, 그래서 술잔에 입술만 홀짝거리는구만."

"예."

"나는 다른 생각을 했는데."

"무슨 생각을?"

"아, 벌써 두 달이 넘었는데 계속 홀짝거리기만 하기에, 이 자식이 나를 무시하는 줄 알았지."

형의 주사가 늘 위태로웠다. 아직도 현장 일을 뛸 만큼 강단이 있어서 소주 두 병쯤은 거뜬했지만 일단 취기가 돌면 감정 기복이 심했다. 낯빛과 흰자위가 붉어지면서 이 자식, 씨발놈이 나올 즈음, 빈대떡 장수 조선족 여자는 주섬주섬 그릇을 챙겨 내려갔다. 다 좋은데 술주정 때문에 보고 싶지 않아요. 그 말끝에 흘기는 눈빛으로 보아선 형이 은밀하게 정분을 쌓아가는 줄은 짐작했지만 주사 만큼은 도무지 알 수가 없었다. 열차 시간에 쫓긴 탓이 아니라 대개는 술이 약한 탓이었다. 그래서 탈 없이 피해 왔던 주사였다.

"이 자식이 글쎄……."

태우가 건넨 술잔을 진호 형이 단숨에 비웠다.

"저랑 나랑은 다르다. 태생이 다르고 계급도 다르다. 그러니 마주 앉아 술 마실 관계는 아니다. 뭐 그런 좆같은 꿍꿍이를 품은 줄 알았다고."

"진호 형. 왜 그러세요. 제가 형하고 뭐가 다른 게 있다고."

용주는 태우의 술병을 낚아채고 평상에서 일어났다. 앉아서 바라볼 분위기가 아니었다.

"형, 술이나 한잔 더 해요."

"야, 인마. 너 옛날에 대학교수도 하고 신문사 사진기자도 하고 잘나가던 시절이 있었다고 자랑질했지?"

"자랑이 아니라 그랬다는 얘기죠. 형이 파주에서 잘나가던 시절과 같다, 그런 뜻. 다시 말하면 대학 축산과 차석 졸업한 형이 지금 이렇게 살고 있으니 참으로 애석한 일이다, 그런 뜻이었죠."

"야, 씨발놈아. 그러면 내 별장에서 자고 가라는데 왜 한 번도 안 자냐? 도둑놈처럼 별이나 바라보다가 왜 휑하고 달아나는 거냐고. 내가 뭐, 너를 자빠뜨리기라도 한다는 거냐?"

"참, 형도. 후배들 앞에서 무슨 그런 말을."

"야. 내가 인마, 203호실이 가랑이 벌리고 들이밀어도 뿌리친 사람이야. 나도 물불 가릴 줄 안다고, 새끼야."

맞는 말이다. 진호 형은 물불을 가릴 줄 알았다. 생각 같으면 203호실 조선족 여자를 당장 자빠뜨리고 싶지만 참는 중이었다. 진호 형이 조선족 여자를 뿌리치는 것은 그만한 까닭이 있었다. 인력 시장을 드나드는 동료 가운데 연변 조선족이나 아시아 쪽 여자와 살림을 냈다가 거덜 난 사람이 한둘이 아니었다. 공사판에서 뼈를 깎으며 모아둔 푼돈을 싹쓸이해서 종적을 감추었다거나 법적 이혼 소송을 내고 전 재산을 위자료로 갈취한 경우가 이따금 벌어졌다. 잉꼬부부로 잘사는 경우가 없지 않았으나 쪽박 찼다는 소문이 더 빠르고 날카롭게 떠돌았다. 진호 형은 그런 소문과 사례를 종합하고 분석하면서 차일피일 합방을 미루고 있었다.

"여러분."

진호 형이 술잔을 번쩍 치켜들고 소리쳤다. 급하게 할 말이 있는 듯했다.

"나, 내려가서 녹두빈대떡 몇 장 부쳐와야겠습다."

아, 203호실……. 용주는 피식 웃음을 흘렸다. 좋아요. 내막도 모른 채 수빈이 박수를 쳤다.

"용주야. 그 여자, 별에 환장하는 거 알지?"

"예. 고향의 별과 똑같다면서 울기도 했죠."

"여차하면 님도 보고 뽕도 딸 거다. 그 여자가 별 보자고 여기 올라오면 그게 무슨 뜻이겠냐. 하하.”

"올라와서 형 먼저 자빠지진 말고요.”

"아, 그 염려는 붙들어 매세요.”

용주는 옥상 계단을 비틀비틀 내려가는 진호 형을 물끄러미 바라보았다. 형이 세 사람 앞에 녹두빈대떡을 불쑥 들이민 이유를 알 만했다. 자빠뜨린다는 말 때문이었을 것이다. 그 말을 입에 담는 순간, 눈앞으로 조선족 여자가 어른거렸을 게 틀림없다. 그럴 때마다 형은 녹음기를 틀어놓은 것처럼 같은 대사를 반복했다.

용주 아우야. 조선족 여자 때문에 내가 미치겠다. 203호 조선족 여자 말이다. 녹두빈대떡 먹자고 불러서 가면 말이다. 꼭, 술 반병쯤 비울 때면 더워 죽겠다고 일어나서 겉옷을 벗는데 말이다. 조선족이 나를 자빠뜨리려고 하는데 말이다. 못 이기는 척 붙잡고 같이 자빠지려는데, 그런데 주렁주렁 옷이 매달린 행거 다리가 이불 위에 콱 박혀 있어서 도무지 자리가 없는 거란 말이다. 행거 옆엔 빨랫줄, 빨랫줄 옆엔 냉장고, 냉장고 옆엔 선풍기, 밥솥, 화장품, 물병, 약봉지, 양은 냄비, 바퀴벌레 스프레이, 신발장. 도대체 달방 살림이 뭐가 그렇게 많은지. 한 평짜리 방이 무슨 백 평 아파트라도 되는 거냐고. 그런데 말이다. 지랄하구, 꼭 있어야 할 텔레비전이 없어. 박정희 대통령님하고 육영수 여사님 사진이 없어. 그래서 말이다. 내가 미치겠다는 것 아니냐. 방을 합치고, 별도 함께 보면서 살면 좋겠는데 말이다. 연속극도 안 보고, 가난한 대한민국을 살려낸 역사적 인물도 모르고 오로지 돈, 돈, 돈 하면서 빈대떡이나 부치는 여자와 자빠지면 무슨 일을 당할지 알 수가 없어서 내가…….

동행

더위가 좀 가라앉은 것은 날씨 탓이 아니다. 날은 어제처럼 맑았고 햇볕도 쨍쨍하다. 광화문 광장에서 강남역 사거리까지 폭염의 연대가 꿋꿋하다. 그럼에도 용주는 턱밑까지 숨이 차던 어제의 더위는 느껴지지 않는다. 하룻밤 자고 일어난 서울 더위에 대충 적응한 탓이려니 싶다. 어쩌면 성주여인숙에서 유일하게 에어컨이 돌아가는 침대방 덕분인지도 모른다. 밤새 에어컨 바람에 얼어터진 몸 어딘가 서릿발이 깔린 것처럼 냉랭하다. 광화문 집회장에서 구호를 외치는 내내 어깨가 무거웠다.

황재학 PD를 살려내라!

살려내라! 살려내라! 살려내라!

방송사 비정규직의 실상을 알린 고 황재학 PD 추모 집회 열기는 뜨거웠다. 전국 지방 방송국 비정규직 방송인들이 전세 버스를 타고 거의 다 참가한 듯했다.

방송사, 비정규직, 전면, 철폐하라!

철폐하라! 철폐하라! 철폐하라!

추모 집회의 열기만으로 따지자면 몸이 날아갈 듯 가벼워야 했다. 그러나 집회가 끝날 무렵엔 팔다리가 몸살을 앓는 것처럼 녹작지근했다. 오랜만의 집회가 낯설긴 했으나 그 탓이 아니었다. 용주는 곁에서 구호를 외치는 태우와 선주의 눈치를 살피면서 손가락으로 어깨를 주물렀다.

"선배님. 몸이 안 좋아 보여요."

"어제 잠을 설쳤더니 좀 피곤하네."

"형님. 서울 더위를 감당하지 못하는 것 같습니다."

"촌놈이 기가 죽었는지 더위를 참기 힘들다."

선주와 태우가 번갈아 가면서 걱정을 할 때마다 용주는

대충 둘러댔다. 에어컨 탓이야. 차마 이 말을 할 수가 없었다.

"내일 큐레이터 최종 면접 준비 때문에 먼저 갈게요. 합격하면 한 턱 찐하게 쏘겠습니다."

선주가 말을 끝내기도 전에 사라질 때까지 용주는 어깨와 허리가 뻐근했다. 형님. 선주가 제 옥탑방에서 함께 살기로 했어요. 반지하방에서 탈출할 겸, 돈도 아낄 겸. 짧게 동거 소식을 전하고 선주 뒤를 허겁지겁 따라가는 태우에겐 잘 가라는 손짓도 못 했다. 반갑고 놀라워 눈만 끔벅이다 말았다.

"사장님. 이 자식, 내 고향 후밴데, 하룻밤만 재워주쇼."

어젯밤 별장 만찬을 마친 뒤, 진호 형이 여인숙 사장에게 침대방을 부탁한 것은 용주를 위해서가 아니었다. 자신의 방에 두 사람이 누울 수가 없기 때문이었다. 함께 자겠다고 큰소리를 쳤지만 정작 둘이 누울 틈이 만들어지지 않았다. 조립식 옥탑방은 기껏해야 한 평 남짓한 크기였다. 선반 아래위로 밥솥과 휴대용 가스레인지와 밥그릇 따위를 쌓아도 두 사람이 눕는 것은 불가능했다. 1인용 모기장부터 그것을 허락하지 않았다.

"한 사람은 평상에서 자면 되겠다. 별도 따 먹으면서. 하하."

그 말을 누가 먼저 꺼냈는지 몰랐던 것처럼 먼저 거둬들인 게 누구였는지도 알 수 없었다. 가난한 흥부네 집처럼 누우면 팔다리가 평상 밖으로 삐져나가는 게 문제가 아니었다. 열대야와 모기 때문에 한 시간도 견딜 수가 없었다. 결국 별을 포기하고 침대방에서 에어컨 호사를 누렸다.

　용주는 강남역 1번 출구 그늘에서 수빈을 기다리는 반 시간 내내 성주여인숙 침대방을 떠올렸다. 서늘한 바닷바람 같은 에어컨 냉풍이 한차례 몸을 휘감고 떠나면 이윽고 홍등의 밀물이 밀려드는 특실. 카메라가 부서지기 전, 암실 홍등의 유혹에 빠져 청춘을 날려버린 그 언젠가처럼 십오 촉 황색 전구의 불빛에 새벽까지 자맥질하던 침대방. 그 침대를 뛰어 오르내리던 수빈. 용주는 습관처럼 왼쪽 귀를 비볐다. 휴대폰을 열고 시간을 확인하려는데 출구 계단 모퉁이를 돌아 오르는 수빈이 보였다.

　"선배, 좀 늦어서 미안해."

　"늦었나? 이 정도면 늦은 건가?"

　"뭐야, 놀리는 거야?"

　"하하. 옛날 흉내 한번 내봤어."

　수빈의 어투를 흉내 낸 그 말은 틀린 말도 아니고 꾸며낸 말도 아니었다. 그것은 약속한 시간보다 늦게 오는 것을 즐기듯 지체를 반복하는 수빈이 용주를 보면서 했던 말이다. 선배, 내가 좀 늦었나? 이삼십 분가량 늦게 나타난 수빈의 첫 대사는 한결같았다.

"수빈아. 계단 올라오면서 뭘 그렇게 휴대폰을 들여다봐."

"뭐 좀 확인할 게 있어서."

"어젯밤 별장에서도 그러던데. 딸 때문이야?"

"아니. 다른 게 있어. 아주 흥미로운 것."

"흥미로운 것?"

"숨 좀 돌리고 얘기할게."

강남역 사거리 횡단보도 건너편이 시끌시끌했다. 식전 행사가 시작되는 모양이었다. 삼성 해고 노동자 김용희 동지를 위한 삼성그룹 교섭 촉구 연대문화제. 오후 다섯 시. 행사 뉴스를 포털사이트에서 읽었다. 행사에 늦지 않기 위해 광화문 광장에서 조금 일찍 빠져나온 것은 잘한 일이었다. 정리 집회를 마치고 거리 행진까지 참석하면 연대문화제가 끝날 것이었다. 고공 철탑 망루에서 모습을 드러낼 김용희 씨 사진을 찍는 게 오늘의 미션이다. 그것은 십칠, 팔 년 만에 첫 셔터를 누르는 감격적인 일이다. 강남역으로 나갈게. 다섯 시, 맞지? 광화문 광장을 막 떠날 즈음, 수빈이 참석한다는 문자를 읽고 용주는 설렜다. 강제 철거 반대 집회나 노동자 투쟁 문화제 같은 행사에 동행하는 게 얼마 만인가. 시청역에서 2호선 지하철을 타고 3호선과 신분당선을 갈아타는 내내 마음이 분주했다. 무겁던 어깨와 다리가 언제 그랬냐는 듯이 가벼웠다. 보름 전쯤에도 주체하기 어려울 만큼 감정이 북받쳤다. 십칠 년 만에 처음 수빈을 만나던 날, 서울로 오는 동안 의자에 앉아 있지 못하고 열차 객실 문을 서너 번이나 여닫았다.

"선배, 내가 휴대폰 들여다보는 이유 말이야. 벼락 거지와 돈 복사기 때문이야. 그런 말 들어봤지?"

"가끔."

"그러면 가상 화폐를 안다는 뜻인데."

"대충은 알지. 그런데 갑자기 웬 가상 화폐?"

"사연이 있어."

용주는 뜨악한 눈으로 수빈을 보았다. 자신도 그렇고 수빈과도 먼 거리에 있는 가상 화폐다. 사람들이 대박의 꿈을 품고 영혼까지 끌어모아 투자한다는 비트코인. 급등락으로 세상을 소란하게 만든 그것을 수빈은 손아귀에 한 움큼 감싸 쥔 듯 거리낌 없이 말했다.

"수빈아. 너, 가상 화폐 거래하니?"

"내가? 무슨 돈이 있다고?"

"그러면 왜?"

"실은 말이야. 가상 화폐로 천당과 지옥을 경험한 사람을 쓰고 있어. 우선 행사부터 참석한 다음에 얘기하자."

강남역 네거리의 풍경은 몇 번을 둘러보아도 낯설고 어지러웠다. 빌딩과 차량과 사람과 온갖 소음이 뒤범벅된 거리는 한 점 자연의 흔적조차 남아 있지 않았다. 그 모습은 언뜻 인간이 보여줄 수 있는 문명의 절정이자 최후의 풍경 같았다. 용주는 눈을 크게 뜨고 훑어보았다. 두 번 세 번 다시 보아도 오랜 세월 홀로 떠돌며 마음을 다스리던 세상이 아니었다. 제주도 해변의 올레길과 오름, 선운산과 도솔암, 가거도와 안마도의 고요는 도무지 찾아볼 수가 없었다. 그 어지러운 문명의 한복판, 허공에 우뚝 솟은 철탑 위에 손바닥만 한 텐트가 보였다. 거기 김용희 씨가 해풍에 허리가 꺾인 소나무처럼 황량하게 서 있었다. 외롭고 고통스러운 복직 투쟁 1인 농성이었다. 땡볕의 화살은 강남역 사거리의 모든 타깃 가운데 가장 먼저 김용희 씨의 거처를 향해 잔혹하게 내리꽂혔다.

"오십 명도 안 되겠다."

"그러게. 연대문화제 행산데, 더위 탓인가?"

길을 건너기 위해 지하도 계단을 빠져나오자 민중 열사에 대한 추모 묵념 중이었다. 생각보다 참가자가 적었다. 목소리를 죽이고 용주와 수빈은 행사장 뒤쪽으로 자리를 잡았다. 추모 묵념이 끝나자 사회자가 마이크를 곧추세웠다.

　대동단결, 대동투쟁! 뜨거운 연대의 마음으로 임을 위한 행진곡을 부르겠습니다.
　사랑도 명예도 이름도 남김없이 한평생 나가자던 뜨거운 맹세. 동지는 간데없고 깃발만 나부껴…….
　다음은 삼성 해고 노동자 고공농성 공대위 여성위원장님의 투쟁사가 있겠습니다.
　아래위 검은 옷을 입은 여성위원장이 대열의 앞에 서서 철탑을 향해 주먹을 불끈 쥐었다.
　투쟁!
　모자를 눌러쓴 남자가 철탑 텐트 밖으로 몸을 절반만 내놓은 채 깃발을 흔들었다. 김용희 씨였다. 깃발의 무게 때문인지, 서 있는 공간이 비좁은 탓인지 모습이 위태로워 보였다. 용주는 카메라를 꺼낼까 하다 그만두었다.
　먼저, 구호 하나 외치겠습니다. 마지막 구절은 세 번 반복해 주시면 되겠습니다. 강남역, 철탑 위에, 노동자가, 죽어간다!

죽어간다! 죽어간다! 죽어간다!

노동 탄압, 노조 파괴, 삼성은 사죄하라!

사죄하라! 사죄하라! 사죄하라!

동지 여러분 반갑습니다. 저는 삼성 해고 노동자 고공농성 공대위…….

여성위원장의 투쟁사는 빠르고 강렬했다. 죽음을 무릅쓴 1인 농성의 배경과 원인, 목적을 또박또박 짚어나가는 목소리가 강남역 사거리에 쩌렁쩌렁 울렸다. 무노조 삼성의 실태와 문제점, 노동자의 노동조합 설립의 당위성을 전 세계 노동 현실에 빗대어 빈틈없이 짚었다. 오랜 세월 노동운동을 해온 위원장의 내력이 한눈에 보였다.

여러분. 대한민국이 삼성의 나라입니까?

아닙니다.

삼성 직원은 노동자가 아닙니까?

노동자, 맞습니다.

삼성 노동자는 인간이 아닙니까?

인간, 맞습니다.

여성위원장은 반문 형식으로 참가자를 동참시키면서 투쟁사를 끌고 나갔다. 그러나 투쟁사가 끝날 때까지 강남역 사거리의 땡볕과 빌딩과 차량과 소음과 행인들은 자신들과는 아무 상관도 없다는 듯이 묵묵부답이었다.

다음은 한국작가회의 자유실천위원회의 연대사가 있겠습니다.

구호를 한 번 더 외친 여성위원장이 일행 옆으로 나가면서 참가 단체 연대사가 이어졌다. 맨 처음으로 백발 꽁지머리를 한 중년의 소설가가 마이크를 잡았다. 작년 제주 4·3 희생자 추모 70주년 행사장에서 봤던 소설가다.

여러분. 오늘 우리가 이 폭염을 무릅쓰고 여기 앉아 있는 이유는 분명합니다. 인간이 인간답게 생존할 수 있는 가장 기본적인 권리를 되찾고자 하는 것입니다. 헌법이 보장하는 노동자의 권리를 되찾기 위해서입니다. 노동자가 핍박받는 시대는 지나갔습니다. 그럼에도 이 시기는 여전히 노동자가 탄압과 고통을 받는 엄혹한 시기입니다. 1%도 안 되는 거대 자본가들이, 거대 재벌이 국민의 절대다수인 노동자들의 생존권을 위협하고…….

낮은 호흡으로 만연체를 구사하는 소설가의 연대사는 여성위원장의 갑절 정도 이어졌다. 오후 다섯 시를 넘겼지만 폭염은 전혀 기가 꺾이지 않았다. 일행의 뒤에 서 있다가 의자에 앉은 잠깐 사이, 용주의 엉덩이에 땀이 맺혔다.

이어서 보험사에 대응하는 암 환우 모임, 보암모 회장님의 연대사가 있겠습니다.

여러분 반갑습니다. 함께 구호 외치겠습니다. 암 환자는, 살고 싶다, 약관대로, 지급하라!

지급하라! 지급하라! 지급하라!

여러분. 암 보험 농성 200일이 다 되었습니다. 그럼에도 삼성생명은 아무 조치가 없습니다. 암 투병으로 거의 사람이 죽어가는데도 눈도 까딱하지 않습니다. 불공정하고 불합리한 약관을 문제 삼는 게 아닙니다. 애초 계약한 약관대로 암 보험료를 지급해달라는 것입니다. 여러분 저희의 요구가 부당합니까?

아닙니다.

저희의 요구가 불법입니까?

아닙니다.

저희는 불법을 자행하는 사람이 아닙니다. 원칙과 상식이 바로 서는 사회를 희망하는 대한민국 국민입니다.

보암모 회장의 연대사를 들으면서 용주는 가슴이 먹먹해졌다. 거대 기업과 싸우는 이 사람들은 누군가. 바로 나 자신이다. 그런데 나는 이들을 위해 무엇을 할 수 있는가. 아무것도 없다. 주먹을 쥐고 구호를 외치는 것밖엔 할 게 없다. 이들처럼 목숨을 걸고 싸운 적도 없었으므로 싸움의 방식도 모른다.

　여러분. 저희는 지금 거액의 소송을 당했습니다. 삼성생명 영업장 불법 침입과 집회로 인한 소음·명예훼손 등…….

　보암모 회장은 소송을 입에 담으며 절규했다. 끓는 목소리에 휘감기면서 용주는 짧은 순간 자괴감을 느꼈다. 그동안 집회에는 종종 참여했으나 거대 권력과 자본으로부터 형사, 민사 소송을 당할 위험 때문에 대열의 중심에 서 본 적이 없었다. 앞장서서 사람들을 선동하거나 거리 투쟁을 벌이면서 경찰에 체포된 기억도 없다. 그런 이유로 오래전 사진기자 시절에도 집회 참가자로부터 비겁한 기자라는 지적을 받기도 했다. 그런데…… 이 폭염에 고공 철탑 텐트 속에 갇힌 듯 쭈그려 앉아 있는, 이따금 아슬아슬하게 깃발을 흔드는 해고 노동자를 카메라에 담는 게 어떤 의미가 있는지. 용주는 수빈을 힐끗 보았다. 수빈은 자신처럼 그냥 가만히 있으라는 듯 입술을 다물고 있었다. 태우에게서 카메라를 받으면 맨 처음 김용희 씨를 찍는다. 용주는 미련 없이 그 계획을 삭제하기로 했다. 민중가수의 투쟁연대 노래와 한국작가회의 소속 시인의 시 낭독이 끝날 때까지 카메라를 꺼내지 않았다. 광화문 추모 집회에서도 그랬다. 휴대폰 사진조차 단 한 컷 찍지 않았다. 아직은 때가 아니라는 판단을 했다.

무작정 카메라를 꺼내 달려들 일이 아니다. 지속적인 동참과 관심이 필요하다. 벼룩시장 다큐 작업도 세 번, 네 번을 숙고한 끝에 결정한 일이다. 절대적인 필요성과 진정성을 가지고 차분하게 접근하는 게 옳은 순서다.

용주는 숨을 깊게 들이쉬면서 마음을 다독였다.

이제 투쟁연대문화제 마지막 순서입니다. 동지가와 단결투쟁가를 부르겠습니다. 동지 여러분. 가열찬 투쟁의 열기를 담아 힘차게 부릅시다!

수빈의 얼굴을 한 번 더 살피는 사이 사회자가 주먹을 쥐고 허공을 향해 흔들었다. 스피커 볼륨을 최대로 높인 동지가의 전주곡이 강남역 사거리에 퍼졌다. 아직 가사를 외울 만큼 익숙한 노래였다.

휘몰아치는 거센 바람에도 부딪쳐오는 거센 억압에도 우리는 반드시 모이었다. 마주 보았다. ……. 사랑, 영원한 사랑, 너는 나의 동지.

동트는 새벽 밝아오면 붉은 태양 솟아온다. 피맺힌 가슴 분노가 되어 거대한 파도가 되었다. ……. 너희는 조금씩 갉아먹지만 우리는 한꺼번에 되찾으리라. 아아, 우리의 길은 힘찬 단결 투쟁뿐이다.

집회 신고 시간에 쫓기는지 무더위 탓인지 동지가와 단결 투쟁가를 마친 뒤 행사 마무리는 간단했다. 딱 한 컷, 기념 촬영을 마치고 사람들은 흩어졌다. 철탑 아래는 순식간에 텅 비었다. 삼성생명 서초 타워를 비롯해서 크고 작은 빌딩과 자동차와 행인과 정체를 알 수 없는 소음만 가득했다.

"무더위에 수고 많으셨습니다."

"함께 해주셔서 고맙습니다."

행사장 정리를 마치고 돌아갈 때, 철탑 아래 천막에서 상근하는 고공농성 공대위 회원 외에 남은 사람은 용주와 수빈뿐이었다.

"참, 특별한 이름이야."

강남역 1번 입구로 내려서면서 용주가 지나가는 말처럼 특별한 이름을 꺼냈다.

"뭐가 특별해?"

"삼성."

"그게 뭐, 어떻다고?"

수빈은 계단에 멈춰 서서 용주를 흘겨보았다. 뜬금없이 웬 삼성? 그 눈빛이었다.

"식민지 때 창업했다는 '별표 국수' 광고지를 봤더니 별 세 개가 박혀 있더라고. 나라가 없는 시대에도 별을 봤다는 얘긴데, 그것도 하나가 아니라 세 개씩이나. 그 이름값 때문인지 국수 가게로 시작해서 국가 경제를 좌우하는 재벌 기업이 됐으니……."

"별이 많아야 뭐해? 그 별 때문에 인간이 고통받는데."

"……."

"선배, 노동자나 약자 차별하는 별 봤어? 별은 평등과 공존, 희망의 상징이야."

셀 수 없을 만큼 많은 사람이 지하상가로 이어진 출입구 계단으로 우루루 몰려 올라왔다. 흡사 물살을 역류하는 송사리 떼 같이 사람들은 끝없이 팔다리를 휘저었다. 용주는 입을 다문 채 사람들을 피해 계단을 내려섰다.

지하철을 두 번 환승하고 중계역에 내린 게 일곱 시 오 분이었다. 햇볕은 강남역보다 조금 짜부라졌으나 더위는 한낮과 다르지 않았다.

"우리, 어디 가는 거야?"

용주는 대합실 밖으로 나서면서 수빈에게 물었다. 중계역에 내릴 때까지 중계동에 오는 줄도 몰랐다.

"선배, 오늘 막차 타면 되잖아."

"그래."

놓치면 자고 가도 되고. 용주는 입술에 막 달라붙는 그 말을 떼어내 목구멍으로 삼켰다.

"막차 탈 때까지 두 마리 토끼 잡으러 가는 거야."

"두 마리 토끼?"

"어제 여인숙 별장에서 별도 못 보고 잤다고 했지. 오늘은 사진 한 컷도 못 찍었고."

"그런데?"

"그래서 별도 보고 사진도 찍으려고."

중계역 정류장에서 버스를 기다리는 동안 수빈은 실실 웃음을 흘렸다. 무엇인가 말을 감추는 표정이 역력했다.

"그런데 선배, 다시 시작하는 사진 말이야. 방향은 잡아둔 거야?"

"벼룩시장."

"아니, 작업 내용 말고. 멀리, 크게, 선배 사진 세계의 방향 같은 거."

"글쎄. 내 사진은 늘 다큐지, 뭐."

"여인숙 다큐는 사촌 동생 때문에 그만두었다고 했고. 김용희 씨 사진은 왜 안 찍었어?"

"그게, 아직은 때가 아닌 것 같아."

"왜? 그전엔 막 들이댔잖아. 집회나 농성장에 들어서면 목숨을 걸었던 선밴데. 나한테 취재 촬영은 맡겨둔 채 말이야."

"그땐 젊은 혈기만 믿고 까불 때라서 그랬지."

"그 혈기, 부활하는 것 같다는 생각인데."

"내가?"

"내 촉은 무시 못 해. 선배 눈빛이 예사롭지가 않아."

용주는 섬뜩했다. 무슨 일인가를 예감하거나 벌어질 일을 예측하는 수빈의 감각. 여전히 살아 있었다. 사실 집회나 농성 주체를 촬영하겠다는 생각을 하는 중이었다. 벼룩시장을 비롯해 자신은 여전히 인물 다큐 사진에 관심이 많았다. 그것도 사회적 이슈와 관련된 인물들. 그중에서도 자본주의 현실 세계에서 비주류에 속하는 인물 군상을 다큐 연작으로 담아보겠다는 밑그림을 그려둔 상태였다. 그 첫 번째가 벼룩시장 상인들이었다. 불가피한 선택이었다. 쉰 세 살. 적은 나이가 아니었다. 십 년, 이십 년 동안 다른 사람이 쌓아놓은 영역을 침범하는 오류를 반복할 만큼 여유가 없었다. 자신이 가장 잘할 수 있는 일. 그것에 올인하는 게 옳았다. 이미 한두 차례 실패를 경험했다. 그래서 태우가 꺼낸 광화문 광장 집회에 선뜻 참석했고, 강남역 철탑 고공 농성장을 찾은 것이다.

"전에 사람을 찍을 때면 선배 눈에서 광채가 났거든. 오늘 그 눈빛이 살짝 보였어."

"광기는 아니겠지. 하하."

"광기라면 좋겠는데 거기까진 못 미친 것 같아."

"미쳐야 산다. 내가 했던 말을 아직 기억한다는 뜻 같다."

"그래. 바로 그 말이야. 이번엔 제대로 좀 미쳐 봐. 목적부터 확실히 하고."

시내버스는 중계본동 종점에서 시동을 껐다. 강남역 연대문화제 행사장에서처럼 마지막 남은 사람은 용주와 수빈이었다. 용주는 버스가 정류장 앞 대로에서 유턴할 때 이곳이 어딘가를 어렴풋이 알아보았다. 백사마을 입구였다. 오래전이었다. 민우와 다녀간 적이 있었다. 딱 한 번이었다. 민우가 동대문 여인숙에 들렀던 어느 날이다. 철거 다큐를 병행하던 자신이 민우를 데려와서 마을 언덕을 함께 오르내린 기억이 떠올랐다. 재개발 소문이 돌 때였다. 언젠가 철거재개발이 시작되면 셔터를 누를 날이 올 것이다. 그 생각으로 사전 답사를 했다. 산비탈에 줄지어 있던 낡고 낮은 지붕을 황혼의 역광으로 오래 바라본 기억이 아른거렸다.

"자. 목적지에 다 왔슴다. 노원구 중계본동 산104번지. 백사마을임다."

"백사마을……."

용주는 마을 이름을 처음 들어보는 것처럼 수빈의 말을

되새김질했다. 왼쪽 귀에서 벌 떼 소리가 들렸다.

"선배, 어느 쪽을 택할 거야."

종점 정류장에서 산 방향으로 새총 나뭇가지처럼 갈라진 골목길이 보였다. 수빈이 고갯짓으로 두 골목길을 가리키며 물었다. 용주는 오른쪽을 택했다.

"굿, 초이스."

"무슨 뜻?"

"지금 선택한 골목에 식당이 있거든. 일단 저녁 먹고 볼일을 보자고. 후후."

"여기, 잘 아는 모양이다."

"눈 감고 걸어갈 만큼 훤하지."

한눈에 봐도 철거 직전의 마을이었다. 민우와 둘러본 십칠, 팔 년 전의 모습이 아니었다. 골목 양옆에 늘어선 집 중간중간 빨간 스프레이로 동그라미가 그려져 있었다. 철거 보상이 완료되었고 주민이 떠난 집, 그래서 단전 단수가 끝난 집의 표식이었다. 붉은 동그라미 앞뒤는 예외 없이 폐가였다. 돌연 상도동 산마을이 떠올랐다. 겨울 빙판길에서 수빈과 함께 미끄러져 구른 뒤 십여 년쯤 지나서였다. 상도동 꼭대기를 혼자 올랐다. 상도새싹13길. 그때 필름에 담은 마을 모습이 눈앞의 백사마을과 똑같았다. 상도동은 지금

고층아파트 단지로 둔갑했다. 백사마을 역시 머잖아 몰라보게 변신할 테지만 지금 당장은 을씨년스럽기 짝이 없었다. 잔혹한 자본의 힘에 밀려 아직 떠나지 못한 주민들은 붕괴 위험과 폭염을 어떻게 견디고 있을지. 산 능선 너머로 해가 떨어지고 땅거미가 내리기 시작한 골목 듬성듬성 가로등이 켜지고 있었다.

"선배, 어제 여인숙 형님 별장 말이야."

'삼거리 식당'에서 김치찌개를 먹고 골목 언덕길을 오르기 시작한 게 여덟 시 반이었다. 멀리 산 능선과 골목의 지붕들이 실루엣으로 잡힐 만큼 어두웠다. 수빈이 언덕길 중간의 '연탄은행' 앞에서 땀을 닦으며 목에 힘을 주었다. 숨이 찬 탓이 아니었다. 어젯밤 벼룩시장 '로마 VINTAGE' 삼거리에서 헤어진 뒤부터 별장에 대해 무엇인가 말을 하려던 수빈이었다. 그때부터 꾹꾹 눌러둔 말을 쏟겠다는 눈빛이 역력했다.

"별을 즐길 수 있다고 옥탑방을 별장으로 부르는 것 말이야."

"그게 뭐?"

"그게 웬 개뼈다귀 같은 낭만이야."

"무슨 뜻이야?"

"벼룩시장이 하루하루 전쟁터라는 말은 좀 과장이 심하지만 들을 만했어. 사람 사는 게 늘 전쟁이니까. 그런데 여기, 서울에서 올려다볼 별이 어디 있다고 그런 소릴 해. 누가 별을 봐?"

 "글쎄, 볼 수도 있고 못 보는 사람도 있겠지."

 "요즘 하루가 어떻게 지나가는데 별 볼 시간이 있어? 서울이라는 땅에 발붙이고 사는 사람 가운데 그렇게 낭만적인 사람이 얼마나 된다고."

 "……."

 "물론 있지. 선배가 무슨 말을 입안에 굴리는지 알아. 내 얘기는 그게 우리 같은 부류는 아니라는 얘기지. 여기, 특히 이 마을 같은 데 사는 사람은 더더욱 아니고."

 "그렇긴 하지만……."

 "선배, 생각해 봐. 서울에서 하늘의 별을 바라보는 사람은 땅에서 뜨는 별을 더 좋아하는 부류들이야. 밤에 지상의 빌딩 숲이나 음험한 지하의 아방궁에서 쏟아내는 휘황찬란한 불빛을 별처럼 즐기는 사람들, 그럴 수 있는 사람들은 말하자면 주류인 거지. 우린 당연히 비주류잖아. 엄밀히 말하면 비주류의 비주류. 선배나 태우 씨, 김용희 씨도 그렇고 누구 한 사람 부정할 수 없는 진실이잖아. 그런데 하물며

한 평도 안 되는 여인숙 옥탑방에서 별 타령이라니. 기가
막혀.”

 “술김에 하는 얘기지. 뭘 그런 걸 따지고 들어.”

 “옆 사람들이 뇌 없는 사람처럼 박수 치고 낄낄대니까
그렇지.”

 용주는 눈을 질끈, 감았다가 떴다. 야, 강수빈. 당장이라도
수빈의 어깨를 흔들어대고 싶었다. 별이 아름다운 나라,
신촌. 그렇게 쓴 사람이 누군데. 용주는 휴대폰 앨범을
열고 신촌의 모텔 옥탑방에서 찍은 사진을 꺼내려다 그만두
었다. 충동적인 감정을 억제할 필요가 있었다.

 “수빈아, 따지고 들자면 진호 형이 진짜 매일 보는 별일
수도 있잖아.”

 “별을 매일 봐? 어떻게?”

 “새벽마다 남구로역 인력 시장을 오고 가니까 옥탑방이나
지하철에서 별을 보게 될 것이고, 일 끝나고 한밤중에 돌아
오면서 또 볼 것이고.”

 “그게 사실이라면 참 애틋하고 처연한 별이겠네. 그러나
그건 사실도 아니고 진실은 더더욱 아닌 거지. 왜냐하면
상식적으로 추측을 해봐도 별 보기 힘든 상황을 금방 알
수 있으니까. 새벽부터 한밤중까지 노동에 쫓기고, 돈에

쫓기고, 밤에 쫓길 텐데 별이라니. 어불성설이지."

"그야말로 그건 추측일 뿐이고, 실제로 못 보란 법도
없잖아."

"못 보란 법은 없지만 진짜 별이 아니란 얘기지."

"진짜 별?"

"선배, 이제 진짜 별을 보게 될 거야. 오늘 밤 서울에
뜨는 진짜 별 말이야."

장미베고니아와 몽당연필

진짜 별. 수빈은 어젯밤 별장 평상에서도 엇비슷한 얘기를
하면서 술을 급하게 들이켰다. 진호 형이 203호실 조선족
방으로 내려간 뒤였다.

"저기, 저…… 두 분 술잔이 비었는데, 술잔 채우시죠."

진호 형이 평상을 비우자, 대화가 무거워지면서 분위기가
급랭했다. 수빈의 입에서 토론의 주제처럼 하루의 의미가
불거져 나온 뒤였다. 태우가 용주와 수빈의 눈앞에 술병을
흔들었다. 묵묵히 혼자 술을 따라 마시던 태우가 입을 열고
다른 술잔에 술병을 기울인 것은 의외의 일이었다. 무겁게

흐르는 대화를 감당하기 어려운 눈치였다. 이 더위에 굳이 이런 대화가 필요한가요. 이쯤에서 끝내죠. 그런 뜻이었는지도 몰랐다.

"선배, 선배가 서울 밖에서 하루를 어떻게 생각하고 어떤 식으로 보내는지 모르겠는데, 여긴 선배의 하루와는 달라."

"다른 하루?"

"어렵게 말할 것도 없이 시공간의 차이, 그 근본적인 차이를 외면할 수 없겠지."

"무슨 말인가 대충 알아듣긴 하겠다. 그런데, 그래서?"

"내 하루는 시작도 없고 끝도 없다는 생각이야. 옥탑방과 반지하방을 오르내리면서 밤낮의 개념을 버린 지 오래야. 나, 그렇게 하루를 살아. 오늘도 그랬고."

어렵게 시작되어 더 어렵게 뒤틀리던 대화의 끝이 어렴풋이 보였다. 태우는 고개를 꺾은 채 혼자 소주잔을 비웠다. 당신들의 하루는 전혀 궁금하지 않아. 그 표정을 감추는 것 같았다.

"태우 씨. 태우 씨는 하루에 대해 어떤 생각을 해?"

수빈이 태우의 마음을 읽은 것처럼 술잔을 건네며 물었다.

"나는, 뭐…… 그냥 일 시작하고 끝나는 게 하루라는 생각이야. 어느 땐 이틀이 하루가 되고 어느 땐 하루도 없는 하루가 있고."

"이틀이거나 하루도 없는 하루."

"나를 먹여 살리는 일이 하루를 규정한다. 대충 그런 뜻이야."

"태우 씨 하루, 완전 색다른 맛이다."

"다들 그렇지 않은가?"

대화 끝에 수빈이 태우와 술잔을 부딪치는 아주 짧은 순간, 평상 위로 무거운 침묵이 내려앉았다. 침묵에 눌린 반작용 탓인지 어둠이 옥탑방 높이만큼 솟아 있었다. 옥탑방의 한쪽을 가리고 서 있는 건물을 무너뜨릴 듯 열대야의 쓰나미가 계단을 타고 밀려왔다.

"선배, 하루도 없는 하루를 위해서 한잔해."

수빈이 용주에게 술잔을 건네면서 침묵이 끊겼다. 용주는 한 손으로 잔을 받아 들면서 다른 손으로 왼쪽 귀를 비볐다. 평상에 앉아 있는 동안 귀의 수천 미터 지하에 파묻힌 듯한 이명이 슬그머니 지상으로 올라서는 진동이 느껴졌다. 술잔을 입술에 댈 때, 여진이 이어졌다.

이명만 지울 수 있다면, 아무것도 바라지 않고 흐르는 물처럼…….

용주는 문득 『차이와 반복』을 떠올렸다. 자신도 한때는 어제의 하루와 오늘 하루의 변화를 꿈꾼 시절이 있었다. 같은 모습, 같은 깊이와 무게로 무한히 반복되는 하루, 단순하고 지루한 하루가 아니라 날마다 새롭고 흥미진진한 하루를 수없이 그리고 지웠다. 그러나…… 지금은 아니다. 오늘과 다른 내일, 오늘과 차이가 나는 내일의 자신을 생각할 겨를이 없다. 당장 눈앞에 닥친 하루를 무사히 견디는 게 발등에 떨어진 불이다.

카메라가 부서진 뒤, 더 이상 셔터를 누르지 못할 때, 용주는 하루하루를 어떻게 살았는지 기억나지 않는다. 무작정 집을 떠나서 가능한 아내와 집 멀리 길을 따라 걷기만 했을 뿐. 마라도 해안가 절벽에서, 가거도 독실산 정상에서, 정선 구절리의 폭설에 파묻혀서 용주는 죽음보다 두려운 절망감을 때때로 느꼈다.

선배, 선배의 하루, 정의해봐.

만약 수빈이 나의 하루에 관해서 묻는다면 나의 하루, 오늘은 무엇일까.

용주는 팝아트 학원 쪽방 입구의 장미베고니아를 떠올렸다. 꽃이 아름다워서 오천 원을 주고 구입한 장미베고니아. 동대문 말표 신발 골목의 벽화에서 삐약거리던 노랑 병아리 같은 꽃. 작년 늦가을까지 한 달 남짓 꽃을 본 뒤에 차마

버리지 못한 채 함께 월동했다. 그러나 한여름이 되도록 꽃은커녕 아직 꽃대도 올라오지 않았다. 수빈아. 나의 하루, 나의 오늘은…… 아침에 물 주고 나온 장미베고니아야. 정성껏 물 밥상 차려 올렸으니 일주일 정도는 무사할 생명. 용주는 그 말을 입안에 한참 동안 굴렸다.

"태우 씨."

"예."

"예가 아니라 응, 아니면 왜?"

"왜?"

"용주 선배 말이야."

수빈이 태우에게 술잔을 건네면서 용주를 입에 담았다. 무슨 말을 하려는 것인가. 용주는 긴장했다. 곤두선 말끝이 심상치 않았다.

"함께 벼룩시장 다큐 작업하기로 했다고?"

"응. 형님이 흔쾌히 동참해 주셨어."

"제대로 하려면 몇 년 매달려야 할 텐데. 태우 씨는 집도 서울이고 몸도 자유롭지만 선배는 사정이 좀 다르지 않나?"

"걱정 안 하셔도 됨. 멋지게 해보시겠다고 칼을 갈고 계셔."

"태우야, 내가 무슨 칼을 갈아. 너에게 고맙고 미안해서 열심인 척하는 거지."

"선배, 태우 씨한테 고맙고 미안한 게 아니라 선배 자신에게 그런 거 아닌가? 아니, 그래야 하는 거 아닌가?"

수빈이 목소리에 스타카토를 붙였다. 선배, 이번엔 제대로 좀 해봐. 한눈팔지 말고. 이 말이 금방이라도 수빈의 입에서 튀어나올 것 같았다. 그러면 어떻게 답변해야 하는가. 나, 절실해. 더 이상 낭비할 시간도 없어. 이러면 말끝이 무뎌지려나. 수빈 씨. 실은 이선주라고 옥탑방 다큐 2인전을 했던 사진가가 있는데, 원래 그 친구와 공동 작업하려던 것을 형님이 대신하는 거야. 만에 하나, 태우의 입에서 이런 말이 나오기라도 한다면…….

"태우 씨."

"응."

"용주 선배 말이야. 오래전에도 여인숙 다큐 촬영하다가 그만둔 적이 있잖아. 그래서 선배가 많이 힘들어했다는 얘기도 들었고."

"그러게. 형님이 왜 갑자기 그만두었는지, 아직도 수수께끼야."

"아무튼 다시 카메라를 든다는 것 말이야. 상처가 아물었다는 뜻이어서 참 고무적인 일이긴 한데……."

수빈이 시선을 용주의 안면에 꽂으며 말꼬리를 삼켰다. 용주는 시선을 피하듯 고개를 꺾고 술잔을 움켜쥐었다.

"선배가……, 이젠 어두컴컴한 과거를 털어버리고 시간을 아껴서 이번 작업을 한다면……."

"……."

"그게 누구든 미안하고 고맙다는 생각으로 작업한다면 좋은 결과를 얻을 수 있을 것 같아."

수빈이 갑자기 말끝을 감추고 방향을 틀었다. 용주는 술잔 끝에 입술을 댔다 떼었다. 어두컴컴한 과거에선지 가슴 밑바닥에선지 역류한 문장 몇 개가 조금 전부터 입안에서 빙빙 돌았다. 더는 입안에 가두어둘 수가 없었다.

"수빈아, 내가 쉰셋이야."

"그런데?"

"그동안 너처럼 뛰진 못하고 여기저기 걷다 보니 그렇더라. 세월이 흐를수록 깊어지는 게 있고, 세월이 흐를수록 얕아지는 게 있어. 이를테면 나에 대한 미안함은 전자고, 고마움은 후자."

"형님. 형님도 나름대로 열심히 뛰었잖아요. 그래서 오늘까지 온 것이고."

"태우 네 말, 고마운 얘긴데 실은 그렇지 못했어. 나는 그냥……."

  용주는 말끝을 잘라 소주와 함께 목구멍으로 넘겼다. 조금 전 수빈이 감추고 방향을 튼 말이 무엇인지 짐작할 수 있었다. 자기 삶에 대한 나태와 방기. 그것을 현실은 용서하지 않는다. 그 뜻이 분명했다. 마흔셋. 서울에서 이십여 년을 뛰어다닌 수빈이었다. 그 엇비슷한 세월 동안 용주는 여러 개의 사무실 문을 여닫으며 집 밖의 길을 떠돌았다.

  "태우 씨, 이 속담 아는지 모르겠다."

  용주의 눈빛을 힐끗 훔쳐본 수빈이 태우 쪽으로 말을 돌렸다.

  "십 년 동안 검 하나를 간다."

  "모르겠는데."

  "중국 속담이야. 용기와 끈기만 있으면 이루지 못할 게 없다. 나는 그 뜻을 새기며 살아왔거든. 태우 씨 벼룩시장 다큐 작업 기대돼. 공동 작업 시작한 선배도 힘내시고."

  "고맙다."

  용주는 단숨에 술잔을 비우고 수빈에게 넘겼다. 술잔이 찰랑거리도록 태우가 술을 따랐다. 수빈이 술을 받아 마신 뒤 제육볶음 조각을 집적거리는 동안 용주는 깊게 숨을 내쉬었다. 몸속에 가라앉아 있던 열대야의 불씨 같은 게 날아오르는 것처럼 식도가 따끔거렸다. 그러고 보니 잠시 더위를 잊고 있었다. 이대로 폭염이 가라앉으면 좋으련만. 용주는 왼쪽 귀를 가볍게 비볐다.

"수빈아. 혹시 내일 오후에 시간 되니?"

"무슨 일로?"

"태우가 광화문에서 집회를 하는데 동행할까 하고."

용주는 그만둘까 하다가 수빈에게 집회 소식을 들이밀었다. 마침 진호 형도 자리를 비우고 해서 말할 기회를 얻었다. 오래전, 이한열 열사 추모 집회를 함께 다녀온 기억이 불쑥 떠올랐던 탓이기도 했다.

"태우 씨. 무슨 집회?"

"고故 황재학 PD 추모 집회."

"그러잖아도 그 사건 소식 듣고 술 마셨는데. 몇 시지?"

"오후 2시."

"2시면 어렵겠는데. 태우 씨 미안해."

"미안하긴."

"이야기 중에 미안. 나, 화장실 좀 다녀올게."

용주는 평상에서 내려와 하늘을 보았다. 더위가 앞을 가로막았는지 별빛이 흐렸다.

"오후 늦게부터는 시간이 되긴 하는데."

용주는 태우에겐지 자신에겐지 모르게 수빈이 소리치는 걸 한 귀로 흘리면서 옥탑방 계단을 내려섰다.

수빈과 광장에 나란히 섰던 게 언제였나.

용주는 공용 화장실 거울 앞에서 자신에게 물었다. 불쑥 시청 광장이 떠올랐다. 초여름이었다. 박종철 열사 추모 집회와 6·10민주항쟁 기념식에 수빈과 함께 참석했다. 철거와 여인숙 다큐의 목적이 뭐야? 그것, 무모한 작업 아니야? 어느 날 수빈의 반문이 튀어나왔고, 그즈음부터 카메라를 들고 광장으로 동행하기 시작했다. 여인숙 다큐는 인간의 생존 공간에 대한 탐구의 방식으로 접근해야 한다고 강변하면서. 강제 철거와 강제 추방, 생존권 투쟁과 인권 투쟁, 그리고 최루탄 가스와 물대포는 모두 여인숙 다큐와 한 몸이야. 그렇게 세뇌하면서 어깨동무를 하고 뛰어다녔다. 용주는 수빈이 신문사 문을 열기 전, 이미 여러 차례 시청이나 광화문에서, 광주 망월동 열사 묘역에서 최루탄 가스를 마셔보았다. 지방 대학 시간 강사로서 신분 불안을 느꼈으나 어쨌든 사회부 사진기자였으므로 민주화운동 기념일과 광장을 외면할 수 없었다. 그 경험을 바탕으로 용주는 수빈과 동행할 때마다 자신을 다잡았다. 이 동행이 순간순간 어깨를 짓누르는 도덕적 갈등을 지우는 수단으로 전락해서는 안 된다. 이것은 어디까지나 정의 사회 구현을 열망하는 동시대인의 책무다. 그러면서 용주는 자신을 향해 격려의 박수를 보내기도 했다. 신촌역 4번 출구 근처의 모텔이나 창신동 여인숙을 드나드는 일과는 별개로 수빈과의 동행은 연대의 힘을 발휘하는 아름다운 동행으로 치부했다. 동행의 아름다움을 역설하던 어느 순간, 느닷없이 카메라가 부서질 줄은 미처 예상을 못 한 일이었다.

이렇게 또 하루의 손을 놓는다. 오늘 하루도 몽당연필이 다 되었다.

용주는 공용 화장실을 나서며 지껄였다. 섬이나 오지 여행을 다녀와서도 종종 그랬다. 지친 몸으로 학원 쪽방 문을 여는 어느 순간, 문득 자신의 그림자가 짧게 느껴졌을 때, 시적인 독백을 입에 물곤 했다.

나는 이제…… 나를 아껴 써야겠다.

카메라 파편의 흔적을 깨끗이 지운 뒤, 돌아보면 참 먼 길을 걸었다. 그 길들이 하나같이 자학의 길만 같아서 뜬눈인 날이 많았다. 부러진 욕망의 척추와 정신이 과연 얼마나 버틸 수 있을까. 그런 반문에 파묻혀 자신이 어느 길 위에서 있는가를 잊곤 했다. 무엇을 향해 걷는가. 그런 질문이 무의미할 만큼 걷는 방향조차 불분명했다. 없는 틈을 쪼개어 섬과 오지와 산길을 걸었다. 서북단 소청도부터 서남단 가거도까지 세상의 모든 길을 걸어보겠다고 작정했지만 어느 순간부턴가 목적을 잊은 채 걸었다. 길이 보이면 걸었고, 끝이 보이면 돌아섰다. 그 세월이 십칠 년이었다.

여인숙 다큐 사진을 찢어발긴 사람은 아내가 아니다. 카메라를 부순 것 역시 아내가 아니다. 수빈은 더더욱 아니다. 내가 한 일이다.

모든 게 그 생각에서 가능한 일이었다. 생각이 변하면서 길이 또렷하게 보였다. 방향도 목적도 선명해졌다. 그동안 자신이 처음 밟아보는 길들이 아무도 걷지 않은 길인 줄 알았지만 이미 모두가 다녀간 길이었다. 먼 길을 떠나온 누군가 한 걸음, 한 걸음 자신을 내려놓으며 이룬 길. 익숙한 초행이었다. 그랬으므로 어느 길이든 철저히 혼자 걸었지만 외롭지 않았다. 지친 몸으로 길을 돌아 걸으며 자신이 너무 일찍 소진되고 있다는 불안감이 이따금 떠올랐을 뿐, 걷는 일이 순간순간 즐거웠다.

이명만 지울 수 있다면…… 아무것도 바라지 않고, 그냥 흐르는 물처럼…….

의사의 말대로 이명을 잊기 위해 무엇엔가 몰두할 일을 만난 것은 전혀 우연이었다. 길 끝에서 돌아온 어느 날이었다. 동묘 벼룩시장과 팟캐스트 '문학의 향기'가 눈앞에 불쑥 다가섰다. 그것은 한글을 깨친 어린아이가 처음 펼쳐 든 그림동화처럼 신비하고 흥미로운 일이었다. 과거의 기억이든 미래의 어떤 일이든 이명을 상쇄할 수 있는 무엇인가 필요하다는 생각이 깊어지던 어느 날, 그 둘은 느닷없이 용주의 마른 가슴을 두드렸다. 이명만 지울 수 있다면 나는 오늘 태어난 것처럼 다시 살겠다. 용주는 끝없이 반복한 독백이 어떤 주술 같은 힘을 발휘한 것이라고 여겼다. 그 주술은 지금까지의 삶의 영역을 초월해 새로운 시공간을 용주에게 선물했다.

옥천 골동품 경매장에서 짝퉁 황금 램프를 비비며 빌었던 소원이 이루어진 것처럼 선물은 마구 쏟아졌다. 태우의 뒤를 따라 진호 형과 조선족 여자가 나타났고, 일산 백고모와 함께 수빈이 나타났다. 감당하기 벅찬 일이었다. 용주는 걸어갈 길을 가늠하면서 하루 여섯 시간씩 열차를 오르내렸다.

"선배, 무슨 화장실 볼일이 그렇게 길어? 절대 변강쇠

같진 않은데."

"속이 좀 부대껴서 앉아 있다 나왔어."

조금 전 1층 공용 화장실 계단을 내려서면서 용주는 조선족 여자의 방을 힐끔 보았다. 방문이 닫혀 있었다. 이 폭염에 문을 닫아걸었다면……. 용주는 소변을 보는 내내 피식, 피식 웃었다.

"그런데 선배, 별장 사장님, 그 형님 말이야. 내려간 지 한참 지났는데 안 올라오네."

"빈대떡도 부치고, 조선족과 할 말이 많은 모양이야."

올라오려면 시간이 좀 걸릴 것이었다. 약속한 녹두빈대떡을 부치고, 소주 반병을 들이켜고, 그 순서의 앞뒤에 누군가 먼저 방바닥에 쓰러지면, 그러면 시간이 꽤 소요될 것이다. 우리가 평상을 다 떠날 때까지 올라오지 않을지도 몰랐다.

"형님, 저 먼저 일어날게요."

아홉 시 오 분. 태우가 평상에서 엉덩이를 털고 일어섰다.

"그럼, 나도 일어날게."

수빈이 태우를 따라서 일어났다. 용주는 아직 이른 밤도 늦은 밤도 아니라는 말을 삼키고 둘을 번갈아 보았다.

"나 혼자 두고 둘 다 가는 거야?"

"선배는 여기서 잔다며. 좀 있으면 별장 형님과 조선족도 올라올 거고."

"그러면 더 이상해질 텐데."

"선배, 그럼 나랑 함께 갈래?"

"어딜?"

"진짜 별의 나라."

"진짜 별의 나라?"

"응. 진짜 별이 뜨는 곳인데, 거기 별들이 옹기종기 모여
살거든."

"그런 데가 있어?"

"그럼. 함께 가면 별 한 점 선물할게. 후훗."

"오늘은 진호 형과 자야 하니까 내일 밤은 어떨까?"

"좋아. 내일 밤."

천국의 계단

폐가 사이로 불빛이 보이긴 했으나 가로등이 없는 샛골목
은 캄캄했다. 언덕의 경사가 심해 어둠이 더 깊어 보였다.
수빈은 언덕길 정상에 오를 때까지 절대 뒤를 돌아보지
말라고 했다. 돌아보는 순간, 망부석처럼 굳어버릴 거야.
그 말끝에 팔짱을 끼고 용주를 잡아끌었다. 용주는 수빈에게

끌려가면서 좌우를 힐끗거렸다. 언덕길 양옆에 늘어선 집은 대부분 불이 꺼진 채 출입구가 밖으로 잠겨 있었다. 철거 보상을 기다리는 집주인이 외지에서 거주하는 공실인 모양이었다. 붕괴 위험. 출입금지. 집 사이의 비좁은 골목 안쪽 폐가에 경고문이 보였다. 가로등 불빛으로 검붉게 빛나는 글씨가 섬뜩했다. 길냥이 두 마리가 어둠 속에서 튀어나와 붕괴 위험을 향해 사라졌다. 조금 더 올라가자 길이 넓어지고 완만해졌다. 수빈이 걸음을 멈췄다.

"이제, 등 돌려도 돼."

"나, 망부석 되는 건 아니지?"

"염려 말고 돌아서서 봐. 불빛 보이지?"

"와아! 아름답다."

"내가 말한 진짜 별. 바로 이거야."

"아⋯⋯."

"삼거리 식당에서 저녁을 천천히 먹은 이유 알겠지?"

"별이 뜨길 기다린 거였구나."

"그래."

백사마을 3통 언덕길 끝이었다. 언덕길의 절정에 서서 수빈이 언덕 아랫마을의 불빛을 가리켰다. 멀리 중계동 시내 쪽은 건물의 네온사인과 주택의 불빛들로 어둠이 흐렸으나 산 아래쪽으로 가까워지면서 어둠이 점점 짙게 깔려 있었다. 3통 막다른 언덕길까지 이어진 그 어둠의 중간중간 주황색 가로등 불빛이 바람에 흔들리는 나뭇잎처럼 파르르 떨렸다. 언뜻 바라보면 수빈의 말대로 아득한 허공의 어둠 속에서 빛나는 별빛 같았다. 용주는 이 별빛 때문에 눈물을 흘릴 뻔한 일이 문득 떠올랐다. 아주 오래전이었다. '문학의 향기' 팟캐스트에 장편 소설이 소개된 문창과 교수의 집에서 하룻밤 묵을 때였다. 성북구 길음동 산 중턱 아파트였다. 아파트 발코니 창을 열고 야경을 내려다보는 순간 턱, 하고 숨이 막혔다. 산 아랫마을의 밤 불빛들이 은하수처럼 반짝이고 있었다. 지금은 도심 개발로 옛 형상이 사라졌을 테지만 오늘 3통 언덕 끝에서 내려다보는 야경이 바로 그 모습과 흡사했다. 넓이와 깊이가 좀 작고 얕아 보이긴 하지만 불빛의 은하수는 충분히 길음동의 감격에 버금갈 만했다. 돌이켜 보면 광속으로 질주한 문명이었다. 그 변화의 속도를 감안하자면 백사마을의 별빛은 오히려 더 큰 감동이랄 수 있었다. 그러나 바로 그 이유 때문에 용주는 코끝이 매웠다. 21세기 서울특별시에 이런 풍경이 아직 남아 있다니. 살아서 꿈틀거리다니.

"선배, 진짜 별, 그 뜻 이제 알겠지?"

과장이나 억측이 아니었다. 수빈이 말한 진짜 별의 의미를 알 것 같았다. 별장? 무슨 개뼈다귀 같은 소리야? 진호 형의 옥탑방을 향해 쏟아붓던 수빈의 냉소는 지나친 게 아니었다. 진호 형 역시 백사마을의 별을 본다면 생각을 바꿀 것이었다.

　"진짜 중의 진짜는 잠시 후, 천국의 계단에서 볼 거야."

　"천국의 계단? 그게 여기 있어?"

　"응. 2통 샛골목 오르막에 폐 교회가 있어. '아름다운 교회'라고. 그 교회로 올라가는 계단이 천국의 계단이야."

　"그 계단에서 내려다보는 별이 가장 아름답다는 뜻?"

　"딩, 동, 댕. 맞추셨습니다. 호홋."

　별의 늪에 빠진 듯 언덕 절정에서 한참 동안 발이 묶여 있었다. 별빛에 잠긴 채 이대로 밤을 새워도 좋겠다는 생각이 들었다. 이만큼의 여유를 가진 게 언제였는지. 기억이 가물가물했다. 저 별빛이 살려내는 어둠 속 어딘가에 사람이 살고 있다는 생각은 하지 않았다. 그러고 싶지 않았다. 그 생각으로 자신이 기울어지면 눈물이 날 것만 같았다. 고단한 생존의 하루를 눕히고도 더위에 잠을 설칠 사람들. 그들이 줄지어 눈앞으로 오갈 것이다. 일당 오백 원짜리 장터에서, 마늘밭이나 수박밭에서 비지땀을 쏟고 돌아와 쓰러진 아버지와 어머니. 양친이 해소 기침으로 쿨럭이거나 욱신거리는 뼈를 주무르며 밤새 신음을 뱉을 것이다.

용주는 휴대폰 시계를 보면서 언덕을 내려섰다.

"수빈아, 잠깐 쉬었다 내려가자."

언덕길을 올라올 때 '연탄은행'을 보았다. 그 벽에 덕지덕지 묻은 연탄 빛 어둠을 헤치고 내려가는 수빈을 용주가 불러 세웠다. 아까부터 의구심이 들었다. 이 어둠 속에, 폐가가 즐비한 언덕길을 태연하게 오르내린다? 서울의 끝 같은 변두리 철거 지역을 남자도 아닌 여자가? 소설 취재 때문에? 결코 아니다. 거주민이 아니라면 누구라도 밤길을 이렇게 여유 있게, 두려움 없이 오가는 일은 불가능하다. 그렇다면……. 이 의구심을 떨쳐 내는 방법은 하나뿐이다. 질문하고 답을 듣는 것이다.

"수빈아."

"왜?"

"궁금한 게 있어."

"선배, 저쪽 골목이 2통이야. 1통까지 돌아보려면 서둘러야 해. 막차 타려면 바빠."

수빈이 동문서답을 하고 '본동 미디어' 앞에서 주춤거리던 걸음을 재빨리 옮겨 '대진 슈퍼' 쪽으로 방향을 틀었다.

용주가 아니라 수빈이 막차 시간에 쫓기는 사람 같았다. 용주는 수빈을 다시 불러 세웠다.

"수빈아. 잠깐 얘기 좀 하고 가자."

"얘기는 가면서 하고 얼른 따라와."

문 닫힌 카페 '핑계 있는 날' 앞을 지나던 중년 남자가 두 사람을 힐끗거렸다. 밤중에 으슥한 골목에서 남녀가 실랑이를 벌이는 줄 알았던 모양이다. 저만치 1통 쪽 골목 입구에 '이화 건재' 간판이 희끗거렸다.

"너, 도대체 이 마을을 어떻게 아는 거야?"

"많이 궁금하지?"

"당연하지. 나는 너랑 함께 걷는데도 다리가 후들거리는데 말이야. 네 모습을 보아선 여길 여러 번 와본 모양이다."

"실은 내가 여기 살아."

"여기가…… 집이라고?"

"응. 지금 우리 집에 가는 중이야."

용주는 놀랐다. 아홉 살짜리 딸과 이 산동네에 산다고? 놀랍고 당황스러워 이어 갈 말이 떠오르지 않았다. 입을 다문 채 1통 언덕길의 중간쯤 올라왔을 것이다. 택시 회사 앞에서 걸음을 멈추고 걸어 올라온 언덕길을 돌아보았다. 가로등 불빛으로 빛나는 어둠과 산 능선 같은 지붕의 실루엣

외엔 아무것도 보이지 않았다. 사람의 그림자는 찾아볼 수 없었다.

"선배, 놀랐지?"

"놀란 것보다……."

아무래도 괜찮다는 표정으로 수빈이 싱긋 웃으며 용주의 팔짱을 꼈다.

"선배, 나 부자야, 부자."

"……."

"잠시 후면 무슨 뜻인가 알게 될 거야."

수빈이 팔짱을 당기며 걸음에 속도를 붙였다. 용주는 주춤주춤 따라가면서 눈을 좁혀 떴다. 수빈 모르게 산 중턱까지 좀 더 높고 멀리 바라보았다. 어둠 속으로 휘어진 골목이 사라지면서 계단을 쌓아둔 것처럼 작고 낮은 지붕들이 줄줄이 이어지고 있었다. 용주는 급경사 오르막길에서 허벅지의 통증을 느꼈다. 이 어둠 속, 어느 지붕 아래에선가 수빈이 살고 있다니.

"수빈아. 딸이 기다릴 텐데, 내가 집에 가도 되는 거야?"

"오늘 체험학습 갔어. 내일 오후에 돌아와."

"아……."

"오후에 떠나는 것 보느라 광화문을 못 가고 늦게 강남역으로 나간 거야."

"그랬구나."

"선배, 여기 잠깐 앉았다 가자."

마을 공용 화장실 앞에서 수빈이 걸음을 멈추었다. '중계 쌈지마당' 화강암 표지판 뒤로 몇 가지 체력 단련 기구와 벤치 서너 개가 보였다. 자그마한 휴식 공간이었다. 수빈이 벤치에 앉으면서 용주의 팔을 잡아끌었다. 맞은편에 철문이 닫혀 있는 어린이집이 보였다.

"집 얘기는 조금 있다 하기로 하고 먼저 들려줄 게 있어."

"무슨 얘기를?"

"벼락 거지."

"아, 소설 주인공?"

"그래. 어떻게 그 사람을 만났는지, 그 벼락 거지……."

벼락 거지를 막 꺼내려는 중이었다. 화장실 뒤쪽 어둠 속에서 노인이 나타났다. 수빈이 노인을 발견하고 일어나서 허리를 굽혔다.

"회장님. 안녕하세요?"

"어, 작가 선생."

"오빠, 인사드려. 1통 '사랑의 연탄은행' 회장님이셔."

"어르신 처음 뵙습니다."

"작가 선생. 이분은 누구신가?"

"제 사촌오빱니다."

"이 밤에 뭣 하러 오셨나?"

"저 아래 상계동에 사는데 저녁 먹고 잠깐 놀러 왔어요."

"훤한 대낮에 올 것이지. 여긴 밤길이 위험해."

"예. 금방 갈 겁니다. 들어가 쉬세요."

신기한 일이다. 열대야가 거의 느껴지지 않는다. 수빈이 벼락 거지를 꺼낼 즈음이다. 벤치에 앉은 그사이 땀이 마르고 열기가 식었다. 강남역 사거리는 물론이고 중계본동 버스 종점과도 확연하게 기온 차가 컸다. 더위와 땀을 가라앉힌 것은 산바람이었다. 사람의 거처로 산골짜기가 채워져 있다 해도 어쨌거나 백사마을은 불암산 기슭 마을이다. 한여름 밤의 산바람이 가볍고 선선한 것은 당연한 일이다. 조금 전 3통 언덕길을 오르내릴 때 땀이 흐른 것은 경사가 급한 언덕길 때문인 듯했다.

"수빈아, 예나 지금이나 솜씨 안 변했다."

"임기응변? 순발력?"

"좋게 말하면 그렇고 나쁘게 말하면⋯⋯."

"됐어, 선배. 거기까지만 하고, 아까 말하던 것 말이야. 벼락 거지는 이제 얘기해 줄 거고, 천국의 계단은 들어봤어?"

"교회 입구 계단?"

"그것 말고 다른 것."

"글쎄⋯⋯."

"지금부터 둘 다 말해 줄게. 들어봐."

수빈은 벤치에서 일어나 마치 프레젠테이션을 하듯 이야기를 시작했다.

소설 속 주인공이 될 인물은 삼십 대 중반의 대학원생이야. 이 친구 캐릭터를 한 문장으로 요약하면 가상 화폐로 나락에 떨어진 뒤 생존을 위해 필사적인 늙은 청년. 이 친구, 만난 지 두 달쯤 되었어. 예술대학원 서양화 전공이야. 평택에서 유학 온 친군데 서른여섯, 미혼. 가을에 개인전을 앞두었고, 개인전 준비로 대학원 휴학했다가 가을 학기 복학 예정이지. 그런데 둘 중 하나는 포기할 형편이야. 대학원 등록금과 전시 경비를 가상 화폐 거래로 반 이상 날렸어. 이 친구, 서울에서 학교 다니는 동안 옥탑방, 반지하방, 고시텔, 친구 자취방 등등을 전전하면서 자신이 벼락 거지라는 생각을 수백 번 했다는 거야. 이 거대한 도시에서 방 한 칸을 찾아 떠돌며 체감한 상대적 박탈감 때문이었지. 그러던 중에 가상 화폐로 대박을 꿈꾸다가 하루아침에 진짜 거지가 될 형편이 되고 말았어. 출품작 도록 제작을 알아보려고 포토샵 전문가를 찾아갔는데 그게 문제였지. 그 사람이 마침 가상 화폐 거래를 하던 중이었던 거야. 연초부터 시작해서 3월까지 투자 원금의 300%를 벌었다면서 이 친구에게 가상 화폐를 알려준 거지. 이 친구, 반신반의하면서 뉴스와 자료들을 찾아보다가 4월 말쯤 비트코인에 손을 댔어. 그게 탈이 난 거야. 비트코인을 매수하기가 무섭게 5월 초부터 급락, 반 토막이 나고 말았어. 8천만 원짜리 코인이 4천까지 떨어진 거지. 다시 포토샵 전문가를 찾아가 상의했더니 그 역시 시드 머니와 수익금 절반 손실. 그리고 가상 화폐로 성공한 유튜버 조언을 듣고 단기간 승부를 내는 방법으로 알트코인에 투자했다는 얘기를 들었지. 여기서 잠깐. 선배, 비트코인을 제외한 잡코인을 알트코인이라고 해.

서 있던 수빈이 다리에 통증이 이는 듯했다. 알트코인에서 입을 닫고 잠깐 앉았다 일어서는 동작을 했다. 다리 통증을 풀기 위해선지 어린이집 철문 쪽으로 걸어가 반쯤 열린 철문 손잡이를 끌어당겼다. 아는 집 같았다. 돌아와서 벤치에 앉으며 수빈은 다시 말을 이었다.

이제 천국의 계단이 나오는데, 천국의 계단, 그거 아름다운 교회 올라가는 계단이 아니야. 선배, 내가 이 친구 때문에 가상 화폐 공부를 했는데 말이야……. 이 대학원생 친구, 고민이 커졌어. 가을에 전시를 해야 하고 대학원 복학도 앞둔 형편이라서 심각하게 고민한 끝에 결국 비트코인 투자금을 손절하고 알트코인 매수를 시작했어. 값은 싸지만 언제 폐기 처분될지도 모르고, 잘못하면 크게 물릴 위험을 각오하고 말이야. 그러다가 문득 천국의 계단을 본 거야. 선배, 천국의 계단, 이런 걸 말하는 거야. 가상 화폐 거래할 때, 거래 차트가 분 단위로 기록이 되거든. 그런데 눈 깜짝할 사이에 특정 알트코인 시세가 50%, 100%로 급상승하는 경우가 있어. 보통 상승 차트 모양이 붉은 막대그래픈데 급상승하는 그래프가 계단처럼 화면 끝까지 솟구치는 모양을 두고 가상 화폐 세계에서 천국의 계단이라고 불러. 어느 순간, 하늘에서 떨어진 것처럼 불쑥 튀어나오는 천국의 계단. 그 주인은 눈 깜짝할 사이에 대박이 나는 거지. 그래서 다들 계단의 주인이 자신이기를 바라며 꿈을 꾸는 거야. 하지만 그 계단 말이야, 완전 허상이거든. 천국의 계단 어느 지점에선가 순식간에, 단 몇 분 사이에 밑바닥으로 곤두박질을 쳐. 100만 원 매수해서 50% 떨어지면 50만 원

손실, 500만 원, 1,000만 원, 매수 단위가 커지면 손실은 어마어마해지는 거지. 그게 다 세력들이나 일부 가상 화폐거래소의 작전이라고 하는데 뻔히 알면서도 당하는 거야. 불법 사기 거래라고 따지자니 물증이 없고, 정부에선 화폐로 인정을 안 해서 법적 조치를 할 수도 없고. 다들 각오하고 덤벼들었으니 하소연할 데가 없는 거야. 하여간 이 친구, 그 계단에 올라탔다가 벼랑 끝으로 떨어지고 말았어. 대학원 등록금과 전시 비용으로 올인한 투자금이 완전히 사라질 위험에 처한 거야. 말 그대로 천국의 계단을 꿈꾸다 지옥의 계단을 경험한 거지. 이 친구를 포함해서 코인 초보인 코린이들 피를 말리는 기사가 인터넷 모든 창에 날마다 실렸어.

'코인 폭락. 망연자실. 떠나는 투자자들'

'하루에 65달러→0달러, 초유의 코인런 사태'

'비트코인, 중국 채굴장 폐쇄 여파에 8.3% 급락. 3만 달러 붕괴'

'가상 화폐거래소, 먹튀 단속 연장…… 업비트, 잡코인 기습 정리'

'주말 기습 상폐 공지…… 잡코인 정리 시동. 개미들 비명'

4월까지만 해도 돈 복사기라고 불리던 잡코인에 올인한 코린이의 줄초상이 이어진다는 말을 끝으로 수빈은 된 숨을 내쉬었다.

 "이 친구, 대학원 복학과 개인전 둘 중 하나라도 살리기 위해 원룸 보증금을 빼서 월세 고시텔로 들어갔어. 아흔 살 어머니 혼자 계시는 평택으론 내려갈 엄두도 못 낸 채."

 한 번 더 숨을 몰아쉰 수빈이 고시텔에서 엉덩이를 털고 일어섰다.

 "그 친구…… 만난 과정도 극적이었겠다."

 용주는 참았던 말을 살짝 돌려서 말했다. 천국의 계단에서 고시텔로 넘어오는 동안 수빈의 숨결이 거칠어졌다. 몇 번 숨을 고른 수빈이 맞은편 어린이집 철문을 또 닫고 왔다. 돌쩌귀가 낡아 문이 제대로 닫히지 않는가 보았다. 수빈은 어린이집 철문을 마주 선 채 말을 꺼냈다.

 선배 말대로 극적 만남인데, 그게 소설 속 필연성을 부여하는 사건이거든. 5월 말이었어. 더위가 막 시작될 무렵. 주말이었는데, 모처럼 딸이 좋아하는 김치찌개를 먹으려고 '삼거리 식당'에 들렀거든. 거기서 이 친구가 소주를 마시고

있더라고. 나는 아무 생각 없이 밥 먹고 돌아왔지. 그런데
밤에 산책을 나왔다가 식당을 지나치는데 이 친구가 그대로
앉아 있는 거야. 순간, 내 특유의 취재 본능이 발동한 거지.
무언가 사연이 있다. 그렇게 촉이 왔거든. 그래서……, 소주
를 함께 마셨고, 이 친구가 백사마을에 온 사연을 풀어놓았
어. 백사마을은 그전에 과 친구들과 스케치하러 다녀간
적이 있어요. 그 기억을 더듬어 오늘 찾아왔습니다. 값이
싼 월세방을 구하러 왔는데…… 못 구했습니다. 철거 보상
으로 시비가 붙어서 외부인이 들어올 수가 없답니다. 그날,
식당에서 헤어진 뒤로 이 친구와 종종 안부를 주고받았어.
가상 화폐 얘기도 자세히 듣고. 그러는 사이에 이 친구
몰래 소설 구상을 하면서 가상 화폐 자료를 수집한 거야.
덕분에 가상 화폐 공부도 하고. 요즘 이 친구 근황을 모바일
가상 화폐 차트를 보면서 감을 잡는 중이지. 여전히 천국의
계단을 기다리면서 피가 마르고 있을 텐데 말이야. 밥도
굶고 허리띠를 졸라매고 있을 이 친구 형편이 도무지 남의
일 같지 않더라고. 진도가 거기까지 나간 거야. 그런데……,
생각할수록 내가 돈이 없는 게 얼마나 다행한 일인지. 어휴,
생각만 해도 끔찍해! 선배, 그래도 말이야. 떨어질 때 떨어지
더라도 한 번쯤은 천국의 계단에 오르고 싶다. 하하.

선물

더위가 가라앉은 덕분이다. 1통 언덕길 끝에서 돌아설 때까지 땀을 흘리지 않았다.

9:24

용주는 언덕을 내려오면서 휴대폰 시간을 확인했다. 중계 본동에서 서울역까지 넉넉히 오십 분. 수빈의 집에 들러 잠깐 앉았다 일어서면 막차를 탈 수 있었다. 십칠 년 남짓, 서로 살아온 이야기를 장황하게 나눌 만큼은 여유가 되지 않았다.

"여기, 우리 집이야."

앞서거니 뒤서거니 오르내린 언덕길 중턱이었다. 조금 전에 잠깐 쉬었던 공용 화장실 앞에서 수빈이 어린이집 철문을 가리켰다.

"여기였어? 아까 쉬었던 자린데."

"그래. 맞아."

철문 가까이 보니 벌겋게 녹이 슬고 간판 글씨 색이 거의 날아갔다. 문 닫은 지 꽤 오래된 것 같았다. 수빈이 철문 쪽문으로 들어서면서 들어오라는 손짓을 했다. 철문 안쪽

마당에 나무 서너 그루가 서 있었다. 어둠 탓인지 주변의 폐가 때문인지 무성하게 솟구친 나뭇가지가 어지러웠다. 나무의 뒤쪽으로 크고 작은 집 두 채가 기역 자 형태로 앉아 있었다. 수빈이 그 오른쪽, 작은 집 출입문을 열었다.

"여기서…… 오래 살았니?"

"칠 년째."

출입문 문틀이 좁고 낮아서 고개를 꺾고 방으로 들어서는데 맞은편으로 쪽문이 뚫려 있었다. 딸 방인 듯했다. 어두컴컴한 천장의 형광 모빌이 안방 불빛에 별처럼 반짝였다. 아홉 살인데 아직도 모빌을? 용주는 그 말을 삼켰다.

"철거 예정지라서 집은 허름하지만 그런대로 살 만해."

"그래도 집값이 꽤 나갈 텐데. 어떻게……."

"애 아빠와 헤어지면서 딸 양육비로 받은 위자료가 종잣돈이 되었어."

"아."

"딸이 아직 어리잖아. 더 크기 전에 제대로 된 집을 마련하려고 여기 들어온 거야."

용주는 모빌 별빛을 그윽이 올려다보았다. 별 속의 별……. 안방에 들어설 때, 문득 떠올랐던 상상을 다시 떠올리는데 수빈이 어깨를 툭, 쳤다.

"이래 봬도 이 집, 꽤 비싸."

"얼마쯤?"

"선배, 지금 사는 집 얼마야?"

"삼억 오천 정도. 삼십 년 다 된 주택이라 헐값이야."

"이 집, 그것보다 비싸."

"정말?"

"산동네 손바닥만 한 집값이 그래. 그러니 여기 재개발되면 어떻겠어?"

"아까 부자라던 네 말, 맞다."

"이 집 말이야, 서초동 삼십억짜리 아파트와 같아. 인간의 생존 공간, 어엿한 집, 내 집이라고."

작은 방의 창문이 열려있는가? 바람이 부는지 형광 모빌이 살짝 흔들렸다. 별똥처럼 모빌 불빛 한 점이 벽을 스쳐 사라졌다. 수빈이 함께 오면 선물하겠다던 별이 저것인가? 궁금했다. 그보다 먼저 확인할 게 있었다.

"수빈아, 물어볼 게 있어."

"이 집을 어떻게 구했느냐. 대단한 용기가 필요했을 것이다. 뭐, 대충 그런 질문, 맞지?"

"역시, 촉이 살아 있네. 하하."

"드라마틱한 사연이 있지."

"그래?"

"대학교 때 여기 어린이집 알바를 했거든."

용주의 호기심을 일찌감치 간파하고 준비한 것처럼 수빈은 말을 이어 갔다. 나 알바할 때, 그땐 이 마을도 제법 흥청거렸어. 몇 년쯤 지나서 마을 주거 환경 개선 사업 소문이 돌았는데 철거재개발이란 게 원래 세월과의 싸움이잖아. 십 년이 될지 이십 년이 될지도 모르고. 마침 어린이들 숫자도 줄어드는 추세여서 원장이 일찌감치 재테크를 한다며 어린이집을 닫았어. 상계동 쪽으로 어린이집을 확장해서 이전한 거지. 그때 어린이집 별채로 있던 집을 내게 싼값에 넘긴 거야. 어린이집과 놀이 공간은 빼고 작은 방 두 칸짜리에 불과하지만 가진 게 반지하 보증금에 아이 양육비뿐인 나한텐 로또 맞은 것처럼 행운이었지. 수빈이 말끝에 잠시 숨을 골랐다. 용주는 수빈을 보면서 고개를 갸우뚱했다. 아직 풀리지 않는 의문이 남아 있다는 뜻이었다.

"수빈아. 어린이집 원장님이 천사였나보다."

"응. 실은 좀 특별한 인연이 있었어."

"특별한 인연?"

"혹시 경희 기억해?"

"누구지?"

"윤경희. 칵테일 바에서 화상 입은 친구."

기억에 없는 이름이다. 용주는 십칠, 팔 년 전을 더듬었다. 캄캄하다. 신촌역 4번 출구를 오르내릴 때 수빈은 누구와도 동행한 적이 없었다. 마치 용주와의 관계를 감추는 것처럼 단 한 사람도 소개하지 않았다.

"나 세 번째 휴학하고 집 근처에서 알바할 때, 한참 머물다 갔었잖아."

"아, 누군가 알 것 같다."

이제야 떠오른다. 수빈이 고향 신탄진을 탈출할 돈을 만들기 위해 심야 알바를 할 때다. 문창과 친구가 수빈을 찾아와 날마다 울었다. 그 친구가 경희다. 그런데 성이 윤 씨였나? 술에 취해 울음 반, 욕설 반으로 수빈이 들려준 말을 용주는 하나둘 떠올렸다.

서울에서 함께 문창과를 다닐 때였다. 경희는 반 누드로 홀을 돌면서 칵테일 주문을 받았다. 시급이 다른 알바의 두 배였다. 단기간에 목돈을 마련하려고 지하 계단을 내려섰다가 발이 묶였다. 어느 날 취한 손님이 배꼽 근처를 담뱃불로 지졌다. 화상이 아물 때쯤 임신 중절 수술을 했고, 그 충격으로 자살을 하려다가 살아났다. 상처와 고통으로 뒹구는 경희를 수빈은 자신의 옥탑방에 머물게 하면서 한 학기

동안 밥상을 차렸다. 등록금에 쫓긴 수빈이 먼저 휴학을 하고 신탄진에 내려온 얼마 뒤였다. 경희는 대학교를 자퇴했다며 불쑥 수빈을 찾아와 반년 정도 머물다 고향 괴산으로 떠났다. 집 마당에서 하늘의 별이나 보면서 살겠다며. 경희가 떠나고 호프에서 취하던 날, 수빈은 용주 곁에서 밤새 눈물, 콧물을 쏟았다.

경희 배꼽 근처에서 살 타는 냄새가 나. 코를 막아도 내 몸속으로 냄새가 파고들어. 그 불쌍한 년이 귀에서 이명처럼 아기 울음이 들린다는 거야. 밤이고 낮이고 때도 없이 말이야. 견딜 수가 없어서 손목에 칼을 댔는데…… 경희를 담뱃불로 지진 새끼들, 내가 반드시 찢어 죽이고 말 거야. 그 개새끼들. 귀두를 잘라서 질겅질겅 씹어먹을 새끼들.

수빈은 끝없이 육두문자를 퍼붓다 복학했다. 졸업 후 새내기 기자 신분으로 다시 만난 신촌역 4번 출구에서 별을 헤아리며 밤을 새웠다. 선배, 저 별, 지금쯤 경희도 보고 있겠지? 우리 별과 함께 기념사진 찍자. 용주와 아내가 차례로 비뇨기과를 다녀온 것은 셀카 사진을 찍은 얼마 뒤였다. 카메라가 콘크리트 바닥에 나뒹군 것도 그즈음이었다. 박살 난 카메라의 잔상이 사라지기도 전에 수빈은 떠났다. 경희 역시 용주의 기억 속에서 삭제되었다. 그런데 지금쯤 괴산의 어느 하늘 아래에선가 별을 세고 있을 경희가 백사마을 별빛처럼 반짝, 나타난 것이다.

"선배, 이제 이 드라마의 절정!"

"궁금하다."

"윤경희 언니가 어린이집 원장이야."

"아, 정말?"

"학교 다니면서 경희랑 두어 차례 어린이집을 다녀갔는데, 경희가 내게 어린이집 알바 자리를 마련해준 거지. 두 달 정도. 그랬는데 그 인연이 글쎄, 언니의 집까지 인수하는 쪽으로 이어줄 줄이야."

"언니가 너를 기억하고 연락한 모양이다."

"아니, 내가 이혼하고 반지하 셋방에서 끙끙대는 걸 경희가 알고 언니한테 다리를 놓아줬어."

"기막힌 인연이다."

"진짜 드라마틱하지?"

"소설로 쓰면 욕먹을 만큼."

"그래. 내가 생각해도 현실성이 떨어지는 삼류 드라마 같다니까. 호홋. 지금처럼 재개발 시세 차익이 천문학적인 시대였으면 어림도 없는 일이지만 하여튼 그때 나한테 쨍, 하고 해가 뜬 거야."

쨍하고 떠오른 햇볕에 목이 탔는지 수빈이 물을 가져오겠다며 방 밖으로 나갔다. 용주는 갈증이 느껴지지 않았다. 1통 언덕을 오를 때의 더위는 다 가라앉았다. 작은방 쪽을 한 바퀴 휘둘러보았다. 창문의 바람이 잦아들었는지 모빌의 별빛이 보이지 않았다. 선물로 받기로 한 별이 손에 닿기도 전에 사라진 건가. 창문을 보았다. 활짝 열린 창문에 어둠이 가득했다. 창문은 흡사 모녀를 들여다보기 위해 어둠이 뚫어둔 비밀 통로 같았다. 밤마다 모녀는 저 어둠이 지켜보는 동안 잠들었을 것이다. 잠들기 전, 어둠이 살며시 바람을 흘려보내 별빛을 날리곤 했을 것이다. 엄마는 어린 딸이 바라보는 별빛을 사랑했을까. 아니면 1통 언덕길 끝에서 혼자 내려다보는 마흔셋의 별빛을 더 사랑했을까. 어느 별빛이든 딸만큼 사랑하지는 않았을 것이다.

"경희 그년, 고향에서 별에 빠져 뒹굴다가 상처고 서울이고 다 잊었나 봐."

수빈이 물 주전자를 툭, 내려놓으며 경희를 다시 불러들였다. 용주는 못 들은 것처럼 벽에 붙은 디지털시계를 보았다. 10:05.

"선배, 꼭 막차를 타야겠어?"

엉거주춤 앉은 채로 벽시계를 보는 용주의 무릎을 수빈이 발로 찼다. 막차 시간에 쫓기는 표정이 눈에 거슬린 것 같았다.

"잠깐 기다려봐. 보여줄 게 있어."

수빈은 노트북을 열고 무언가를 뒤졌다. 인터넷 속도가 느린지, 폴더에 깊이 파묻혔는지 꽤 시간이 걸렸다.

"아, 찾았다."

"뭔데?"

"선물."

"이건…… 시청 광장 집회 사진인데."

"그래. 전국철거민연합회 집회 장면이야. 그때 선배가 행사장 무대에 올라가서 집회장 찍는 모습. 내가 찍은 거 기억 나?"

잊을 수가 없었다. 수빈의 연락처를 지우기 전, 까미유 끌로델 13 아이디 메일로 받은 사진이었다. 수빈은 그 사진을 메일로 전송하면서 딱 한 단어만 썼다. 선물. 그리고 십칠 년간 사라졌다. 투쟁하는 철거민이 철거에서 해방된다! 용주는 사진 속 무대 뒤편의 현수막 글씨를 주홍 글씨처럼 새기며 세상을 떠돌았다. 삭제한 메일을 복원할 수 없었으나 선물은 십칠 년간 잊지 않고 지냈다.

"그런데 이 사진을 아직도?"

"버리지 않았냐고?"

"응."

"버리는 걸 잊고 살았나 보지. 아니면 무슨 한이 남았든가."

"한?"

"고향 후배라서 특별 채용한다고 신문사 수습기자로 유혹하더니 광장 집회부터 철거 현장, 여인숙까지 나를 끌고 다닌 게 수십 번이야."

"그랬나?"

"그랬지. 왜 그랬어?"

"……."

용주는 입을 닫았다. 문득 수빈에게 미안하다는 생각이 들었다. 미안해, 수빈아. 용주는 입안에 굴리던 독백을 그대로 삼켰다. 조금 전부터 어린이집 녹슨 철문을 긁는 소음 같은 게 귓속을 두드려 왼쪽 귀를 비볐다. 손바닥으로 귀의 입구를 짓누르기도 했다. 부질없는 짓이었다. 그런다고 이명이 가라앉거나 사라질 리 만무했다. 귓바퀴를 접어 입구를 틀어막는데 휴대폰 진동이 느껴졌다. 휴대폰을 열까 하다가 그만두었다. 아내는 아닐 것이다. 그렇다면…… 야이, 씨발놈아. 너 지금 어디야? 휴대폰 속에서 진호 형이 튀어나오면서 녹두빈대떡을 패대기칠 게 분명했다. 오늘 광화문 집회 마치고 벼룩시장에 들린다는 약속을 깼다. 오전 일찍 펼쳤던 벼룩시장 난전 보따리를 한 시간도 못 되어 접었다. 도무지 자신이 없었다. 옥천 경매장에서 품고 온 러시아산 짝퉁 골동품 몇 점을 깔아두었으나 호객도 어려웠고 값 흥정도 쉽지 않았다. 진호 형. 다음에 좀 더 기술을 익혀서 해볼게요. 203호 조선족 여자의 녹두빈대떡 한 장을 사다 준 뒤, 용주는 벼룩시장을 도망치듯 떠났다.

"뭐해? 뭘 그렇게 멍때리고 있어?"

만장굴 같은 왼쪽 귀의 시꺼먼 어둠 속에서 무슨 짐승인가 후다닥 내달리는 소리가 들렸다. 그래서 수빈이 부르는 소리를 못 들었다.

"막차 타려면 출발 오 분 전. 옛날 신촌에서처럼 헐레벌떡 뛰어갈래, 느긋하게 술 한 잔 마실래?"

"아까 마신 걸로 속이 좀 불편한데."

삼거리 식당에서 김치찌개에 소주 한 병 반을 마셨다. 수빈은 물이었지만 용주는 불이었다.

"그러면 소주는 그만두고, 선배."

"응."

"신촌 옥탑방에서 그랬던 것처럼 말이야. 술 취한 척하고 들어봐."

"뭘?"

"선배, 술 취하면 나한테 늙은 문학소녀라고 했지."

"네가 듣기 좋아했으니까."

"나 말이야…… 단 하루만이라도 늙은 문학소녀로 돌아가면 좋겠다. 요즘 문득 그런 상상을 하고 그런다. 진짜 늙어가나 봐. 호홋."

"개뼈다귀……."

"무슨 개뼈다귀 같은 낭만이냐고?"

"그래. 니가 했던 말이다."

"내 말은 동묘 여인숙 별장 같은 그런 뜻이 아니라, 그 말……."

"……."

"오늘 듣고 싶어서 그런다."

수빈이 일어나서 불을 껐다. 아주 짧은 순간, 조금 전 사라졌던 작은 방의 별빛이 어느 틈에 돌아왔는지 안방 벽의 어둠 속에서 반짝였다. 수빈이 방문을 걸어 잠그는 뒷모습을 지켜보면서 용주는 상상했다. 저 별빛은 먼먼 여행에 지친 별 하나가 낯선 지구에 내려와 잠시 쉬어가기 위해 방안을 기웃거리는 별의 눈빛이다.

"선배, 오늘 밤 늙은 문학소녀가 꿈 많은 청년 좀 보고 싶다."

별의 눈빛을 지켜보던 용주는 놀랐다. 수빈의 돌발 행동이 아니라 말 때문이었다. 2002년 한일 월드컵 4강전이 있던 그 날밤, 신촌 모텔 옥탑방의 대사 그대로였다. 십칠 년이 지나도록 기억하고 있다니. 용주는 왼쪽 귀를 비비면서 숨을 몰아쉬었다. 느닷없이 수빈에게 뺨을 얻어맞은 것처럼 왼쪽 귓바퀴가 뜨거워지는 어느 순간이었다. 누가 먼저였는지 모른다. 옷을 벗고 자리에 누운 게 용주인지, 수빈인지. 누가 먼저 상대방 깊숙이 살 속으로 파고들었는지도 몰랐다.

"아, 아아."

"흐흑, 흐으윽."

끊어질 듯 가쁜 신음이 방바닥으로 뒹굴다가 허공의 어둠 속으로 솟구쳤다. 수없이 반복되는 그 신음을 수빈과 용주는 듣지 못했다. 오래전부터 익숙한 자세로 체위를 바꾸는 것에만 몰입했을 뿐, 신음에 부딪혀 방안 구석구석 어지럽게 흩날리는 별빛을 아무도 보지 못했다.

"아아아, 아아."

숨이 벅차 더 이상 신음을 뱉을 수 없는 것처럼 온몸에 전율이 번진 끝이었다. 작은 방의 어둠 속에서 별빛이 반짝였다. 용주는 실눈을 뜨고 한참 동안 별빛을 지켜보았다.

모든 게 꿈만 같았다. 별빛이 가늘게 흔들릴 때마다 파문처럼 번지는 모든 광경이 꿈 같이 여겨졌다. 신촌의 땡볕과 동대문 뒷골목의 말표 신발과 벼룩시장의 황금 램프와 성주 여인숙 옥탑방의 제육볶음 모두가 도무지 현실감이 없었다. 벼룩시장에서 광화문 광장으로, 강남역 사거리에서 중계본동 백사마을까지 땀 흘리며 걸어 다닌 사람이 자신이었던가. 지금, 여기 누워 있는 자신이 그 사람인가. 떠오르는 반문을 지우고 용주는 눈을 감았다. 몸과 마음이 어둠보다 더 깊이 가라앉는 것처럼 느껴졌다. 이 순간, 이대로 시간이 멈추어도 좋으련만. 그 생각이 자신의 것인지조차 확신이 서질 않아서 조용히 누워 있었다. 투쟁하는 철거민이 철거에서 해방된다! 십칠 년 만에 해후한 이 사진 한 장만을 남겨두고 용주는 정체 모를 모든 것을 지우고 싶었다. 그리고 오늘 하루를 인생에서 얻은 마지막 선물이라 여기며 죽을 때까지 간직하고 싶었다.

고양이 아빠

감은 눈 속에서 소용돌이치는 풍경에 용주는 빨려 들어갔다. 여기저기 깃발이 나부끼면서 함성이 들렸다. 수빈의 소설 '흑백사진이 있는 풍경'의 한 장면이었다.

여기, 사람이 살고 있다. 살고 있다! 살고 있다! 살고 있다! 명희는 불끈 쥔 주먹으로 세 번씩 허공을 찔렀다. 거리 행진이 시작되었다. 더 이상 죽이지 마라! 죽이지 마라! 시위대의 앞줄과 옆줄 대오를 맞추며 명희는 철거 용역이 휘두른 각목에 얻어맞아 이마에서 피를 흘리는 철거 민의 사진 피켓을 흔들었다. 서울역 광장에서 출발한 거리 행진은 시청 광장까지 이어졌다. 한 시간 남짓 행진을 마친 뒤 정리 집회를 하고 시위대는 해산했다. 명희는 시청역에서 지하철을 탔다. 저녁에 상도동 강제 철거 반대 대책위원회 비상 회의가 있었다. 동승한 전국빈민철거대책연합회 회원 들이 명희의 어깨를 두드렸다. 오늘 수고하셨습니다. 함께 해주어 고마워요. 객실 출입구 쇠기둥을 잡고 섰던 중년 여자 두 사람이 속도를 늦춘 열차가 한강 철교를 건너는 동안 명희와 차례로 악수를 나누었다. 조명희 씨. 당신 같은 여성 동지 열 명만 있으면 우리는 승리할 수 있습니다. 승리의 그날까지, 투쟁! 투쟁! 곁에 섰던 일행이 명희를 바라보며 낮고 경건한 목소리로 투쟁을 외쳤다. 객실의 승객들이 삼십 대의 깔끔한 명희와 명희를 에워싼 십여 명의 거무튀튀한 중년 남녀를 번갈아 보았다. 시비를 붙는 사람이 아무도 없었다. 한창 귀갓길이 바쁜 사람들이었다. 오늘 하루 누구랄 것 없이 생존을 위해 땀을 흘렸다. 집이 없으면 구하기 위해, 있으면 지키기 위해 어제처럼 오늘도 목숨을 걸었다. 그랬으므로 생존권 사수 피켓을 들고 선 일행을 막아설 까닭이 없었다. 과거 독재정권 타도 투쟁에도 그랬듯이 내일이나 모레, 어느 날엔가 함께 광장에 설 사람들이다. 객실 안의 모두는 형제이고 어머니이고 가족이다. 명희는 고개를 돌려 한강을 내려다보았다. 철교를 내달리는 쇠바퀴의 굉음이 수면을 때린 듯 강물이 철썩였다. 명희는 조용히 입술을 깨물었다. 멀리 상도동 언덕이 보였다. 거기, 언덕 정상에 상도새싹13길 이정표가 꽂혀 있을 것이다. 자신이 지금 그곳을 올려다보는 것처럼 상도새싹13길도 이 순간 자신을 굽어보고 있을 것이다. 세상은 가족 아닌 사람이 없고, 그 어느 때든 소통과 연대의 힘으로 살아지는 것이다.

토끼잠 같은 단잠이었을 것이다. 잠에 취한 용주를 불러일으킨 수빈은 걸음을 서둘렀다. 서울역에서 마지막 열차를 타기엔 늦었으나 중계본동을 떠나는 시내버스 막차 시간은 여유가 있었다. 용주는 서두를 생각이 없었다. 수빈 혼자 잰걸음을 놓았다. 한창 바쁜 걸음 끝에 2통 언덕길 중간쯤에서 휙, 돌아섰다.

"선배, 남은 길은 내일 보자."

밤늦은 시간에 누군가와 약속을 잡아둔 모양이었다. 좀처럼 열어보지 않던 휴대폰 시계를 세 번씩이나 확인했다. 두어 걸음 먼저 언덕길을 내려가는 수빈의 뒤에서 용주는 폐가를 두리번거렸다.

'오랫동안 꿈을 그린 이는 그 꿈을 닮아간다.'

가로등 불빛으로 환하게 밝혀진 폐가 앞에서 용주는 멈춰 섰다. 벽서가 보였다. 빛이 반쯤 날아간 바다색 글씨였다. 독백하듯 읽어보았다. 글의 뜻이 깊었다. 문화운동 단체의 재능 기부 작품인가? 수빈을 불러세우고 물어볼까 하다 그만두었다. 대뜸 이 말부터 할 것이다.

내 얼굴 잘 봐. 내가 꿈을 닮았는지, 꿈이 나를 닮았는지.

금강 변 고향 뒷골목을 떠나 서울특별시민의 꿈을 이룬 수빈. 서울의 변방 불암산 기슭에서 철거재개발이라는 두 번째 꿈을 그리고 있는 마흔셋. 아직 다 이루지 못한, 실체가 드러나지 않은 수빈의 꿈은 어떤 모습일까. 연두일까. 파랑

일까. 원뿔일까. 아니면 귀뚜라미 울음을 닮았을까. 가로등 불빛으로 벽서는 또렷하게 읽혔으나 어제, 오늘 수빈의 표정은 벽서의 의미처럼 깊고 아득했다. 그러나 용주는 안다. 이 순간, 수빈이 어떤 생각을 품고 내치는지 짐작된다. 철거재개발 이후의 꿈은 너무 멀고 흐리다. 당장 눈앞의 꿈, 활어 같은 생생한 상상으로 꽉 차 있을 것이다. 그것은 오늘 하루의 삶에 대한 서릿발처럼 차갑고 날카로운 반성일 것이다. 인생의 낭비와 회한을 다시는 되풀이하지 않겠다는 치밀한 계획일지도 모른다. 용주는 돌연 두려웠다. 수빈의 꿈 어딘가에, 그 시공간의 한 점으로 찍혀 있을 자신의 모습이 두려웠다.

"선배, 끈 떨어질 뻔했잖아."

두려운 전율이 몸을 훑고 사라지는 순간, 눈앞으로 수빈이 얼굴을 들이밀었다. 혼자 언덕을 내려가다 허겁지겁 돌아 올라왔나 보았다. 가로등을 등진 수빈의 눈코입 모두가 까맣고 굴곡이 깊어서 얼핏 가면 같이 여겨졌다.

"천국의 계단도 다음에 보는 게 좋겠어."

수빈은 용주의 대답을 듣지 않은 채 손목을 잡고 돌아섰다. 내처 백여 미터쯤 내려갔을 것이다. 다시 휴대폰을 열어본 뒤 주변을 휘둘러보았다. 뒤쪽 멀리, 어둠과 폐가 틈 사이로

듬성듬성 약한 불빛이 보였다. 한눈에 보아도 1통과 3통보다는 폐가가 많았다. 급경사 언덕길에서 시꺼먼 어둠과 폐가의 실루엣이 끝없이 미끄러져 내려왔다. 용주는 그것을 피하듯 등을 돌렸다.

캬오오옹!

"어이쿠! 깜짝이야."

언덕 아래쪽으로 한 발짝 떼어놓는 순간, 어둠 속에서 고양이가 튀어나왔다. 고양이를 피해 뒤로 물러서다 쌓아둔 연탄재를 건드렸다. 연탄재 서너 장이 단거리 경주를 하듯 굴러 내려가다 폐가 벽에 부딪혔다.

"고양이 새끼가 사람 간을 들었다 놓는다."

용주는 신발을 털면서 투덜거렸다. 수빈이 그깟 것으로 놀라냐는 듯이 깔깔거렸다.

"아니, 고양이가 왜 이렇게 많아. 아까 3통에서도 눈이 번득이는 걸 몇 번 봤는데."

"여긴 고양이 천국이야. 그럴만한 이유가 있거든."

"이유?"

"지금 그 이유 찾으러 가는 중. 백사마을 마지막 투어야. 호홋."

'본동 미디어'를 지나면서 골목길이 평탄해지고 조금씩

넓어졌다. 중계본동 시내버스 종점 쪽에서 보면 2, 3통으로 들어서는 언덕길 초입이었다. 가로등 불빛 덕분에 2통 언덕길보다는 밝았으나 어둠은 여전했다. 조금 전 수빈의 집에서 물을 뿌리고 나온 뒤부터 더위는 온데간데없었다.

"이제 특별한 사람을 만날 거야."

"누구?"

"고양이 아빠."

"고양이 아빠?"

용주의 반문에 수빈은 걸음을 멈추고 고양이 아빠를 소개했다. 1통 어린이집 앞에서 벼락 거지와 천국의 계단에 대해 프레젠테이션을 하듯 차분하게, 남다르긴 하지만 특별하지 않은 사람처럼 설명했다.

그분, 십여 년 전부터 길냥이를 보살피고 있어. 돌보는 애들이 백오십 마리가 넘어. 주말마다 고양이와 살다시피 하는 것을 보고 마을 사람들이 고양이 아빠라는 별명을 붙여주었지. 그분 덕분에 이 폐허 같은 마을이 고양이 천국이 된 거야. 요즘엔 사람이 고양이를 돌보는 게 아니라 고양이의 마을에 사람이 얹혀사는 느낌이라니까. 그런데 그분, 동물 보호 단체와는 무관해. KAIST에서 생명공학 전공하고 항공사에 근무해. 부천에 사는데 이곳을 오가며 로컬 문화운동 시민 모임을 하는 중이야. 여기가 철거 예정지잖아. 서울 시장이 몇 번 바뀌도록 재개발이 지지부진하면서 낙후된 채로 십 년 넘게 방치된 상태고. 그래서 몇몇이 뜻을 모아서 마을 재생 프로젝트 사업을 꾸렸어. 마을의 원형을 기록하고 철거 과정과 신축 건물까지를 기록하는 작업이지. 고양이 아빠도 회원 중 한 사람인데 대부분 90년대부터 빈민 운동했던 사람들이야. 오늘, 회의가 있는 날이야.

오늘 회의가 있다는 말끝에 수빈은 휴대폰을 열고 시간을 확인했다.

"회의는 밤 여덟 시. 다들 먹고사는 일에 쫓겨서 격주에 모이는데 오늘은 내가 빠졌어."

"나 때문에?"

"그래. 잘난 선배 때문에. 후훗."

"……."

"모임은 다 끝났고, 고양이 아빠가 우릴 기다리는 중이야."

"우릴? 왜……."

"선배, 잠깐만."

용주가 다 묻기도 전이었다. 수빈이 어둠 속에서 누군가를 발견하고 고개를 숙였다. 중년 여자였다.

"어디 다녀오시나 봐요."

"유나 엄마, 마침 잘 만났네. 그러잖아도 오늘 얼굴 좀 볼까 했는데."

중년 여자가 수빈의 인사를 받는 둥 마는 둥 대뜸 목소리를 높였다. 무슨 말인가를 하기 위해 작정하고 기다린 듯한 표정이었다.

"유나 엄마, 우리 동네 말야. 통장들도 회의했고, 주민대표들도 여러 번 만나고, 그래서 결정했잖아."

"무슨 결정을?"

"외부 사람 들이지 않기로. 가구 수 늘려서 재개발 이익 보려는 위장 전입은 절대 안 된다고 했잖아. 돈 받고 세를 놓는 것도 불법이고."

"아, 그거요? 그랬죠. 그런데요?"

용주는 대충 짐작할 만했다. 철거재개발 대상 지역의 불법 투기와 관련된 이야기 같았다.

"유나 엄마, 얼마 전에 집으로 남자 들였지?"

"네. 고향에서 남동생이 와 있어요."

남동생? 용주는 의아한 표정으로 두 사람을 살폈다.

"남동생 맞아? 세입자로 들어온 게 아니고?"

"예. 남동생 맞아요. 직장 때문에 반년 정도만 머물다 갈 거예요."

"진짜 남동생이야? 주민들은 아닌 것 같다는데."

"남동생 맞습니다. 그런데 아주머니 말씀이 좀 그래요."

"내 말이 왜?"

"범죄자 심문하는 것처럼 캐묻고 그러시네요."

"내가 뭘 심문해? 수군수군 말이 흘러 다녀서 물어보는 건데."

"수군수군 말이 흘러 다닌다니요?"

"아, 피붙이 남매하고는 태도가 다르다고 주민들이 수군거리잖아. 틀림없이 월세를 받은 위장 전입자일 거라고. 아니면 뭐, 다른 남자……, 하여간 남매는 아니라는 거지."

"주민들도 이상하네요. 남의 집 사생활을 두고 왜 말들이 많데요? 위장 전입인가 아닌가는 동사무소 가서 확인하면 알 것 아닌가요?"

두 사람의 감정이 조금씩 뜨거워지면서 말끝에 날이 서고 있었다. 불길한 예감이 들었다. 자칫 소설 속에서 전투경찰과 물대포에 맞섰던 조명희가 등장할지도 몰랐다. 대화의 맥락으로 미룰 때 철거를 앞둔 주민끼리 언성을 높일 일이 아니었다. 한배를 탄 사람들이었다. 철거 보상 문제로 갈등이 빚어질 수는 있어도 적은 아니었다. 더 날카로워지기 전에, 더 밤이 깊어지기 전에 원만하게 대화를 마치는 게 좋을 듯싶었다.

"저, 수빈 씨. 아주머니."

용주는 두 사람 곁으로 한 발짝 다가섰다.

"제 생각엔 서로 대립할 문제가 아닌 듯합니다만."

"유나 엄마, 이 남자는 또 누구야?"

중년 여자가 용주의 말을 대뜸 받아치면서 삿대질을 했다. 자신을 소개할 틈도 없이 수빈이 용주를 가로막고 나섰다.

"그런 것까지 아주머니에게 말해야 하는 거예요?"

"내가 여기 주민인데 누군가를 알아야 하잖아."

"그게 무슨……, 말이래요? 아주머니 집에 손님이 오면 나도 주민이니까 누군가 알아야 한다면서 누구세요? 그렇게 물어도 된다는 뜻인가요?"

"이 밤에 외지인 들어와서 무슨 일 벌일지 모르니까 그러잖아."

"무슨 일을 벌여요? 아주머니, 제가 조금 전에 말씀드렸죠. 이건 사생활 침해하는 겁니다."

"사생활이고 뭐고, 늦은 밤에 남의 집 기웃거리면 의심받지.”

“남의 집이 아니라 내 집이에요. 내 집!”

‘사랑방&연탄갤러리―서울연탄은행’

마을 입구의 갈림길 왼쪽 골목에 모임 장소인 연탄은행이 보였다. 연탄은행 입구의 평상에 남자 혼자 앉아 있었다. 모임에 참석한 다른 사람은 보이지 않았다. 두 사람을 진정시킨 게 열 시 사십오 분. 시내버스 막차가 끊길 시간이었다.

“고양이 아빠님. 기다리느라 지루하셨죠?”

“아뇨. 애타게 기다린 탓에 긴장하고 있었습니다. 하하.”

호탕하게 웃는 고양이 아빠의 모습은 웃음에 비해 터무니없이 왜소했다. 깡마른 체구에 키도 170㎝에 턱걸이한 용주보다 작아 보였다.

“강 작가님. 다음 주에 구청에서 설문을 한답니다.”

“무슨 설문을?”

“공공주택 지구 거주민 재정착 설문. 본격적으로 재개발을 준비하는 것 같아요.”

“늦었지만 다행이네요. 그 얘긴 다음에 더 나누기로 하고요, 시간도 늦었으니까 직접 인사 나누시는 게 좋겠네요.”

“예. 반갑습니다. 노윤홉니다.”

"처음 뵙습니다. 한용주라고 합니다."

"노 선생님. 이분이 어젯밤에 말씀드린 고향 선배 사진작가십니다."

"강수빈 작가께 말씀 들었습니다. 함께 할 수 있어서 기쁩니다."

"아, 예. 그런데⋯⋯."

함께 무엇을 한다는 말인가. 용주는 두 사람을 번갈아 보았다. 용주와 눈이 마주친 고양이 아빠가 수빈을 향해 어깨를 들썩이며 가볍게 웃었다. 아직 충분히 대화를 나누지 않으셨군요. 그 뜻이었다. 수빈 씨. 이게 무슨 일이죠? 그런 반문을 감출 만큼 성격이 냉정하고 침착해 보였다.

"선배, 내가 설명할게. 아까 로컬문화운동 시민 모임 말했지?"

수빈이 용주 앞으로 성큼 다가섰다. 고양이 아빠를 향해선 자신이 설명하겠다는 손짓을 했다.

"시민 모임에서 백사마을 보존 프로젝트를 추진하거든. 그 프로젝트에 사진 촬영하는 역할로 합류하는 거야. 내가 오늘 회의 안건으로 올렸어. 노 선생님께 특별히 부탁을 드렸고."

"예. 한 선생님 합류를 회원들이 만장일치로 찬성했습니다.”

"그렇지만……, 저는 서울 사람이 아니라 참석이 쉽지
않을 텐데, 어쩌죠?”

"괜찮습니다. 각자의 역할대로 상시 활동을 하면서 두
주일에 한 번만 참석하시면 됩니다. 전체 회원 열두 명
중에 절반은 안산, 광명, 구리에서 거주합니다. 저도 부천에
서 살고요.”

"선배, 미리 말을 못 해서 미안해. 선배 역할이 꼭 필요해서
부탁한 거니까 이해 좀 해주라.”

"글쎄, 그게…….”

산바람이 불었다. 세 사람 옷깃을 가느다란 바람이 집적거
리는 척하다 마을 입구 쪽으로 사라졌다. 수빈의 말대로
불암산 중턱 마을인 까닭에 열대야는 없었다. 어쩌다 중계동
에서 아스팔트 열기가 치고 올라오긴 하지만 더위 걱정
없이 지냈다. 그러나 겨울밤엔 얘기가 달랐다. 산바람이
칼날처럼 번뜩였다. 백사마을 중에서도 불암산 계곡과 나란
히 앉은 1통의 산바람이 가장 매서웠다. 사람들은 매일
밤 구공탄에 불을 붙여 겨울 전쟁을 치렀다. 1통뿐만 아니라
백사마을 주민에겐 연탄가스보다 한파가 더 두려운 저승사
자였다.

잠시 용주의 뒷말을 궁금해하던 두 사람의 옷 끝이 살랑, 바람에 날렸다. 떠난 줄 알았던 산바람이었다. 누군가, 무슨 말인가를 꺼내야 할 때를 놓친 것처럼 두 사람은 입을 닫고 서 있었다. 용주 역시 당장 할 말이 떠오르지 않았다. 그래서 두 번씩이나 스쳐 간 산바람의 느낌에 잠시 골똘했다. 가볍고 상큼한 미풍. 제주도 봄 기행이 불쑥 떠올랐다. 아끈다랑쉬오름 기슭의 유채꽃밭에 섰을 때였다. 샛노란 꽃잎을 미미하게 흔들던 봄바람이 자신이 유채꽃인 줄 착각했는지 몸과 마음을 잡고 반나절 동안 풀어주지 않았다.

"선배, 부탁해."

이미 다 끝난 일인 것처럼 수빈이 짧게 말했다. 필요 이상으로 길어진 용주의 침묵에 힘을 얻은 듯했다.

"벼룩시장 다큐 작업으로 반년 정도 서울에서 지낼 예정이잖아. 그때까지만이라도 부탁해."

"한 선생님. 그렇게 부탁드리고 저 먼저 가보겠습니다."

"아, 버스 막차 타셔야죠."

"예. 강 작가님. 그럼, 다음 모임 때 봐요."

용주와 수빈 누구에게랄 것 없이 손을 흔들면서 고양이 아빠가 버스 종점을 향해 경보를 하듯 걸어갔다. 용주는 고양이 아빠가 오른쪽 골목길의 '산촌 영양탕' 네온사인을 지나 어둠 속으로 사라질 때까지 물끄러미 바라보았다. 그 어느 순간, 왼쪽 귓속에서 바람이 몰아쳤다. 눈보라에 길을 잃고 고라니와 함께 숲에서 미끄러지던 소청도의 바닷바람. 그 바람, 그 소리였다.

　간판을 떼고 문은 닫았으나 팝아트 학원 쪽방 정리가 끝나지 않았다.

　용주는 왼쪽 귀를 비비면서 자신을 향해 지껄였다.

　서울 거주지도 마련하지 못했다. 당분간은 열차로 오르내리면서 벼룩시장을 드나들어야 한다. 진호 형 인물 사진을 찍기 위해선 옥천 경매장을 오가며 난전 장사도 익혀야 한다. 그런데 서울의 한쪽 끝, 중계본동 산마을까지 왕복할 여력이 생길까. 아물지 않는 상처를 남기고 팔다리를 잘라낸 욕망은 회복할 수 없겠지만 그래도 쇠잔해지는 삶의 활력을 북돋기 위해 다시 카메라를 잡았다. 이제 막 걸음을 뗀 벼룩시장 다큐를 자칫 소홀히 했다간 태우에게 열패자의 낙인이 찍힐 것이다. 난전 행상과는 달리 그것은 한 발짝도 뒤로 물러설 수 없는 일이다. 지금 당장, 내 삶에서 가장 가치 있는 꿈이다. 몰입이 절실하다. 그런데 시작도 하기 전에 다른 일로 나를 분산시킨다? 그게 옳은 일인가. 더구나

십여 년 이상을 혼자, 조용히 지내왔는데 일과 사람들의 소음을 과연 견딜 수 있겠는지.

'내가 혼자인 건 오로지 생각들로 조밀하게 채워진 고독 속에 살기 위해서다.'

용주는 팝아트 학원 쪽방 벽에 걸어둔 쪽지글을 떠올렸다. 거울 뒤에 붙여두고 틈틈이 읽는 보후밀 흐라발의 문장. 그것은 삶의 풍향계였다. 그의 장편 소설 『너무 시끄러운 고독』의 주인공 한타처럼 살고자 했다. 폐지 압축기 속으로 사라지는 책을 지켜보면서 삼십 년 넘도록 폐지 압축기와 더불어 시끄럽게, 고요하게 살다가 한 권의 책처럼 압축기 속으로 자신을 던져버린 한타. 용주는 한타와 같은 미래를 상상했다. 욕망의 좌절로 각인된 상처뿐인 과거를 흔적도 없이 지우는 방법에 골몰했다. 그래서 아내와 집과 주변 사람들과 잡다한 일상으로부터 탈출한 학원 쪽방이다. 최소한의 생계를 꾸려나갈 만큼 학원 강의를 하면서 무작정 길을 떠나 먼먼 길을 돌아와 쓰러졌던 쪽방. 고립무원의 섬 같은 쪽방에서 왼쪽 귀의 이명을 끌어안고 폭염과 한파와 고독을 견뎠다. 고독의 절정에서 내려갈 길을 고민하던 어느 날, 걸음을 옮겨놓기 시작한 경매장과 벼룩시장과 카메라는 말하자면 굳게 걸어 잠근 과거의 문을 여는 열쇠였다. 그것은 단순히 아픈 과거로의 회귀가 아니라 그것을 극복하는 대안이라는 판단을 했다. 빛나는 삶을 도모하기엔 늦었으나 가속력이 붙은 삶의 어둠을 둔화시킬 수는 있다고 여겼다. 그렇다면 지금 여기, 이 순간의 백사마을과 별빛은 무엇인가. 새롭게 발을 떼기 시작한 생의 동반자인가, 아니면 장애물인가.

별의 나라

"가자, 선배."

수빈이 팔짱을 꼈다. 용주는 휘청, 몸이 흔들렸다. 정수리부터 이마까지 절반쯤 달아나고 남은 머리카락 몇 올이 빈 이마를 살짝 스쳐 가는 게 느껴졌다. 폐가의 흙 냄샌지, 수빈의 살 냄샌지, 아니면 어둠의 냄새인지 모를 야릇한 향이 코끝을 집적거렸다. 용주는 수빈의 팔짱을 풀까 하다가 그만두고 머리를 가볍게 흔들었다. 사라지는 듯하던 정체 모를 냄새가 콧잔등에 다시 한 움큼 내려앉았다.

"조금 전 아주머니 말대로 여긴 외부인이 입주할 수 없어.

철거 보상 문제로 주민 실태조사가 끝났거든. 그래서 대학원생을 고향 동생인 것처럼 딸 방에 들인 거야."

"그랬구나."

"방 월세는 딸 그림 공부로 퉁 치고, 생활비는 반반 부담. 서로 윈윈하는 계약이지. 호홋."

"너, 독하다."

독하다는 말을 하고 용주는 후회했다. 뭐가 독한데? 수빈이 반문하면 무어라 답해야 하나. 산비탈의 폐가 한복판에서 어린 딸과 사는 것? 젊은 남자를 비좁은 집에 들인 것? 아니면 십칠 년 만에 자신을 만난 것?

"가상 화폐로 돈만 날리지 않았으면 펄펄 날 친군데, 한 평짜리 고시텔에서 밥 굶고 살기엔 좀 딱하더라고. 나, 대학 때 생각도 나고."

독하다는 말을 그냥 넘기는 줄 알았던 수빈이 진짜 독한 추억을 꺼냈다.

"내가 천 원으로 하루를 버틴 적도 있었잖아."

주머니에 지폐 한 장만을 넣어두고 네 시간씩 걸어서 대학교를 왕복하던 날이 있었다. 돈에 쫓겨 고시텔 책상 밑으로 다리를 뻗고 쪽잠을 자던 시절, 세 번째 복학하던 무렵이었다. 용주는 그 이야기를 듣고 충무로 카메라점에서 아끼던 렌즈를 처분했다. 수빈의 졸업을 더 미룰 수 없었다. 돈을 돌려받겠다는 생각 없이 렌즈값으로 마지막 등록금을 마련해주었다.

"선배, 그 친구도 언젠가는 서울 하늘에 뜬 별을 봐야 하잖아. 그래서 내가 독한 맘을 먹은 거야."

"오늘은 딸 데리고 수련회 갔나 보다."

"보호자 역할. 후훗."

"혹시, 나 때문에?"

"거처가 필요한 두 나그네를 위한 갸륵한 배려. 그쯤으로 알아주시길."

거처. 용주는 거처에 대해 집착을 한 적이 없었다. 하룻밤 잠을 이룰 수 있는 공간이면 만족했다. 그게 벌써 이십여 년째다. 이젠 거처라는 낱말조차 낯설다. 그러나 오늘 밤 수빈의 입에서 몇 번씩 반복되는 거처는 예전의 그것과 사뭇 다른 느낌이다. 이제 지친 몸을 끌고 돌아갈 안식처가 필요한 때일까. 용주는 방 한 칸만 남겨두고 인두화 공방으로 개조한 집을 떠올렸다. 아내의 인두화 작품으로 출입구부터 거실까지 빈틈이 없는 집은 자신이 누울 곳이 없다. 방은 오로지 아내의 방이다. 팝아트 학원은 이미 남의 손에 넘어갔다. 쪽방도 한두 주일 후엔 사라진다. 이제 어디서 누울 것인가.

용주는 멀리 어둠 속을 살폈다. '이화 건재' 옆 갈림길 왼쪽 저만치에서 불빛이 반짝거렸다.

"수빈아, 아까 마을 주민과 맞설 때, 소설 속 주인공이더라."

"누구?"

"조명희."

"아, 그 청춘이 부럽다."

말끝에 수빈이 어둠 속 어딘가 청춘이 있는 것처럼 허공을 올려다보았다. 그러고 보니 수빈도 어느덧 청춘을 부러워할 나이가 되었다. 그새 그만큼의 세월이 자신에게도 똑같이 흘러갔을 것이다. 그렇다면 무엇을 부럽게 돌이켜야 하는지. 용주는 명치쯤에서 뜨거운 무엇인가가 꿈틀대는 것을 느꼈다. 돌아보아야 나의 현재가 부러운 대상임을 깨닫는다면 지금의 나를 돌아볼 때는 언제쯤일까. 그 세월이 오기는 하는 것일까.

"선배, 내일 밤 천국의 계단에서 별 감상할까?"

"딸하고 그 친구도 함께?"

"응. 계단이 좁으니까 넷이 두 줄로 앉아서 감상하면 될 거야. 각자 천국의 계단을 꿈꾸면서 말이야. 호홋."

용주는 어둠이 고마웠다. 한낮이었으면 들뜬 눈빛을 수빈이 읽었을 것이다. 천국의 계단에서 떨어진 대학원생과 천국의 계단을 꿈꾸는 수빈. 그 곁에 처음으로 천국의 계단에 앉아 있을 자신. 용주는 살그머니 웃었다. 내일 밤, 알 수 없는 희망 같은 것으로 행복할 것 같았다. 붕괴 위험. 출입 금지. 폐 교회의 붉은 스프레이 글씨 아래 쭈그려 앉아 세 사람은 잠시 행복한 미소를 흘릴 것이다. 그 틈에서 유나는 또랑또랑 빛나는 눈을 뜨고 있을 것이다. 용주는 문득 감정이 북받쳤다. 어른들이 꿈꾸는 별과 천국의 계단이 무엇인지 모르는 아홉 살짜리 유나가 진짜 별이 아닐까. 모두가 꿈꾸는 천국의 계단이 아닐까.

"1통 끝까지 올라가서 별 한 번 더 보자."

수빈이 팔짱을 당기면서 오른쪽 언덕길로 힘차게 걸었다. 어린이집 녹슨 철문이 공용 화장실의 불빛에 벌겋게 빛났다. 수빈은 못 본 척 지나쳤다.

"여기, 이 집이 1통 통장님 집이야. 김기분 할머니 집."

언덕길의 막다른 길 끝에서 수빈이 숨이 찬 듯 털썩 주저앉았다. 대형 자물쇠가 걸린 대문 옆 담장 끝에 풀들이 수북했다.

'더는 오를 수 없는 산비탈 막다른 집.'

수빈의 소설 '칼자국' 주인공이 살던 집이다. 1통 통장 집이 그것을 닮았다는 생각을 하면서 용주는 집 주변을 둘러보았다. 지붕 끝과 산언덕이 맞닿은 집 형상은 언뜻 보면 산이 집을 뱉어낸 것 같기도 하고 집이 산을 잡아끄는 것 같기도 했다. 어느 쪽이든 위태롭기 짝이 없었다. 밤에 혼자 와서 볼 만한 집이 아니었다.

"저 아래 별빛 좀 봐. 참 예쁘지?"

"겨울에 보면 더 빛날 것 같다."

"이 모습이 영영 사라진다니 너무 아쉽다. 사라지면 안 될 진짜 별인데."

"그러게 말이다."

"선배, 저 별 때문에 말이야. 내가 어제부터 생각해 둔 음모가 있는데 들어볼래?"

음모. 용주는 비로소 짐작했다. 초저녁에 1통 언덕길을 오르내리며 바라본 별빛이었다. 그것을 다시 보자고 수빈이 팔짱을 잡아끌었다. 다른 속셈이 있는 게 틀림없었다. 한밤이지만 언덕을 올라와서 그런지 살짝 더위가 느껴졌다.

"내일부터 진짜 별 사진 찍으면 좋겠다."

"내가?"

전혀 예상하지 못한 제안이었다. 용주는 느닷없고 당황스러워 손가락으로 자기 가슴을 쿡, 쿡 찌르며 반문했다.

"선배, 나는 이미 코피 터지게 진짜 별 이야기를 쓰고 있거든. 천국의 계단을 포함해서 말이야. 그래서 말인데, 선배가 별을 찍어서 말이야. 우리가 저 별빛을 영원히 살려 두는 거야."

"······."

말문이 막힌 용주의 어깨를 수빈이 잡아 흔들었다. 무엇인가 작정한 것처럼 단호한 눈빛이었다.

"선배가 다시 시작한다는 벼룩시장 다큐. 물론 가치 있는 작업인 줄은 알아. 선배, 그건 태우 씨에게 맡겨두고 선배는 진짜 별을 찍어라."

"그게······."

"오래전에 상도동에서 우리가 보았잖아. 낡고 낮은 지붕 아래의 불빛. 늙고 궁핍한 주민의 눈빛. 모두가 빛나는 별이거든. 지금은 다 사라지고 없지만 말이야. 선배, 문명 건설을 빌미로 인간과 자연이 파괴되는 곳. 이보다 더 확실한 휴먼다큐가 없어. 파괴되어선 안 되는 인간과 자연의 상징으로서의 별. 지상에 뜨는 별. 낮은 곳에서 더 빛나는 별. 그게 진짜 별 아니겠어."

"······."

"선배, 여기 백사마을. 진짜 별의 나라야. 이제 서울에서 남은 곳은 여기뿐이야."

"……."

"내가 이곳에 살면서 깨우친 게 있어. 뭔지 알아? 사람답게 사는 방법이야. 그건 말이야, 다른 게 아니야. 내가 나답게 사는 거야. 선배, 우리, 사람답게 살아보자. 나는 진짜 별을 쓰고, 선배는 찍고."

"글쎄, 뜻은 좋지만 그게 현실적으로……."

장황하면서도 논리적인 수빈의 설득에 빈틈이 보이지 않았다. 용주는 말꼬리를 흐렸다. 수빈이 헛기침을 하며 말을 이었다.

"선배, 무슨 말을 하려는가 알아. 내 소설이나 선배 사진이 돈과는 거리가 멀 거야. 강남역 사거리와 중계본동 산104번지의 물리적 거리쯤 되겠지. 대중성도 없을 거고. 그런데 선배, 비주류의 삶을 담은 비주류의 예술작품. 누군가는 그것을 해야 하는 것 아니겠어?"

"그게 쉽지 않은 작업이라서 고민인 거지."

"내 말 들어봐. 이 마을 사라지고 저 별들 다 죽고 나면 말이야, 그때부터 우리가 살려둔 진짜 별이 시도 때도 없이 반짝거릴 거야. 내 말 믿어 봐."

"수빈아. 우리가 너무 큰 꿈을 그리는 것 아닐까. 천국의 계단 같은 것 말이야."

"오! 선배, 그 비유 탁월하다. 그 정도로 촉이 살아 있으면 오늘 내가 전해준 선물의 뜻도 알겠네?"

"사진?"

"그래. 그 사진, 앞으로 선배 삶의 방향을 안내하는 나침반이 될 거야."

"쉰셋에 무슨 할 일이 있다고."

"선배, 쉰셋을 그냥 파묻어버릴 거야?"

"……."

"다음 주에 철거재개발 대책위원회가 꾸려져. 나도 위원으로 참여하기로 했고. 지금 한창 철거 보상 시비로 시끄럽거든. 그런데 앞으로 철거가 시작되면 무슨 일이 벌어질지 몰라. 누군가 철탑 농성하는 김용희 씨나 죽은 황재학 PD가 될 수도 있다고 그 모든 일에 기록자가 필요해. 선배 역할, 나는 거기까지라고 생각해."

"……."

"생각해 봐, 선배. 별 작업부터 대책위원회 기록과 로컬문화운동 사진 모두가 한 몸이잖아."

"수빈아, 잠깐 걷다가 올게."

용주는 수빈의 말꼬리를 잇지 않고 언덕을 내려섰다.

한 몸. 오래전에 자신이 즐겨 쓰던 표현이다. 수빈을 끌다시피 현장 취재와 촬영에 동행할 때마다 입에 담곤 했다. 존재 근거와 생존 방식, 궁극의 가치가 동일한 것을 나타내는 추상어로서 그보다 더 적절한 표현이 없다는 생각이었다.

철거재개발이나 사라지는 전통 여인숙 다큐는 한 몸이야. 둘 다 인권과 생존 공간에 관한 탐구이기에 그래. 사진뿐만 아니라 글도 마찬가지야. 생존 현실과는 뗄 수가 없어. 모름지기 인간의 생존과 관련된 모든 예술적 행위는 한 뿌리에서 태어난 한 몸이라는 당위성을 피할 수 없는 거지.

때론 강경하게, 때론 호소하듯 반복한 그 말을 수빈에게서 들을 줄은 미처 몰랐다.

너, 참 독하다. 하룻밤 새 이십여 년 전의 기억을 파묘하듯 모조리 파헤치다니.

용주는 걸음에 속도를 붙이며 독백을 삼켰다.

혼자 십여 채의 폐가와 불 꺼진 집을 지났을 것이다. 한순간도 끊어지지 않고 왼쪽 귀에서 벌 떼 소리가 들렸다. 수빈이 주민 아주머니와 시비가 붙었을 때는 자음, 모음이 분절되지 않을 정도로 미미하게 시작된 소리였다. 그랬던 것이 1통 통장 집 앞으로 상도동 별빛이 스쳐 간 뒤부터 명료해졌다.

삐이이이이이이. 위이이이이잉…….

용주는 왼쪽 귀를 통증이 느껴질 만큼 비볐다.

이명만 지울 수 있다면, 나는 처음부터 다시 시작하겠다. 쉰셋. 수빈의 말대로 그냥 파묻어버리기엔 너무 이르지 않은가. 이명만 지울 수 있다면…….

용주는 귀를 털면서 언덕 아래의 별빛을 내려다보았다. 매일 밤 지상에서 뜨고 지는 수많은 별. 오늘 밤이 무사했듯 저 별들의 내일 또한 무사할지. 용주는 하나둘, 별을 헤아리기 시작했다. 하나, 둘, 셋…… 열여섯, 열일곱.

열일곱에서 휴대폰이 떨렸다. 밤 열한 시가 넘은 이 시간에 전화라면?

"야, 한용주. 너 어디야?"

예상했던 대로 진호 형이다.

"별장에 언제 와? 안 올 거야?"

"내일 갈게요."

"지금 와야 해. 별이 쫙 깔렸어. 하늘에 구멍 난 것처럼 쏟아지고 있다고."

"오늘은 못 가요. 내일 봐요."

"이것, 내일은 없어."

휴대폰을 닫고 용주는 하늘을 올려다보았다. 별이 신촌 은하수처럼 가득했다. 지금쯤 진호 형은 여인숙 옥탑방 평상에 누워 저 별 가운데 하나를 손가락으로 톡, 톡 건드리고 있을 것이다. 어쩌면 두 손바닥을 펼쳐 눈에 보이는 대로 쓸어 담을지도 모른다. 자, 당신이 사무치게 그리워하는 고향의 별이요. 녹두빈대떡을 부쳐온 조선족 여자의 가슴 깊이 별을 한 아름 안겨줄지도 모르겠다.

"선배, 가자."

어느 틈엔지 수빈이 서너 걸음 앞에서 언덕을 내려가고 있었다. 걸음이 가벼워 보였다. 오르막이든 내리막이든 천국의 계단처럼 가파르게 줄지어 앉은 지붕들. 그 모든 것을 파묻은 어둠의 바다를 항해하듯 수빈의 어깨가 출렁였다. 그 파랑의 저만치 언덕 아래, 어린이집 근처에서 별빛 한 점이 깜박거렸다.

용주는 별빛을 향해 천천히 걷기 시작했다.

금반지, 인간의 조건

⅑⅒

"나를…… 바꾸지도 못하고…… 이…… 모양으로……."

말이 토막토막 잘린다. 눈송이에 얻어맞은 것처럼 말꼬리가 비틀거린다. 무서운 함박눈이다. 눈송이가 나팔꽃잎만하다. 한두 송이 날리는가 싶었는데 어깨 몇 번 털어내는 사이에 공원을 덮었다. 10cm 안팎의 폭설이 예상됩니다. 오늘 아침 대설주의보가 저녁 밥상을 물리고서야 들어맞는 모양이다. 조금 전 꽃잎처럼 다져놓은 발자국이 눈송이에 파묻혀 형체가 사라진다. 흡사 고속 촬영 영화의 한 장면 같다. 함박눈은 포근하고 아름답다. 그 말, 정신 나간 소리다. 냉랭하고 폭력적이다. 오늘 같은 폭설의 기억이 여러 차례 있다. 대개 흐릿하지만 둘은 또렷하다. 금강 변을 걸으며 서너 시간 뒤집어쓴 함박눈이 이랬다. 문의 장터에서 막차를 놓친 밤이었다. 버드실 친구가 철조망에 매달린 채 군견 이빨에 찢겨 죽은 그날의 눈발과도 닮았다. 함께 끌려간 북해도 탄광이었다.

"평생, 이 꼴로 산다니…… 내가 얼…… 마나…… 멍충한 인간이오."

눈발이 굵어지는 동안 이 씨의 목소리는 마른 멸치가 다 되었다. 몇 마디를 쥐어짜듯이 이어 붙이다 목젖에 힘을 주면 하나둘 잘려 나오는 낱말 조각은 흡사 추녀 끝에서 떨어지는 고드름 같다. 눈송이 한 점이 콧잔등에서 입술로 미끄러진다. 고드름 조각이 살에 꽂힌 듯 이 씨는 부르르 몸을 떨었다. 눈송이는 녹을 생각도, 떠날 뜻도 없이 그대로 눌러앉아 있다. 이 씨는 입술의 눈송이를 불어내면서 주먹을 힘껏 말아쥐었다. 이른 저녁을 먹었으나 눈발에 가위눌린 탓인지 아랫배에 힘이 없다. 아랫배에 힘 실을 방법은 그것뿐이다. 민 여사가 일어서기 전에 할 말이 있다. 머리와 발밑에 새까맣게 눈이 쌓이면 누가 먼저 일어설지 모른다.

"할 얘기…… 많은데 눈이…… 걱정이오."

한 문장을 가까스로 완성하고 이 씨는 숨을 깊게 들이쉬었다. 뱃가죽이 맞붙은 것처럼 바싹 짜부라진 목소리가 민망했다. 민 여사는 쥐고 있던 지팡이를 좌우로 가볍게 흔들었다. 괜찮아요. 더 들려주세요. 그 뜻이었다. 이 씨는 지팡이 끝을 따라잡던 시선을 하늘로 옮겼다. 눈송이들이 벌 떼처럼 내리꽂히고 있다. 빈틈이 없다. 대체 이 눈발은 어디에서 시작된 것인지. 끝은 없는지. 아파트 단지 모퉁이의 공원이라지만 배드민턴장을 겸해서 작은 크기가 아니다. 공원을 두 토막 낸 안전 울타리 밖엔 어린이용 미끄럼틀과 시소도 있다. 불과 이십여 분 사이에 송두리째 눈밭으로 둔갑했다. 비어 있는 벤치는 언뜻 눈의 침대 같다. 자신과 민 여사는 누가 보아도 눈사람 형상이다. 주민들이 보면 뭐라고 할까. 저 노인들, 눈 맞아 가출해서 원 없이 눈 맞고 있네. 내막도 모르고 입방아를 찧을 것이다. 그러나 주민의 반응은 고민할 일이 아니다. 이 폭설 속에서 얼마나 더 견딜 수 있을까. 그게 문제다. 이 씨는 민 여사를 힐끗 보았다. 추위 때문인지 눈의 무게 탓인지 어깨가 짧게 흔들린다. 민 여사는 괜찮다고 했으나 몸이 얼기 전에 우산을 써야 할 것 같다. 민 여사가 우산을 들고나온 이유가 있을 것이다. 이 씨는 다시 하늘을 보았다. 하늘이 깜깜하다.

어제는 나란히 앉은 채 한 시간가량 눈을 맞았다. 민

여사와 함께 맞는 첫눈이었다. 오늘처럼 이른 저녁이었다. 이것, 팽나무에 옻칠한 지팡이요. 민 여사에게 지팡이를 선물하고 가볍게 눈을 즐겼다. 대설주의보로 둔갑한 오늘과는 눈의 꼴이 달랐다. 적설량 1cm 안팎. 일기 예보대로 희끗희끗 날리는 시늉만 했다. 봄 벚꽃잎처럼 나부끼는 눈송이가 살갗에 스칠 때마다 포근하게 느껴졌다. 마치 눈도 체온이 있는 것 같았다. 이 씨는 마주 앉은 민 여사의 눈빛을 살피며 줄줄이 풀어낼 이야기를 느긋하게 떠올렸다.

대화는 어제가 세 번째였다. 복지관 노인대학 송년 잔치에서 민 여사를 처음 만난 뒤, 공원 벤치로 자리를 옮겨 이야기를 나누기 시작한 게 보름쯤 전이다. 12월 31일, 일 년의 마지막 밤이었다. 해가 바뀌는 것을 축하하는지 벤치에서 일어설 때까지 아파트 밖 멀리 폭죽이 터지면서 불꽃이 날아올랐다. 그리고 새해 연휴 끝에 한 번, 며칠 쉬고 어제 또 한 번 벤치에 나란히 앉았다. 세밑과 정초의 대화를 두고 보자면 해를 넘겼으니 벤치에 함께 앉은 게 이 년째가 되는 셈이다. 그런데 따지고 보면 대화가 아니다. 두어 시간 웅크리고 앉아 있는 동안 처음부터 끝까지 이 씨 혼자 말했다. 민 여사는 이 씨가 호흡을 고르는 말의 모퉁이에서 추임새를 넣듯 한두 마디를 덧붙이곤 다소곳이 듣기만 했다.

한창 숨 가쁘게 인생의 내리막을 걷는 여든과 일흔아홉. 한 사람은 말하고, 한 사람은 듣기만 하는 역할극을 하는 것처럼 세 번을 만나고 헤어졌다. 한 사람은 뒤늦게 풀어낼 인생의 매듭이 끝이 보이지 않았고, 한 사람은 일찌감치 풀어낸 매듭을 수습할 시간이 부족한 듯 보였다. 말이 길어지면서 말하는 사람이나 듣는 사람 모두 숨이 가쁠 때면 묵언의 대화로 마음을 전했다. 팔십여 년간 희로애락의 나무들로 우거진 인생의 숲. 그 장대한 시공간을 한 뼘으로 좁혀 앉는데 기껏 세 번의 만남으로 충분하다니. 두 사람은 그 사실이 믿어지지 않는다는 눈빛 역시 묵언의 그릇에 담아서 주고받았다.

저녁 먹고 여기서 봐요.

시간과 장소는 단 한 번의 약속으로 충분했다. 세 번 모두 처음처럼 공원을 오갔다. 늙고 느린 두 사람의 몸과 걸음에 견주면 터무니없이 마음은 젊었고, 급했다. 그토록 아득하고 더디기만 했던 인생이라는 시간은 지금까지 한 번도 경험하지 못한 속도로 내달렸다. 기껏 세 번의 벤치 동행만으로도 컥컥, 숨이 찼다. 마치 지상에서 생을 마감하기 위해 먼먼 하늘의 태양을 항해한 눈송이처럼 이 만남을 위해 팔십 년이라는 세월의 능선을 넘어온 듯싶었다. 그래서 만나고 돌아설 때마다 반가웠고, 벅찼고, 아쉬웠다. 그 감정의 깊이가 이 씨는 민 여사의 갑절쯤 되었다.

두 번째부터 이 씨는 민 여사보다 십 분 정도 벤치에 일찍 도착했다. 벤치의 먼지를 닦아내고, 자리를 옮겨 앉아 냉기를 지우며 민 여사를 기다리는 동안 자신을 세뇌했다. 민 여사에게 들려줄 말이 일 년 분량이 있다. 어떻게든 시간을 만들어야 한다. 자주, 오래 만날 형편이 아니므로 벤치에 가능한 오래 앉아 있어야 한다. 그랬으므로⋯⋯ 할 말을 마저 하려면 폭설을 피하는 게 옳다. 아버지! 어머님! 지금 당장 아들이든 며느리든 눈사람을 발견하고 경악스럽다는 얼굴로 끌고 가면 끝이다. 그러면 이제 막 열리기 시작한 미래의 문이 닫히고 만다. 그런 일이 없어야 한다. 한 손에 지팡이를 쥐고, 한 손으론 우산을 쥐어 든 채 떨고 있는 민 여사가 안쓰럽다. 말수가 적고 얌전한 민 여사다. 내색은 안 하지만 지금쯤 폭설의 무게로 뼛속이 후들거릴 것이다.

이 씨는 민 여사의 우산을 빼앗듯 당겨 잡고 일어섰다.

"내가⋯⋯ 국민학교 문턱도 못 밟은 내가 말이오."

목소리가 조금 전과 다르다. 한 문장이 거의 단숨에 나왔다. 무엇인가 결단을 내렸다는 표정이다.

"멍충한 훈장…… 아버지 회초리 덕분에 말이오. 천자문을 외운…… 사람이오."

말끝에 이 씨는 우산을 펼쳤다. 민 여사는 입을 다문 채 눈을 끔벅였다. 고맙다는 눈빛이다. 벤치에 앉은 뒤부터 툭툭 끊어지던 이 씨의 목소리를 따뜻하게 품던 눈빛이다. 그 눈빛을 이 씨가 조용히 따라잡는 사이, 우산의 지붕 위에서 미처 꽃봉오리를 터뜨리지 못한 나팔꽃잎이 픽, 픽 터지는 소리가 들렸다. 이 씨는 우산 손잡이를 움켜쥐었다.

"그래서 말이오. 증조부 제사까지 모시면서 지방^{紙榜}을…… 지금도 내가 쓴다는 말이오. 아들이 선생이라도 나 보다 못쓴다…… 그거요."

민 여사가 우산을 거머쥔 이 씨의 손등을 살며시 감쌌다. 이 씨는 자신의 손등에 얹혀 있는 민 여사의 손등 위로 빈손을 겹쳐 올렸다. 민 여사의 지팡이가 살짝 흔들렸다.

"민 여사, 지팡이는 맘에 드쇼?"

"예. 누구한테 이렇게 좋은 선물을 받았냐고 아들, 며느리가 눈을 동그랗게 떴어요. 자기들이 사준 것보다 더 귀한 거라고 했어요."

"지팡이 좀 줘요. 뭘 좀 쓸 게 있소."

이 씨는 한 손을 풀고 벤치 주변을 둘러보았다. 손가락 두어 마디쯤 함박눈이 깔린 바닥은 두툼한 눈의 한지였다. 이 씨는 지팡이 끝으로 한지에 일필휘지했다. 지팡이 붓끝이 횡과 종으로 춤추듯 날아다닐 때마다 새하얀 먹이 사방으로 튀었다.

顯曾祖考學生府君神位. 顯曾祖妣孺人潘南朴氏神位.

이 씨는 지팡이 붓으로 글씨를 짚어가면서 또박또박 읽어 내려갔다.

현증조고학생부군신위. 현증조비유인반남박씨신위.

민 여사는 지팡이를 돌려주는 이 씨의 손을 말없이 감싸 쥐었다. 손바닥이 따뜻했다. 손바닥 실핏줄을 타고 흐르는 민 여사의 체온이 이 씨의 심장까지 닿는 동안 우산의 추녀에서 나팔꽃잎들이 우수수, 흩날렸다.

**

멍충한 것들. 저것이 평생 나를 가지고 놀고 있다.

창밖의 눈발을 따라잡으며 이 씨는 지껄였다. 밤이 분명한데 세상이 환하다. 사람은 보이지 않는다. 눈만 북적거린다. 사방을 둘러보아도 인간의 밤일 뿐, 눈은 환한 대낮이다.

"집에 들어가쇼. 눈이 예사롭질 않아요."

공원에서 민 여사를 먼저 귀가시킨 것은 잘한 일이다. 지금까지 벤치에 앉아 있다면 둘 중 하나는 등신불이 되었을 것이다.

"내일 봐요."

"내일은 손녀 생일이어요. 모레 봬요."

"그러면 모레 이야기를 들려주리다."

민 여사의 하얀 우산 지붕이 공원 밖으로 총총히 사라진 뒤였다. 무언지 아쉬워서 이 씨는 벤치에 그대로 앉아 있었다.

이것 봐라, 그칠 모양이네.

강설의 속도가 눈에 띄게 늘어졌다. 이 씨는 하늘을 힐끔거리며 민 여사가 앉았던 자리로 옮겨 앉아 눈을 맞았다. 우산은 없어도 되었다. 머리를 털고 아들이 사준 오리털 파카의 모자를 덮어썼다. 이 정도의 눈발과 추위는 견딜 만했다. 오리털 파카 때문이 아니다. 무슨 옷을 입었든 폭설이나 한기에 흔들리지 않는 것은 워낙 추위에 이골이 난 탓이다. 일흔다섯에 장터를 떠날 때까지 맨바닥에 가마니 한 장만 깔고 앉아 쇠톱을 벼렸다. 젊어서고 늙어서고 내복 하나로 북풍을 막았다. 하물며 아파트에선 추위 걱정이란 남의 얘기다. 아파트 공원은 애초부터 북풍한설과는 거리가 멀었다. 공원 앞뒤에서 바람막이 콘크리트 덩어리가 턱하니 버티고 서 있기에 하늘에서 수직으로 내리꽂히는 눈 폭탄만 피하면 되었다. 그것도 이 씨는 대수롭지 않았다. 다만 민 여사가 걱정이었다. 남편이 회갑을 눈앞에 둔 채 후두암으로 떠나고 이십여 년을 혼자 견뎠다. 애면글면 운영하던 한복집은 노인대학에 입학하면서 문을 닫았다. 위로 두 딸은 출가했고, 그림 그리는 막내아들 부부와 함께 산다. 늙어가면서 무료한 시간을 죽이기 위해 노인대학에 다니지만 찬밥을 먹어본 적 없다. 살아온 이력으론 마음이 참나무처럼 단단하다. 몸은 마음과 달랐다. 골다공증으로 허리와 다리가 꺾어지는 중이다. 그것이 혹시라도 폭설에 부러질까 염려되어 벤치에서 먼저 일으켜 세웠다.

제풀에 지친 모양이구만. 이럴 줄 알았으면 좀 더 있으라 할 것인데.

눈발이 약해지는 것을 보면서 이 씨는 아쉬움이 컸다. 벤치에서 일어나 집으로 돌아오는 내내 판단이 흐려지는 자신을 책망하며 현관문을 열었다. 그런데 파카를 벗기가 무섭게 베란다 유리창을 눈보라가 후려쳤다. 게릴라성 소나기 같은 눈 폭탄이었다. 정말이지 몇 걸음 앞도 내다보지 못하는 판단력에 이 씨는 혀를 찼다.

멍충한 것들. 저것도 인간처럼 때도 모르고 눈치도 없는 종자다.

이 씨는 베란다 창문을 왈칵, 열었다. 멍충한 종자들이 눈앞으로 들이닥쳤다. 한 움큼 손바닥으로 움켜쥐고 창문을 닫았다.

내일은 벤치가 빈다. 혼자 앉아서 궁상을 떨어야 한다.

이 씨는 베란다 벽에 기대선 채 눈발을 뚫어지게 보았다. 눈발의 빈틈으로 사람 형체가 희끗거린다. 폭설에 파묻히는 자신의 모습이다.

팔십 년을 살아오는 동안 이 씨는 자신의 인생을 네 토막으로 돌아보곤 했다. 스물, 마흔, 예순, 여든. 굴곡이 심했던 탓으로 경계가 또렷했다. 그 토막마다 강렬한 폭설의 추억이 새겨져 있다. 눈이야 자연의 섭리대로 해마다 때를 맞추어 내렸을 것이다. 이 씨는 아니다. 기다린 적 없어도 눈이 내렸고, 기다리면 오지 않았다. 마치 이 씨를 지켜보는 것처럼 눈은 멀리서, 혹은 곁에서 이 씨를 잡아끌거나 떼밀었다. 그중 인생의 첫 토막엔 폭설보다 금반지가 앞서 있다. 언젠가 세상을 떠난 뒤, 뼈가 흙먼지로 사라져도 잊을 수 없는 쌍가락지다.

스물한 살이었다. 고향 버드실 친구와 셋이 부관연락선을 타기 직전이다.

"자네들도 나처럼 땅도 사고 집도 사야 할 것 아닌가. 금반지도 껴보고 말이야. 한몫 챙겨서 보란 듯이 고향에 돌아오면 그게 다 이루어지는 거야."

면서기가 손가락을 허공에 곧추세우고 흔들었다. 손가락에서 쌍가락지가 번득였다. 버드실과 인근 마을에서 하나뿐인 금반지였다. 그 금반지 때문이다. 부관연락선에서 내리자마자 하늘 한 번 쳐다보지도 못한 채 북해도 탄광에 갇혔다. 논밭의 잡초 솎아내듯 면서기가 버드실 청년 셋 명단을 징용 대상에 포함한 내막을 아무도 몰랐다. 탄광 노역은 견딜 수가 없었다. 음식은커녕 마실 물조차 부족해서 조선인은 인간의 모습이 아니었다. 병마와 굶주림으로 온몸의 털이 빠져나간 짐승 꼴이었다. 일본에 자발적으로 돈 벌러 갔다는 소문이 잠잠해질 무렵, 이 씨는 버드실에 유령처럼 나타났다. 셋 가운데 하나는 병으로, 하나는 군견의 이빨에 찢겨 죽고 혼자 살아왔다. 철조망에 매달린 채 흰 눈 위로 피를 토하던 친구를 잊을 수가 없다. 그날은 자신이 곤죽이 되도록 얻어터진 날이다. 목이 말라서 말발굽 자국에 고인

흙탕물을 핥아먹다 죽도에 흠씬 맞았다. 만일 입술이 타지 않았다면 자신도 현해탄을 건너지 못했을 것이다.

기적처럼 살아 돌아온 버드실에서 이 씨는 적응하지 못했다. 궁벽한 시골 훈장인 부친의 서책을 태우고 버드실을 떠난 게 열여덟이었다. 홍수로 전답이 떠내려가고 가족들이 초근목피로 연명하는 것을 외면한 채 공자와 맹자만 읊조리는 부친은 인간이 아니라 이무기였다. 그래서 서책을 불태우고 중강진과 아오지를 떠돌았다. 고드름 같은 몸으로 귀향해서 부관연락선을 왕복할 때까지 집에 엉덩이를 붙여두지 않았다. 미처 팔다리를 못 갖춘 유랑은 해방되기가 무섭게 제 꼴을 갖추느라 분주했다. 역마의 시작이었다. 부친의 피를 받은 아들답게 농사와는 거리가 멀었다. 버드실을 떠나 안면도를 거쳐 강원도 춘천에 닿아 아내를 만났다. 결혼식은 생략하고 방 하나에 살림을 들여놓은 채 먹고사는 일에 목숨을 걸 때다. 포성이 들렸다. 초록과 더위가 깊어지던 6월 말이었다. 춘천의 가족 말고는 세상에 대해 아는 게 없는 스무 살짜리 아내를 끌고 피난 내려온 곳이 고향 버드실이다. 홑몸이 아니었고, 빈손으로 더 이상 갈 곳이 없었다. 그러나 집안사람들은 이 씨를 남의 집 핏줄 취급했다.

"장손이라는 놈이 집안일은 팽개치고 세상 구경이나 싸질러 다녀."

"조상님들이 천벌을 내릴 것이여."

친인척의 욕설과 냉대가 이 씨의 결심을 단단하게 굳혔다.

"죽을 때까지 땅이나 파먹는 멍충한 인간들. 짐승 같은 구린내를 풍기는 인간들과 다시는 상종하지 않을 것이여."

휴전 소식이 전해지면서 이 씨는 버드실을 떠났다. 집안 어른들의 만류에도 부친의 전답을 모조리 팔아치웠다. 쓸모 없는 땅덩어리들이 대부분이어서 푼돈에 불과했으나 그것을 종잣돈으로 읍내 장터에 싸전을 벌였다. 신식 건축물로 막 개장한 중앙극장 맞은편이었다. 처음 싸전은 난전 수준이었다. 차츰 자리를 잡고 장사 수단이 늘어가면서 낡은 지붕을 맞댄 가게 두 채를 얻었다. 一, 二, 三, 四, 五, 六……. 이 씨 자신이 직접 한자로 써놓은 나무판자 문을 여닫은 지 삼 년쯤 지나서였다. 내리 태어난 큰딸과 작은딸이 걸음마를 떼고 한참 밥그릇을 축낼 무렵, 예상하지 못한 일이 벌어졌다. 싸전의 수입을 감당할 수 없었다. 한국전쟁의 폐허와 피난민들이 싸전에 황금 덩어리를 마구 쏟아부었다.

"하, 이 함박눈 좀 보라고. 얼마나 따뜻하고 좋은가 말이야."

"사장님. 눈 쌓이기 전에 쌀자루 들여놔야 하는데요."

"눈에 좀 파묻히라고 해. 쌀도 인간들처럼 눈을 즐겨야 제맛이 나는 법이여."

겨우내 함박눈이 쌓여도 싸전은 문 닫을 일이 없었다. 폭설의 끝이 안 보이고 추위가 뼈에 사무칠수록 싸전은 바빠졌다. 배고픈 것은 가난하고 추운 사람뿐이 아니었다. 풍요롭고 등 따스운 인간들도 밥을 먹어야 살았다. 이 씨는 세상이 꽝꽝 얼어붙은 중강진과 북해도에서, 안면도와 춘천에서 그 이치를 일찌감치 터득했다.

"눈 내리면 쌀값이 더 뛰는 법이야. 멍충한 것들이 그걸 몰라."

폭설의 기쁨이 사라진 봄과 여름은 봄과 여름의 사정에 맞추어 싸전에 지폐가 쌓였다. 아내는 돈통에 지폐를 담을 수 없어서 빈 쌀자루에 구겨 넣었다. 이 씨를 내놓은 자식 취급하던 버드실 사람들이 하나둘 다녀가고, 그들의 자녀들이 시오리쯤 떨어진 읍내 학교를 드나들며 싸전에서 숙식도 했다. 그렁저렁 싸전은 일가친척의 사랑방이 되었다. 자그마한 읍내의 입소문을 타고 이 씨는 내로라하는 사업가로 변신했다. 징용에서 살아남아 불혹에 자수성가한 버드실의 아들. 이 씨의 명성은 읍내에 자자했다. 장남의 첫 돌잔치에 더블 정장을 하고 기념 촬영한 뒤부터 이 씨는 중앙극장 골목과 버드실 안팎에서 더블 정장 이 사장으로 불렸다.

***

날씨가 풀린 것은 다행이다. 아침 일찍 공원을 다녀오는데 복숭아뼈까지 잠긴 눈에서 햇살이 튀었다. 눈이 녹을 것 같았다. 기온이 떨어져 그대로 얼어붙으면 시체처럼 방안에 갇혀 지낼 판이었다. 오전 내내 햇살이 좋았다. 이 씨는 눈 상태가 궁금했다. 점심 숟가락을 놓자마자 공원을 찾아갔다. 눈 깊이가 절반쯤 주저앉았다. 햇살이 따사로웠다. 어제 민 여사가 떨고 있던 자리에 앉아서 하늘을 올려다보자니 혼자 벤치를 지키기엔 아까운 날씨였다.

아니, 공원 길은 왜 빗자루질을 안 해. 멍충한 것들.

경비들이 아파트 출입구와 인도는 말끔하게 제설 작업을 마쳤다. 공원 입구와 벤치 주변은 폭설 그대로다. 이 씨는 벤치를 향해 다가서는 발자국을 보면서 민 여사에게 들려준 이야기를 떠올렸다.

내가 열여덟에 집 떠났다가 돌아와서 스물하나에 부관연

락선을 탔다고 했잖소. 북해도에서 간신히 목숨만 붙어서 고향에 와보니 말이오. 면서기, 그 찢어 죽일 놈이 마을을 떠버린 거요. 그래서 말이오. 어딘가에서 사람들을 속이며 똑같은 짓을 할 놈이라 내가 찾아 나선 거요. 서해 섬 어딘가로 갔다는 말을 듣고 달려간 게 안면도였소. 찾을 수가 없었소. 그놈 꽁무니를 따라잡느라 제대로 잠도 못 자고 밥숟가락도 뜨질 못해 몸이 거덜 날 판이었소. 정신마저 혼미해지더니 그놈을 찾아서 뭘 할까 싶어 그냥 길이 보이는 대로 떠돌기 시작한 거요. 안면도를 떠나 서산, 당진, 평택, 원주를 거쳐 춘천까지 갔소. 거기서 아내를 만났고. 전쟁으로 다시 고향으로 돌아와 읍내에 싸전을 열었던 것이오. 그 싸전이 노다지가 되면서 쌀자루에 돈을 쓸어 담았는데……

민 여사와 벤치에 나란히 앉아 이 씨는 스물과 마흔까지 두 토막을 들려주었다. 예순과 여든을 들려주면 인생 풀이가 끝난다. 두 토막은 할 얘기가 많다. 봄을 지나 여름까지 벤치에 앉아도 모자랄 것이다. 이 씨는 공원을 떠나 집으로 돌아와서도 베란다 창틀에 기대선 채 독백을 했다.

싸전을 확장하다 잘못되어 문을 닫았다고 거짓말을 한

것은 잘했다. 싸전을 날리고 장터를 떠돈 이야기를 꺼냈다면……

어제 함박눈만 아니었으면 중앙극장에서 보았던 신영균 주연의 〈빨간 마후라〉부터 회갑 잔치까지 마쳤을 것이다. 어쩌면 입에 대추나무 가지를 꽂은 이야기를 꺼냈을지도 모른다. 어쨌든 날이 풀렸고, 눈도 녹고 있다. 내일은 민 여사가 봄바람처럼 나타날 것도 같다.

"시간이 썩어 돌면 애들 젖은 신발이나 말리지 않고 뭘 그렇게 훔쳐볼 게 있다고 유리창에 매달려서 고사를 지내."

아내다. 아내가 민 여사 곁에 막 다가서려는 이 씨의 뒷덜미를 낚아챘다. 오랜 세월 습관처럼 쏟아내는 잔소리다. 말꼬리가 배배 꼬이고 늘어져서 무슨 말인가 따라잡기도 힘들다. 목소리는 영락없이 쇠톱의 녹 긁어내는 소리다. 이 씨는 대꾸하지 않았다. 잔소리가 튀어나올 때마다 냉소와 침묵으로 일관했다. 십 년 아래의 아내가 언제부턴가 자신보다 윗사람 행색을 하는 것에도 일절 반응하지 않았다. 스스로 판단해도 현명한 선택이었다. 삼 대가 간신히 목숨을 부지하는 35평짜리 아파트를 둘로 쪼개지 않는 한, 다 합쳐야 스무 살도 안 되는 손주 셋을 반반 나눌 게 아닌 이상, 맞불을 지필 필요가 없었다. 갈라서면 둘 다 한 달도 못 버틴다. 아파트는 아들 부부의 재산이다. 자신이 소유한 것은 돌 안경 하나뿐이다. 일제 식민지의 장터에서 구한 색안경이라 귀물로 여겨왔으나 쓸모가 없다. 요즘 같은 세상에 누가 돌덩어리 안경을 쓰겠는가. 아내도 사정이 엇비슷하다. 깡마른 손가락에서 빙글빙글 돌아가는 옥가락지 한 개가 소유 재산의 전부다. 그것도 옥은 가짜고 금은 18K다.

"눈만 오면 미친 사람처럼 허둥대는 버릇을 다 죽어가는 늙은이가 무슨 미련이 있다고 아직도 달고 사는지 몰라."

이 씨와 아내는 두 이불을 덮은 지 오래되었다. 밥상 차렸어. 빨래 질구지 말어. 이불 좀 털어 넣어. 생존을 위한 최소한의 의사소통과 잔소리 말고는 주고받는 것 없이 남남처럼 살아왔다. 십여 년 전이다. 아내가 회갑에 맞추어 고향 춘천을 다녀온 뒤에 냉담이 시작되었다. 그해 겨울, 이 씨가 칠순 기념으로 낀 금반지 두 개를 차례로 잃어버린 다음부터 거리가 더 멀어졌다. 다 늙은 목숨을 살리고 죽이는 것은 서로의 일이 아니라는 것처럼 냉담과 침묵이 이어졌다. 아들 부부와 손주들은 두 사람 주변에서 야단법석을 떨었다. 한 지붕 아래 삼 대가 지지고 볶는 집이 좁아서가 아니다. 마치 일부러 양친의 관계를 무너뜨리기라도 하듯이 일상이 소란했다. 그러나 집안 분위기가 정중동으로 유지되는 어느 순간, 아들 부부와 손주가 집을 비우면 아내는 태도를 돌변하곤 했다. 특히 겨울에 그랬다. 눈 때문이었다. 눈 내리면 넋 빠진 사람처럼 집 밖으로 나도는 이 씨를 향해 아내는 독설을 쏟았다. 그런 아내가 오늘은 딱 두 마디만 했다. 그래서 이 씨는 여느 때보다 불안감이 컸다. 내일 민 여사를 볼 일이 걱정이었다. 그럴 리가 없겠으나 만에 하나 아내가 모사를 꾸미고 말을 감추었다면, 내일 공원에 나설 때 그 말을 마구잡이로 쏟아낸다면…….

"오늘은 꼼짝 말고 셋째나 봐줘요. 나 좀 하루라도 다리 뻗고 쉬게."

이 씨가 불안한 마음으로 민 여사 곁에 서성댈 때였다. 후다닥 말을 뿌린 아내가 안방 문을 쾅, 닫고 들어갔다. 그렇다면 이제 안방은 아내 차지다. 이 씨는 잠자리에 누울 때까지 방문을 열지 못한다. 낮엔 먼저 드러누운 사람에게 양보해야 한다. 유선방송 시청이든 낮잠이든 방해는 금지다. 두 이불을 쓴 뒤부터 지켜온 아내와 이 씨 사이의 불문율이다.

"아하, 내가 이겼다."

"할아버지, 살살 때려."

"이놈, 어여 이마를 들이밀고 내 딱밤 맛을 보거라."

이 씨는 거실 바닥에 바둑판을 깔고 셋째 상훈이와 알까기를 했다. 처음 한 판만 이기고 두 판을 거푸 졌다. 아니, 져 주었다. 져야 이기는 게임이다. 알까기를 끝내고 문밖으로 나가는 자유를 얻으려면 몇 대 맞아줘야 한다.

"앗싸, 또 이겼다."

"아아, 할아버지 이마 터진다. 한 번만 봐주라."

"안 돼요. 졌으면 맞아야 해."

다섯 살짜리 손가락 딱밤이 맵다. 대충 때리는 법이 없다. 손가락을 활처럼 구부려서 기를 쓰고 덤빈다. 맞을 때는 금방 죽을 것처럼 비명을 지르면서 이기면 죽일 듯이 씩씩거린다. 제 아비 어릴 때 모습을 빼쏘았다.

"상훈아. 할아버지 피곤하니까 좀 쉬자."

"그러면 나, 게임 해도 돼요?"

"그래."

"근데 할아버지. 할아버지 없을 때 할머니가 아빠한테 막 소리 질러요."

셋째가 방으로 뛰어들어간 뒤다. 나한테 무슨 업보가 쌓였다고 비가 오나 눈이 오나 이씨 집안 귀신들 밥상을 차려야 해! 아들에게 내던지는 아내의 고함이 들렸다. 안방 문을 보았다. 닫힌 그대로다. 환청이다. 가끔 이명처럼 환청이 들리곤 한다. 아들을 향해 쏟아내는 아내의 감정은 남다르다. 어엿한 선생임에도 아들에게 막말을 던진다. 시부모 수발과 회사 업무에 쫓겨서 위염을 달고 사는 며느리에게도 마찬가지다. 자신이 없을 땐 아들에게, 아들이 없을 땐 며느리에게 감정 표현을 한다. 목소리 끝이 깨진 유리 조각처럼 날카롭다. 꼭 그렇게 할 말이 아님에도 아내는 말끝에 날을 세운다. 싸전을 날려버린 한풀인지, 아들의 출생 시비를 삭히지 못한 탓인지 강산이 몇 번씩 뒤집히도록 어투가 한결같다.

바둑판을 거실 소파 밑으로 밀어두면서 이 씨는 베란다로 나섰다. 하늘이 파랗다. 미세먼지 없이 청명하다. 참으로 변덕스러운 날씨다. 폭설과 햇볕을 하룻밤 사이에 품고 내치다니. 창문을 열고 날숨과 들숨을 깊게 반복했다. 바람이 기분 좋게 차고 상쾌하다. 조금 전까지 어수선하던 마음이 가라앉는다. 풀린 날씨 때문인가. 아니다. 다섯 살짜리와 딱밤을 주고받은 덕분 같다. 눈물을 찔끔 짜내면서 웃었다. 살면서 이렇게 웃은 날이 얼마나 되는가. 오늘처럼 웃을 날이 과연 얼마나 남았을까.

이 씨는 맑고 가벼운 감각의 파문이 몸에 번지는 것을 느꼈다. 그 느낌을 셋째에게 전해주면 좋겠다 싶어서 거실 쪽으로 등을 돌렸다. 안방 문이 눈앞으로 달려들었다.

춘천까지 쫓아가서 찢어 죽일 거야.

죽이든지 살리든지 맘대로 해. 자기 죗값 치를 생각은 안 하고 남 죽일 생각부터 하는 인간이 인간이야?

귓속에서 유리창 깨지는 소리가 들렸다. 환청이 아니다. 지워지지 않는 기억의 파편이다. 선생 아들이 셋째 상훈이와 같은 다섯 살, 싸전이 폭삭 주저앉은 그즈음의 일이다.

***

이 씨는 마흔이 다 되어서야 아들을 얻었다. 중앙극장 앞 싸전의 쌀자루에 돈이 넘칠 때였다. 손이 귀한 집의 장손이라 사람들이 이름 부르는 것조차 경계했다. 이 씨는 여기까지 민 여사에게 들려주었다. 그 뒷이야기는 차마 꺼내지 못했다.

아내가 둘째 딸을 출산한 뒤였다. 이 씨는 광주 여자와 이 년 남짓 첩살림을 했다. 싸전으로 벌어들인 돈다발의 절반이 광주 여자에게 흘러갔다. 아내는 남은 지폐를 쌀자루에 꾹꾹 눌러두며 견뎠다. 두 집 살림한다는 소문이 읍내와 버드실에 떠돌던 초여름이었다. 느닷없이 집안에서 어린아이 울음이 들렸다. 사내아이의 울음을 확인한 사람들은 입방아를 찧었다. 누구 씨야? 광주 여자야, 마누라야. 중앙극장 앞 시장 골목이 얼마간 소란했다. 이 씨는 득남의 기쁨으로 귀를 닫고 지냈다. 병치레 없이 풍족하게 자란 아들이 더듬더듬 글자를 읽기 시작할 무렵이다. 아내의 춘천 작은오빠가 싸전을 찾아왔다. 난데없이 들이닥친 까닭을 알 수 없었으나 싸전의 잡일을 도와주며 한 계절쯤 머물렀다. 그러던 어느 밤이다. 작은오빠가 돈 자루를 들고 사라졌다. 싸전은 이미 팔아넘긴 뒤였고, 외상 거래처에 깔린 돈까지 긁어갔다. 웬수 같은 놈. 죽을 때까지 찾아서 찢어 죽일겨. 아내를 향해 쌀 됫박을 집어 던지고 나무문짝을 때려 부수던 이 씨는 삼 남매를 두고 떠났다. 돈을 찾아와 살든지, 그냥 굶어 죽든지 알아서 해. 집을 떠나면서 아내에게 남긴 말은 그게 전부였다. 아내와 친지들은 이 씨가 춘천으로 간 줄 알았다. 머지않아 작은오빠와 돈 자루를 찾아서 보란 듯이 귀가할 것으로 여겼다. 그러나 해가 바뀌도록 이 씨는 돌아오지 않았다. 아무 영문도 모른 채 아버지를 잃어버린 삼 남매의 호구지책이 문제였다. 고향 버드실엔 땅 한 평 남아 있지 않았다. 단칸 셋방조차 구할 수가 없었다. 다섯 살, 일곱 살, 열 살짜리 아이들의 밥도 밥이지만 당장 거처가 절실했다. 읍내의 남산 꼭대기에 국궁 활터가 있었다. 활터 관리용으로 사용하는 방 한 칸을 관리인에게 빌다시피 얻었다. 시늉뿐인 지붕에 바람만 막아 세운 판자 움막이었다. 거처가 마련되자 아내는 인삼 광주리를 이고 두어 달씩 대둔산 기슭을 떠돌았다. 그새 삼 남매는 호롱불에 머리카락을 태우고 연탄가스를 마시며 삼 년을 견뎠다.

아들이 국민학교에 입학한 초봄이었다. 아내와 삼 남매가 봇짐을 이고, 들고, 매고 밤길을 찾아가 이 씨를 만났다. 춘천이 아니었다. 경부선 간이역이 있는 금강 변, 신탄진 장터 근처였다. 톱 장수 장돌뱅이로 장터를 떠도는 이 씨는 머릿기름이 번들거리던 더블 정장 이 사장이 아니었다.

"내가 무슨 죄를 졌다고 친정아버지 죽은 꼴도 못 봐. 이게 인간이 할 짓이야. 춘천이 바다 건너도 아니고, 어떻게 평생을 못 가냐고."

아내가 춘천을 다녀온 것은 정확히 사십 년 만이었다. 한국전쟁 때 근화동 집을 떠난 게 스물이었다. 아들이 회갑을 맞은 어머니 손목을 잡아끄는 바람에 엉겁결에 따라나섰다. 아버지, 자식이 외가를 모르고 산다는 게 말이 돼요? 아들이 설득 반, 애걸 반으로 날을 잡고 시외버스를 탔다.

오가는 버스 안에서 아내는 눈물을 흘렸다. 지금까지 아껴둔 눈물을 한꺼번에 쏟아내듯 주체하지 못했다. 이것으로 회한의 뿌리를 뽑아내는 게 아니라 더 깊이 파묻겠다는 결의를 다지듯 눈물을 이어갔다.

"춘천을 가기만 하면 모조리 죽는 줄 알아!"

아내가 사십 년 만에 춘천에서 딱 하룻밤을 묵기 전까지, 이 씨는 파장 술에 취해서 돌아올 때마다 악다구니를 썼다. 아내의 눈과 손이 닿는 물건은 닥치는 대로 내동댕이쳤다. 그 격정 끝에 쓰러지던 마루에서 이 씨는 눈발이 날릴 때까지 새우잠을 잤다. 단칸방에 누울 틈이 없었다. 삼 년여 만에 신탄진에서 해후한 뒤, 줄줄이 넷째 아들과 다섯째 딸이 태어났다. 집안 형편을 생각하면 자식 숫자를 늘리는 것은 무지몽매한 일이었다. 비록 오 남매의 덩치가 주인집 텃밭의 고춧대나 앵두나무만 할지라도 일곱 식구가 눕기엔 방이 턱없이 작았다. 좁고, 어둡고, 추운 어느 날이다. 네 살짜리 막내딸이 다쳤다. 우물가 빙판에 넘어져 무릎을 다쳤다.

궁핍하고 무식한 시절이었다. 하루살이 같은 톱 장수 장돌뱅이 수입으론 일곱 식구 하루 양식도 버거웠다. 일당 칠백 원짜리 고추밭과 수박밭을 떠도는 아내의 수입은 코끼리표 밀가루나 새끼줄에 매단 구공탄을 사들이기에 바빴다.

이 씨 없이 혼자 막내의 탯줄을 끊고 저녁밥을 했던 아내다. 세상이 꽝꽝 얼어붙은 한파에도 강변에 쭈그려 앉아 빨랫방망이를 두드렸다. 그러나 썩어들어가는 막내의 무릎은 어찌할 도리가 없었다. 큰 수술이 필요했으나 식구들 가운데 수술을 입에 담은 사람이 아무도 없었다. 신탄진 담배공장에서 눈 맞은 사내와 열아홉에 살림을 차린 큰딸이나 고등학교를 때려치우고 농촌지도소 잡직 사원이 된 둘째 딸이나 고등학교 입학금이 없어 집 멀리 장학금을 받는 기숙학교로 입학한 아들 모두가 막내를 위해 무엇을 어떻게 할 능력이 없었다. 막내는 아픈 그대로, 이 씨와 아내는 서로에게 한을 풀듯 목청을 곤두세운 채, 두 딸과 두 아들은 각자의 방식으로 살아남기 위해 땀과 허기와 고통과 시간을 죽이며 살았다. 그새 강물처럼 흐르는 세월을 따라 누구랄 것 없이 살과 피가 강인해지고 생각이 깊어졌다. 이 씨의 회갑을 맞아 두 칸짜리 전셋집으로 옮기는 기쁨도 맛보았다. 그 기쁨의 뒤꼍을 서성대며 다들 사는 게 죽는 것보다 어려운 줄 깨달았겠지만 아무도 내색하지 않았다. 자신도 모르게 골반뼈가 썩고 등뼈가 휘어지는 막내를 가족들 가운데 누구도 외면할 수 없었기 때문이다. 침묵과 냉담, 고성을 반복하는 양친의 불가해한 소통 방식 때문인지도 몰랐다.

"다 병신들이야. 남의 피나 빨아먹는 멍충한 인간들이라
고."

"그게 어디 남 얘기야. 눈 뜨고 봐. 우리 집안에 병신
아닌 사람이 누가 있는가 보라고."

***

집안이 텅 비었다. 고요하다. 오전에 큰손녀가 동생 둘을
데리고 이모 집으로 간 뒤로는 종일 사람의 말이 들리지
않는다. 아들 부부는 퇴근 시간이 멀었다. 고등학교 선생
아들은 방학 전이다. 무슨 수업을 이 엄동설한에 하는지.
공업단지 회사에 다니는 며느리는 오늘도 야근일 것이다.
어떻게든 집을 넓히겠다고 악착같이 산다. 아버님, 어머님.
죄송해요. 조금만 돈이 더 만들어질 때까지만 봐주세요.
이 씨는 어린 손주 셋으로 늙은이의 수족을 묶어두는 게
못마땅하면서도 집 안팎에서 허덕이는 둘을 훔쳐보자면
한편으론 미안하기도 하다. 평생 집 한 칸 못 만들어준
죗값을 치르는 것만 같다. 집안이 텅 비고 조용할수록 이
씨가 서성대는 이유다. 이 집안에선 자신이 설 곳이 없다는
생각이 불쑥불쑥 치솟곤 한다. 일흔다섯에 장터를 떠난

뒤였다. 단돈 천 원짜리 지폐조차 수입이 끊기고부터는 그게 강박관념처럼 굳어지는 것을 느낀다. 오늘도 그랬다. 이 집에서 자신에게 주어진 공간이란 베란다 창틀이 전부라는 생각으로 창틀에 기대어 물끄러미 창밖만 보면서 시간을 보냈다. 그것 말고는 할 게 없었다. 마치 가족들을 위해서든 자신을 위해서든 조용히, 죽은 듯이 살아가는 역할이 주어진 것만 같았다. 그런 상념에 젖을 때마다 코끝이 매웠다. 오지나 다름없는 시골 훈장인 아버지와 버드실의 친지들처럼 태어난 그대로 땅이나 책장만 뒤집는 삶. 어떻게든 그 삶에서 탈출하려고 열여덟부터 집 밖의 길을 떠돌았다. 낯선 세상을 경험하며 삶을 흥미진진하게 바꾸고 싶었다. 원하는 삶이 그것이었다. 그래서 역마의 고삐를 다잡았다. 백 번을 돌이켜 보아도 후회할 짓이 아니었다. 언젠가는 꿈을 이룰 것이다. 나를 바꾸는 때가 올 것이다. 이 씨는 그 희망을 놓치지 않기 위해, 흐려지는 정신을 바로잡으려고 새새틈틈 붓펜을 거머쥐었다. 아들의 고조부와 증조부, 조부와 백부의 신위를 무료할 때마다 두 번, 세 번 썼다.

조금 전에도 그랬다. 아내가 점심 설거지를 하는 동안 백지 세 장을 쓰고 버렸다. 설거지를 어느 틈에 해치웠는지 주방이 잠잠해지는가 싶었다. 종잇조각을 휴지통에 넣고 돌아서는 순간, 아내가 말 채찍으로 이 씨의 등을 후려쳤다.

"도대체 귀신 이름이 뭐라고 불쏘시개로도 못 써먹는 글씨 나부랭이로 왜 아까운 종이만 날려. 그렇게 할 일이 없으면 창틀 때라도 벗겨."

곧장 이 씨의 입에서 단말마 같은 반문이 터졌다. 뭐라고? 아내는 대꾸할 가치도 없다는 것처럼 안방 문을 쾅, 닫았다. 아내는 저녁 밥상을 차릴 때까지 사극 드라마 허준 재방송을 볼 것이다. 요즘 아내는 허준의 늪에 빠져 숨이 가쁘다. 허준 방송을 전후해서 주방과 세탁실과 베란다 빨래 건조대를 왕복 달리기하듯 뛰어다닌다. 대한민국 드라마 역사를 새로 썼다는 시청률 60%를 아내가 절반은 채워준 것 같다. 아무튼 방문이 닫혔으니 늘 그래왔듯 출입 금지다. 아내가 허준을 보다가 엎어져서 코를 골든 경대 앞에서 송충이 같은 눈썹을 그리든 상관할 바가 아니다.

내 주를 가까이 두려 함은…… 꿈에도 소원은 늘 찬송하면서…….

베란다 창밖이 소란하다. 이 씨는 창틀에 기대어 밖을 내려다보았다. 검정 패딩을 입은 남자가 찬송가를 부른다. 이 눈밭에서도 찬송을 하다니. 창문을 살짝 열었다. 추위 탓인지 남자의 목소리가 중간중간 갈라진다.

잠시 세상에 내가 살면서…… 눈물 골짜기 더듬으면서 나의 갈 길 다 간 후에…….

사십 대로 보이는 남자, 낯이 익다. 중년 여자들 몇 명과 일주일에 한두 번씩 아파트 정문 입구에서 찬송가를 부른다. 한 손에 찬송가를 들고, 빈손으로 하늘을 떠받들 듯 열창할 때마다 손가락에서 무엇인가 반짝거려서 이 씨는 가까이 다가선 적이 있다. 햇살에 빛나는 것은 금반지였다.

아, 씨발. 내버려 둬. 냅두라고.

횡단보도 근처에서 청년이 소리친다. 청년 곁엔 아무도 없다. 누구를 향해 소리치는 게 아니라 혼자 지껄이는 소리다. 청년은 바로 옆 103동 주민이다. 오늘도 백팩을 매고 대형 캐리어를 끌고 나왔다. 캐리어 옆엔 현수막이 무덤처럼 쌓여 있다. 청년이 정성껏 모시고 다니는 낡은 현수막이다. 뒤엉킨 현수막 끈을 한창 푸는 중이다. 다 풀고 나면 정문 경관 조명이 켜질 때까지 가로수에 현수막을 매달고 떼는 것을 반복할 것이다.

냅둬. 냅두라고. 씨발. 내버려 두라고.

이 씨는 지난봄에 청년을 처음 본 뒤 두 번 놀랐다. 우선 십여 일에 한 번씩 가로수에 매다는 현수막이 볼 때마다 다른 것에 놀랐다. 그 많은 현수막을 어디서 구했을까. 두 번째 놀란 것은 청년의 금반지 때문이다. 굵기가 밤알만 하다. 저 금반지, 진짠가? 조현병 환자가 분명한 이십 대 청년이 진짜라기엔 너무 거대한 금반지를 끼고 있는 게 현실감이 없었다.

하여튼 멍충한 인간들이다.

이 씨는 손가락을 비비며 중얼거렸다.

찬송이고 현수막이고 미친 짓이다. 다들 살겠다고 저럴 테지만 미친 짓이다.

살짝 열어둔 창문을 두 뼘쯤 벌려두고 창밖으로 코를 내밀었다. 찬바람이 안면으로 훅, 몰려들었다. 피하지 않고 깊게 들이쉬었다. 아주 짧은 순간, 송곳 같은 바람이 머릿속을 후볐다. 패딩 남자와 청년보다 더 미친 장돌뱅이가 스멀스멀 떠올랐다.

대청호가 건설되고 문의 장터가 수몰되기 전이다. 두 시간에 한 대씩 운행되는 시외버스를 타고 금강 변 골짜기 문의 장터를 오갔다. 대한 추위로 강물이 꽝꽝 얼었을 무렵이다. 회갑이 코앞이었다. 평소와 다르게 종일 바빴다. 월동 땔감 벌목으로 톱날이 닳았는지 쇠톱 세 가락을 벼르고 한 가락을 제작해 팔았다. 해 짧은 겨울엔 빠듯한 일감이었다. 주머니에 지폐가 쌓인 기쁨으로 파장 막걸리를 들이켜다 막차를 놓쳤다. 신탄진까지는 세 시간 남짓 거리였다. 강변 길은 사금파리처럼 날카로운 바람이 후려칠 것이었다. 그게 걱정이었으나 선택의 여지가 없었다. 집에서 여우잠이라도 취해야 내일 청주 장을 볼 수 있었다. 이 씨는 어깨에 괴나리 봇짐을 졸라매고 비포장도로를 걸었다. 캄캄한 강변을 혼자 걷는 동안 평생 겪어보지 못한 눈보라와 추위에 파묻혔다. 귀와 입, 괴나리봇짐과 싸구려 털신, 막걸리 냄새와 마음속 까지 얼어붙은 뒤에야 단칸방 봉창의 불빛이 보였다. 살아남 은 것은 기적이었다. 동료 장돌뱅이들은 죽을 줄 모르고 걸었기에 가능한 일이었다고 했다.

멍충한. 예나 지금이나 미쳐야 사는 모양이다.

이 씨는 중얼중얼 창문을 닫았다. 거실로 들어와 몸을 녹이며 한 바퀴 돌아보았다. 집안에 새로운 게 없다. 자신처 럼 늙은 살림뿐이다. 갑자기 무료해진다. 셋째 상훈이와 알까기를 했던 바둑판을 끄집어냈다가 도로 밀어 넣었다. 눈물을 짜면서라도 웃을 일이 또 있을까. 그러면 좋겠지만 어젯밤부터 귀에서 윙윙거리는 아들 목소리 때문에 불안하 다.

"아버지, 춘천 다녀올 때 말입니다. 춘천 가는 버스 안에 서……."

아내의 회갑을 구실로 춘천을 다녀온 얼마 뒤였다. 아들이 자기 방으로 손목을 끌어당기고 다짜고짜 춘천을 꺼냈다.

"어머니가 버스 안에서 내내 울다가 말입니다. 제가 돼지 띠가 아니고 개띠라는 말을 했어요."

이 씨는 아들의 말에 당황한 나머지 아무 대답도 못 했다.

"어머니가 집에 오는 버스에서 이런 말도 했어요. 너는 나와 닮은 구석이 하나도 없다. 피가 다르다는 생각은 안 해 봤냐."

"……."

"아버지, 개띠는 뭐고 피가 다르다는 게 무슨 말씀이죠?"

"멍충한. 띠가 무슨 상관이야. 애비나 에미나 둘 중 하나를 닮았으면 되지, 피가 뭐 어쨌다는 거야."

생각해 보니 답을 잘못한 게 아니다. 두루뭉술 잘 넘겼다. 아버지의 아들이면 된다는 말은 차마 꺼내지 못했지만 둘 중 하나를 닮으면 된다는 말은 맞다. 개띠든 돼지띠든 뭐라도 좋다. 그러나 지나치게 아버지의 아들을 강조하면 아들은 틀림없이 어머니를 물고 늘어졌을 것이다.

이 씨는 고개를 털고 손목시계를 보았다. 오후 네 시 십 분. 한 시간쯤 뒤면 저녁이다. 점심부터 밥맛이 없다.

저녁은 생략하고 일찌감치 공원에 나가는 게 좋겠다.

오늘 저녁, 민 여사를 만나면 절대 춘천을 입에 담아서는 안 된다. 오늘은 강변에서 눈보라를 뚫고 살아난 것부터 회갑 잔치까지 풀어놓아야 한다. 두렵고, 설레고, 기뻤던 추억이다. 눈 소식은 없다. 날이 춥지 않으면 칠순 금반지까지도 괜찮다. 며느리가 시어머니 몰래 끼워준 것을 두 개씩이나 잃어버렸다는 말을 꺼내면……, 민 여사가 비웃지는 않을까. 아니다. 민 여사는 얌전한 사람이다. 사실대로 말하면 측은지심으로 손을 잡아줄 것이다. 살아오는 동안 자신의 말에 귀를 기울여주는 사람이 민 여사 말고 또 있었던가. 너무 늦게 만났다는 게 참 애틋하다. 아내야 오래전에 대화를 끊었다고 쳐도 자식들조차 제 아비 살아온 얘기를 들어주지 않는다. 제대로 학교 공부를 못 시킨 두 딸에게 기대하는 게 염치없는 일이긴 하다. 넷째와 막내도 그렇다 치자. 선생 아들만이라도 달라야 하는 일이다. 장터를 끌고 다니며 톱날 줍는 법부터 가르친 놈이다. 그런데 대놓고 제 어미나 마누라 얘기만 듣는다.

"다녀왔습니다."

누군가? 아들이다. 평소보다 퇴근이 이르다.

"오늘은 일찍 오는구나."

"방학했어요."

"그것 잘 되었다. 이제 애들하고 좀 놀아주라."

"내일 또 학교 가봐야 해요."

"뭔 일로?"

"새천년 기념행사 준비하러 가요."

"새천년?"

"아버지, 연말에 공원에서 밤늦게까지 쉬다 오셨잖아요. 그때 불꽃놀이 보셨다고 했죠?"

"한참 시끄러웠지."

"그게 새천년 축하 쇼였어요. 이천 년대를 맞이한 기념 쇼. 그 비슷하게 고등학생들 졸업식 때 축하 행사를 하기로 했어요."

지랄. 새천년이 뭐라고. 이 씨는 입 밖으로 튀어나올 뻔한 지랄과 새천년을 꿀꺽, 삼켰다. 손목시계를 보았다. 공원에 나가서 혼자 바람 쐴 만큼의 여유가 있다. 그런데 아들이 안방 문 쪽으로 다가선다.

"문 열지 마라! 엄마 깨우면 안 돼."

이 씨는 고함을 질렀다. 문을 열면 무슨 일이 벌어질지 예측할 수 없다. 아들이 엉거주춤 선 채 뜨악한 눈으로 이 씨를 보았다.

"애들은 이모한테 갔다. 할 일 없으면 애들이나 데려와
라."

"아, 그럴까요. 아예 저녁도 먹고 올게요."

"그래."

"아버지, 오늘도 공원에 가실 거면 지팡이 짚고 가세요.
눈은 녹았지만 밤길은 좀 미끄러울 거예요."

"지팡이…… 그래."

이 씨는 지팡이 끝을 흐리고 말을 돌렸다. 지팡이를 입에
담는 순간, 숨이 컥, 막혔다. 아들의 입에서 튀어나와 자신의
입을 틀어막은 지팡이. 그게 무엇인가. 아들이 어렵게 구한
팽나무 뿌리에 옻을 세 번씩이나 입혀서 어머니 칠순 기념으
로 선물한 귀물이다.

"다녀올게요."

아들이 현관문을 닫고 나가는 것을 지켜본 뒤에 이 씨는
서둘렀다. 어차피 저녁은 건너뛰기로 했다. 아내가 방문을
열기 전에 집을 나서는 게 좋을 듯했다. 스카치테이프를
들고 신발장에서 흰 운동화를 꺼냈다. 얼마 전에 오른쪽
운동화 옆구리가 살짝 터졌다.

"내가 어릴 때는 말이오. 버드실 들판을 날아오르는 학처
럼 살고 싶었다오. 그 허망한 꿈 때문에 이 모양, 이 꼴로

살아도 흰색을 좋아하는 것이오."

민 여사에게 처음 인생을 펼쳐놓을 때, 이 씨는 버드실 들판 위로 순백의 학을 여러 마리 날려 보냈다. 어린 시절의 학에 대한 추억 때문이다. 그 추억에 묶여 팔순을 넘기도록 유독 흰색을 즐겼다. 겨울에 눈만 내리면 집 밖으로 떠도는 까닭이 거기 있었다. 풀을 먹이는 게 번거로워 아내와 다투면서까지 여름내 흰 모시 적삼 하나만을 고집했다. 특별히 아끼는 흰 운동화는 볼이 터졌음에도 내치지 못한 채 신발장에 곱게 모셔두었다. 그것을 테이프로 덮어씌우고 공원으로 나설 참이었다.

"상훈이 애비, 이모 집에 갔어요?"

운동화에 테이프를 칭칭 동여매고 일어설 때다. 등 뒤에서 쇠톱 긁는 소리가 들렸다.

"아까 애비가 지팡이 말하던데, 엊그제부터 지팡이가 안 보여요."

터질 게 터질 모양이다. 답변 따위는 필요 없다는 듯이 아내가 곧장 칼을 꺼냈다.

"그거……."

"당신, 혹시 어디 두고 온 건 아니지?"

아내의 말이 급해지면서 말끝이 반말로 짧아졌다. 여차하

226

면 찌르겠다는 뜻이다.

"그 지팡이를……."

"지팡이를?"

이 씨는 갑자기 말문이 막혔다. 아내의 반문 때문이 아니다. 이제부터 차분하게 지팡이의 행방을 설명할 차례다. 당신은 아직 다리 튼튼하고 허리도 꼿꼿해서 다리 아픈 노인에게……. 그런데 아내를 부를 호칭이 떠오르지 않는다. 그동안 아내를 뭐라고 불렀나. 여보? 민우 엄마? 상훈이 할머니? 기억에 없다. 덜컥, 두려워진다. 수십 년을 한 지붕 아래서 어찌 살아왔던가.

"지팡이를 뭐 어쨌다고?"

아내의 얼굴이 벌겋게 달아올랐다. 무엇인가 직감을 한 듯하다. 민 여사를 감출 도리가 없다.

"다른 노인한테 선물했어."

"선물? 누구한테 선물을 해?"

"……."

"누구한테 줬냐고?"

"민 여사."

"민 여사? 민 여사가 누구야?"

"108동 노파."

"노파?"

"일흔아홉인데 다리뼈가……"

"일흔아홉이고 다리 뼉다귀고……. 아니, 왜 남의 지팡이를 선물해. 지 마누라 지팡이를 왜 남의 마누라한테 넘겨줘? 그 여편네는 지팡이도 없어? 서방도 없고 아들딸도 없냐고."

***

눈 녹은 물이 운동화 밑바닥에 버석버석 밟힌다. 흡사 서릿발을 밟는 느낌이다. 아파트 그늘마다 살얼음이 깔려 있다. 겹겹이 늘어선 콘크리트 벼랑 너머로 햇볕이 곤두박질 치면서 기온도 가라앉았나 보다. 추위야 제격이라는 것처럼 벼랑 사이의 설경은 해거름 역광으로 고즈넉하니 이쁘다. 얼핏 설산의 골짜기를 닮았다. 바람 한 점이 코끝에 살그머니 머물다 떠난다. 골짜기 어딘가에서 순백의 눈꽃을 흩날리며 산곡풍이 치솟을 것만 같다.

어제보다 추워질 듯하다. 오리털 파카 덕분에 추위 걱정은 없다. 물이든 땅이든 어둠이든 얼어붙어도 염려할 것은 아니다. 민 여사에게 풀어놓을 기억은 안전하다. 기억이란 얼어붙는 법이 없다. 바람에 꺾이지도 않는다. 기억은 추위와 허기와 고통이 깊어질수록 푸른 물이 오르고 굵어지는 나무다. 때로는 두 팔을 벌려 부둥켜안고, 때로는 가지 끝까지 악착같이 오르고, 때로는 발을 헛디뎌 떨어지기도 하지만 누군가 뿌리째 뽑아내지 않는 한 기억의 나무는 사람과 함께 죽을 때까지 산다. 나무와 동행하며 풍찬노숙을 견딘 팔십 년 인생이 그것을 증명한다. 그런데 오늘, 그 기억의 나무 한 가지가 뚝 부러졌다. 아들, 아니 지팡이 때문이다. 나무의 우듬지부터 뿌리까지 휘청거리는 위기감을 느꼈다.

네 시 사십오 분. 이 씨는 시간을 다시 확인했다. 아파트 정문에서 후문을 두 번 왕복했다. 반 시간가량을 걸었으나 민 여사가 저녁 밥상을 물리려면 걸었던 만큼의 시간이 더 필요하다. 시한폭탄 같은 아내와 지팡이로부터 허둥허둥 탈출했으나 갈 곳이 없다. 단지 내에서 걸을 만한 길은 다 밟았다. 길바닥이 드러난 아파트 밖 큰길은 눈 녹은 물이 질척거려 오갈 데가 못 된다. 햇볕 부스러기가 남았기에 오 분 거리의 동춘당공원을 다녀올 만도 하다. 시간도 딱 알맞게 남았다. 그러나 그럴 수는 없다. 109동 미친놈이 시퍼렇게 살아 있다. 중복 어름이다. 동춘당공원 그늘에서 소주 한 병을 나눠 마시다 시비가 붙었다. 문턱 넘다가도 숨이 끊길 여든한 살짜리 놈이 여든 살에게 형님 대접받고 싶다며 간죽거렸다. 우산 끝으로 흰 모시 적삼을 쿡쿡 쑤시고선 흙을 묻히기에 멱살을 잡아 패대기쳤다. 갈비 한 대가 부러졌다. 그놈 자식이 변호사다. 정당방위를 넘어서는 폭행치사……. 며느리가 상해 진단서를 끊어 경찰 고발로 으름장을 놓아 선생 아들이 치료비를 물어줬다. 그놈이 시체처럼 자빠져서 쉬는 자리가 동춘당공원이다. 그놈 죽기 전엔 눈도 돌리지 않겠다고 작정했다.

이제 어디로 가나. 아파트 뒤편의 산은 눈에 폭삭 파묻혀 있다. 다리 근육을 단단하게 하려고 밟아보던 소방도로는 산불이나 번져야 뚫릴 것이다. 다른 길이 안 보인다.

멍충한…….

이 씨는 단지의 중앙 통로를 두리번거리다가 어린이 정류장에 살그머니 앉았다. 민망한 일이지만 마침 의자가 비었다. 아이를 기다리는 엄마와 할머니들이 안 보인다. 바람도 피하고, 앉아서 사람 구경이나 하다 보면 대충 공원 갈 시간이 될 것 같다.

"이 코치. 내일 한 판 더 붙자고."

"염 사장님. 일단 순대국밥부터 사시고요. 하하."

"그러자고. 내일 것까지 당겨먹자고. 하하하."

남녀 네댓 명이 정문 쪽으로 왁자지껄 지나간다. 눈을

쓸어내고 저녁 내기 테니스를 쳤나 보다. 이기는 것보다 지는 게 더 즐겁다는 듯 염 사장이 호탕하게 웃는다. 웃음을 역류하며 중년 여자가 손수레를 끌고 온다. 정문에서 야채 노점상을 하는 여자다. 경찰건들지마시오리아카검사해서 고발하겠음. 손수레의 합판 벽에 붉은색 매직으로 휘갈겨 쓴 글씨가 섬뜩하다. 여자는 노점상 단속반과 이따금 실랑이를 벌인다. 고사리 같은 초로의 팔다리로 혈투를 벌이는 목청은 대파처럼 푸르딩딩하다.

이 씨는 정문과 후문 쪽으로 멀어지는 남녀를 번갈아 보면서 교회 남자와 103동 청년을 떠올렸다. 생각할수록 사람 사는 모습이 참 요지경이다. 폭설에 비지땀을 흘리고, 목젖이 부르트도록 찬송가를 부르고, 낡은 현수막에 목숨을 걸고, 손수레를 뒤엎으며 경찰과 맞짱 뜨고, 그리고…… 마누라 부르는 법도 모르고 살아온 인간.

바람 한 묶음이 정류장 지붕을 싸리비질하듯 쓸고 간다. 잔 빛이 사라지면서 추위가 한층 느껴진다. 어린이 의자에 앉아 있는 늙은이가 문득 애틋해진다.

아내를 불러본 적이 없다면…… 그동안 어찌 살아왔는지.

떠난 줄 알았던 바람이 곁의 빈 의자에 올라앉는다. 이 씨는 파카 지퍼를 올렸다. 조금 전부터 정수리에서 쩡, 쩡,

얼음 깨지는 소리가 들린다. 딱 한 번 아내를 불러본 기억이 가물가물 떠오른다. 회갑 날이다. 오늘 저녁 민 여사에게 풀어놓을 세 번째 인생 토막, 그날이다.

음력 10월 20일, 예순 번째 생일이었다. 회갑 잔치를 했다. 단칸 월세방에서 탈출해 두 칸짜리 독채 전세를 얻어 동네잔 치를 벌였다. 빚잔치였다. 집을 옮긴 것부터 늙은 돼지의 멱을 딴 것까지. 입은 옷 한 벌만으로 중앙극장 골목을 떠난 뒤 이십여 년이 지나도록 목돈을 쥐어본 적이 없었다. 회갑에 맞추어 집을 옮길 줄은 상상도 못 했다. 낡고 녹슨 양철 지붕에서 붉은 쇳물이 뚝뚝 떨어지는 식민지 사택이었 다. 도로가 뚫려 집의 절반이 무 토막처럼 잘려 나간 탓에 길가의 전봇대가 담장이자 대문 역할을 해주었다. 이것 참, 이쁘다. 살겠다고 아등바등 기어오르는 게 인간하고 똑같다. 집을 둘러보던 이 씨가 전봇대를 타고 오르는 나팔꽃 을 보고 감탄사를 뱉자 삼 남매가 덜컥, 계약서를 썼다. 담배공장에서 밤샘하는 큰딸과 농촌지도소 말단 계약직인 둘째 딸과 고등학교 졸업과 동시에 하사 계급장을 단 아들이 피를 짜듯 돈을 긁어모았을 것이다. 누구의 피를 더 짜냈을지 는 알 수 없었다. 하나는 분명했다. 집안에 쑥색 전화기를 들여놓은 것은 아들의 한 달 월급이었다. 처음 잡아본 전화기로 고향 버드실 친지들에게 회갑을 알리고 여기저기 장돌뱅이 친구를 불렀다. 떠벌리며 소문낼 형편이 못 되었음에도 동네잔치로 판을 키운 것은 그럴 만한 이유가 있었다. 조부와 부친 둘 다 쉰을 못 채우고 떠났다. 하나뿐인 형은 손을 못 본 채 한국전쟁 때 가마니 송장치레를 했다. 손이 귀하고 단명한 집안에 한 사람이라도 백수, 천수를 누렸으면 하는 바람이었다.

노세, 노세, 젊어서 노세. 늙어지면 못 노나니…… 얼씨구, 절씨구, 차차차. …… 화란춘성, 만화방창, 아니 노지는…….

보기 드문 회갑 잔치답게 동네가 떠들썩했다. 버드실 집안사람들까지 불러들여 사람 숫자가 많았다. 먹을 것 걱정은 늘고 웃을 일은 줄어드는 사람들이 한자리에 모였으니 늙고 질긴 돼지고기 첨을 삼키며 누구랄 것 없이 줄줄이 웃음을 흘렸다. 단 하루만 살다 죽을 것처럼 먹고 마시며 소리쳤다. 그 애달픈 행복 탓으로 잊어야 할 과거를 몇몇이 깜빡 잊었다.

"이 씨. 마누라 좀 업고 뛰어봐."

"마누라 별명이 꺽다리 거 몰라? 이 씨보다 마누라 키가 더 큰데 어떻게 업어."

"아, 왕년에 더블 정장 이 사장인데 여자 하나 못 업어. 하하."

"어라? 얘기가 그렇게 되나? 하하하."

"더블 정장님, 어여 업어봐."

"민우 엄마. 내 등에 한번 업혀 보쇼."

"민우 엄마? 저리 비켜요!"

이 씨는 머리를 털었다. 사람들이 뛰고 박수하며 뒤엉키는 어느 순간, 더블 정장과 민우 엄마가 등장하는 찰나, 싸전 지붕이 와장창 내려앉는 소리가 귀청을 때렸다. 나를 3급 장애인으로 만든 인간들. 죽을 때까지 용서 안 할 거야! 칼날만큼의 빛도 들지 않는 방문을 걸어 잠근 채 막내가 울부짖었다. 기억의 나뭇가지를 잘못 밟고 바닥으로 털썩, 떨어지면서 이 씨는 어린이 정류장을 빠져나왔다.

***

"민 여사, 일찍 오셨소."

"방금 왔어요."

공원 벤치에 민 여사가 앉아 있었다. 전에 없던 일이다.

그동안 이 씨는 십 분 일찍, 민 여사는 십 분 늦게 나오기로 약속한 것처럼 시간을 지켜왔다.

"어제 손녀 생일상은 잘 차렸소?"

이 씨는 생일상을 먼저 꺼냈다. 어린이 정류장에 앉아서 궁리했다. 회갑 잔칫상을 불쑥 들이밀지 말자. 손녀 생일상으로 시작해야 자연스러울 것이다. 그 생각대로 순서를 잡았다. 낚싯줄 같은 바람이 두 사람을 휘돌아 공원 왼편의 미끄럼틀 쪽으로 날아갔다. 눈가루 떼가 우루루 뒤따라갔다.

"가족들이 모여서 푸짐했겠소."

"실은…… 애들 할아버지 공원묘지에 다녀왔어요."

공원묘지? 당신도 나처럼 감추는 게 있구려. 이 씨는 그 말을 삼키고 미끄럼틀을 보았다. 바람과 눈가루 떼가 서로 밀고, 끌고, 당기며 미끄럼틀을 오르내리고 있었다.

"지팡이는 쓸 만해요?"

"네. 너무 좋아요. 어제 공원묘지에 다녀오는데 집 나가서 살던 딸들이 지팡이를 보고 깜짝 놀랐어요. 어느 분이 이 귀한 것을 선물했는지, 틀림없이 복 받으실 거라고 했어요."

이 씨는 끝말잇기를 하듯 공원묘지를 따라붙을까 하다 얼른 지팡이로 말머리를 돌렸다. 그런데 이상하다. 질문을 예측한 것처럼 민 여사가 곧바로 반응한다. 말은 터무니없이 길다. 길이에 견주면 어조는 차분하고 평온하다. 처음 있는 일이다. 엊그제 폭설을 맞을 때까지 네 번을 만났다. 그동안 민 여사는 낱말 두어 개를 더듬더듬 이어 붙였을 뿐이다. 오늘처럼 완성된 문장을 꺼낸 적이 없었다. 벤치에 먼저 앉은 것도 그렇고, 긴 문장을 담담하게 풀어내는 것도 그렇고, 민 여사가 달라졌다.

그 지팡이 말이오. 사실은 아내 것인데 말이오. 이 씨는 목구멍을 비집고 나오는 말을 간신히 삼켰다. 아무래도 오늘은 회갑 잔치를 감추는 게 좋을 듯싶었다. 시끌시끌한 동네잔치를 꺼내면 버드실과 더블 정장과 싸전과 민우 엄마와 선생 아들에 이어 사라진 지팡이까지 줄줄이 엮여 나올 것이다. 까딱 지팡이를 잘못 짚을 경우, 자신의 인생 편력을 다 풀어내기도 전에 공원 벤치를 영영 떠날 수도 있다. 칠순 기념 금반지를 먼저 보여주는 게 나을 것 같다. 올겨울을 무사히 넘기고 인생의 남은 길을 동행하려면 치부를 먼저 드러내는 것도 나쁘지 않다. 그러자면…… 어디서부터 시작할 것인가. 다짜고짜 금반지를 들이밀기도 낯부끄러운 얘기가 된다. 어젯밤 텔레비전 이야기, 그게 좋겠다. 뜬금없지만 그것으로 말을 이어가자. 이 씨는 민 여사 모르게 손가락 끝으로 무릎장단을 쳤다.

"민 여사."

"예."

"어제 어떤 연속극을 보니까 말이오. 피땀 흘려서 성공한 늙은 아버지가 창업에 실패하고 눈물 짜는 아들에게 말이오."

"예."

"바닥을 쳐야 올라간다 해요. 자신도 젊었을 땐 그랬다면서 말이오. 그래야 지금의 자신을 바꿀 수 있다고 어깨를 두들겨 줬어요. 그런데 그것 헛소리요. 진짜 바닥을 쳐본 사람이 할 소리가 아니요. 진짜 밑바닥 맛을 보면 못 올라서요. 개구리 뛰듯 위로 올라서겠다고 바닥을 치면 바닥이 뚫려 막장으로 떨어지지, 절대 못 올라서요."

"……."

"다 죽어가도록 자신을 못 바꾸는 거요."

"예."

"내가 말이오, 싸전 시절로 돌아가고 싶어서 말이오, 하루도 쉬지 않고 장터 바닥에 쭈그려 앉았는데도 나를 바꿀 수가 없었소. 참 멍충하게 산 거요."

"……."

민 여사는 다소곳이 듣기만 했다. 조금 전 완성된 문장을

또박또박 구사하던 사람은 자신이 아니라는 것처럼 예,
를 반복했다. 이 씨의 감정이 북받치고 말이 길어지면 아예
침묵으로 답변을 대신했다. 그렇게 하는 것이 분위기와
대화 시간을 조절할 수 있는 유일한 방법인 것처럼 입을
다문 채 지팡이를 거머쥔 손가락만 바라보았다.

침묵은 이 씨가 칠순 기념 금반지 이야기를 마칠 때까지
이어졌다.

"내 얘기 들어보니까 그렇지 않소? 아무리 며느리가 강제
로 끼웠다 해도 말이오. 손녀딸 돌 반지를 녹여서 늙은
손가락에 끼운 게 말이 돼요? 평생에 처음 껴본 그것을
두 개씩이나 장바닥에서 잃어버렸다니 말이오. 손가락에서
빠져나간 것을 찾겠다고 눈구덩이를 파헤치다 고뿔에 드러
누웠으니 내가 얼마나 멍충한 인간이냔 말이오."

"……."

"내가 말이오. 낯짝에 바람이 들어 입이 절반이나 돌아갔
을 때 말이오. 대추나무 가지를 입에 끼우고 기저귀 고무줄
로 뒤통수에 칭칭 당겨 매서 입을 제자리에 돌려놓은 사람이
오. 그렇게 살아남은 인간이 무슨 부귀영화를 보겠다고
돌 반지를……."

"괜찮아요. 이 씨, 괜찮아요. 다 과거잖아요. 과거는 잊어

버리세요.”

　민 여사가 침묵을 깨고 괜찮아요와 과거를 반복했다. 이 씨는 호흡을 가라앉히며 하늘을 보았다. 하늘은 맑고 푸른 어둠이 가득 담긴 쟁반 같았다. 누군가 쟁반의 가장자리를 잡고 흔들었는지 고루고루 흐트러진 별빛이 싸락눈처럼 빛났다. 참 이쁘다. 다섯 살짜리 민우와 상훈이와 민 여사의 손녀가 꿈꾸듯 바라보았을 별빛이다. 집 밖의 밤길을 떠돌며 자신이 하염없이 바라본 그 별빛이기도 하다.

　미끄럼틀 쪽으로 눈을 돌리며 이 씨는 헛기침을 했다. 이제 괜찮지 않은 현재를 민 여사에게 들이밀 때다.

　“민 여사, 이 지팡이 말이오.”

　“예.”

　“지팡이……”

　“……”

　“지팡이 쥔 손의 금가락지, 저번엔 못 봤는데 말이오.”

　“그땐 왼쪽에 앉아서 안 보였을 거예요.”

　이 씨는 입을 다물었다. 가슴 속에서 벽돌처럼 차곡차곡 쌓아 올린 말들이 입 밖으로 나오면서 자꾸 무너졌다. 무슨 말이든 뜻대로 전해질 것 같지 않았다. 대화 중간중간 민 여사가 그랬듯, 차라리 입을 다무는 게 나을 것 같았다.

"이 씨 영감."

민 여사는 이 씨에 영감을 덧붙이며 고개를 가볍게 끄덕였다.

당신은 나보다 감추어야 할 게 많구려. 괜찮아요. 감출 수만 있다면 감추는 게 더 나을 수가 있어요. 우리가 그렇게 살아왔잖아요.

마치 그 말을 감추고 있는 것처럼 민 여사는 아랫입술을 살짝 깨물었다.

"영감, 내 금가락지 한번 껴볼래요?"

모르는 순간, 별똥별이 머리 위를 스쳐 지나갈 만큼의 시간이 흘렀을 것이다. 민 여사가 손가락의 금반지를 빼면서 영감을 불렀다.

"가락지가 조금 클라나? 작을 것도 같고, 마디 땜에 들어가고 나오는 게 쉽진 않겠지만, 한번 껴봐요."

"내가? 민 여사 금가락지를?"

"어여 껴봐요."

"끼웠다 안 빠져서 그냥 가져가면 어쩌려구?"

"그러면 내가 따라가야죠."

바람이 굵어진다. 하나둘 끊어질 듯 낭창거리던 실바람이 끼리끼리 밧줄을 엮어 몰려든다. 엊그제 폭설처럼 세상을 파묻겠다는 기세는 아니지만 쉽게 떠날 눈치는 아니다. 이 씨의 손가락에 금반지를 밀어 넣는 민 여사의 손가락 틈으로 눈가루 몇 점이 파고든다.

이 씨는 뒤엉킨 듯 포개어진 두 손을 감싸 쥐었다. 무엇인가 차가운 것들이 손바닥에서 차례로 녹는 게 느껴졌다.

바다, 인간의 조건

밤보다 한낮의 고요가 깊다. 한 시가 지났지만 움직이는 사람이 없다. 이따금 선풍기 바람에 실려 악취가 풍길 뿐, 밥그릇이나 숟가락 소리는 들리지 않는다. 어쩌다 10호실 여수 노파의 말이 토막토막 바닥에 구르긴 한다. 방에서 나는 소리가 아니다. 여인숙 서쪽 출입구다. 2층으로 오르는 계단 중간에 창문이 뚫려 있다. 그 틈을 파고드는 바람으로 더위를 식히려고 입구 계단 턱에 신문지를 깔고 앉았다. 그러나 시원한 바람이 창문을 비집고 들어설 리가 없다. 삼 일째 이어지는 폭염 경보에 낚싯줄 같은 바람 몇 올이 가늘게 흔들리는 게 전부다.

오늘도 점심 먹은 사람이 없다. 날마다 아침 겸 점심을 먹는 7호실 여자가 양은 냄비 뚜껑을 열기가 무섭게 닫았다. 찜통 같은 방에서 휴대용 가스레인지를 켤 엄두가 나질 않는다. 그것은 이 여인숙에서 더 이상 숟가락을 손에 쥘 사람이 없다는 뜻이다. 사람들은 손발을 까딱 잘못 놀리면 그대로 죽는다는 것처럼 방바닥에 가지런히 손을 내려둔 채 누워 있을 게 분명하다. 벌써 두 시간 남짓 여인숙 실내가 고요하다.

"이게 무슨 날씨고. 바람도 다 뒤져뿐가 보네."

여수 노파가 시르죽은 어조로 한마디를 던지기 전, 8호실 흰머리 천 씨가 세면실을 왕복했다. 다리뼈가 부러진 사람처럼 지팡이를 짚고 휘청거리던 천 씨가 사람의 움직임 전부다.

승기는 반쯤 덮개가 열린 컵 떡국을 멀찌감치 바라보았다. 아침에 정수기 온수를 담아둔 상태 그대로다. 며칠째 입맛이 없다. 13호실에서 골프 중계방송 멘트가 새어 나온다. 낮술에 자빠졌던 골퍼가 잠이 깼나 보다. 소리가 커진다.

미친 새끼. 이 더위에 병나발을 불고 지랄여.

승기는 사타구니를 내려다보면서 중얼거렸다. 팬티를 벗고 있어도 사타구니에 땀이 밴다. 팬티를 벗는다고 열기가 떨어지는 것은 아니다. 그렇다고 입고 있을 필요도 없다.

맞은편 7호실 여자와 옆방 여수 노파는 신경 쓰지 않는다. 복도를 지나가는 사람도 마찬가지다. 사타구니가 보여도 어쩔 수 없다. 힐끔 보면 보는 것이다. 당장 더위를 식히는 게 중요하다. 찜질방처럼 펄펄 끓는 방 안의 온도를 낮추기 위해 수단과 방법을 가리지 말아야 한다. 팔다리부터 몸 구석구석 만개한 꽃 문신. 웬만한 더위에도 긴 팔, 긴 바지로 그토록 가리고 싶은 치부였음에도 지금은 염치와 도덕적 갈등 따위는 상관없다. 실낱같은 바람일지라도 맨살을 들이밀어 체온을 떨어뜨리는 방법에만 골똘할 뿐이다. 그래도 열한 사람이 한 지붕 아래에서 거주하는 만큼 최소한의 예절은 지켜야 한다. 그래서 전깃줄 토막으로 문안의 손잡이와 문틀 돌쩌귀에 걸어 한 뼘 정도만 열리게 만든 것은 잘한 일이다. 옆방과 앞방 여자, 대각선 건너편 골퍼가 방문을 반쯤 열고 싸구려 발을 문에 걸어둔 채 시선을 피했으나 승기는 그것을 비웃었다. 그래 보았자 안이 다 들여다보인다. 복도를 지나가면서 힐끔, 곁눈질만 해도 대충 사람이 보이는 것이다. 그에 비하면 방안을 은폐시키면서 바람의 길도 적당히 마련해 둔 자신의 선택이 현명했다.

쏴아아아아아.

5호실이나 6호실, 아니면 11호실 누군가 화장실을 다녀가는가 보다. 저수통 물 내려가는 소리가 시끄럽다. 그런데 지금이 어느 시댄가. 아직도 끈을 잡아당겨 물을 내리는 구식 변기통을 쓰다니. 승기는 해바라기 모양의 귀두를 훑어보면서 혀를 끌끌 찼다.

1:55

벽시계 큰 바늘이 딸깍, 11자 곁에서 멈춘다. 화장실 저수통에 물이 차고 소음이 가라앉은 얼마 뒤, 12호실 병용 형이 시체처럼 늘어진 몸을 일으킬 것이다. 거의 매일 두 시 반에 물을 뿌린다. 오늘도 바가지에 담은 물을 폭포처럼 머리부터 뒤집어쓸 것이다. 물소리가 잦아들고 병용 형의 몸이 마를 즈음, 여수 노파는 이른 저녁을 먹는다. 그러면 오후 세 시라는 뜻이다. 이 바닥에서 보기 드물게 정신이 맑고 신체 건장한 노파는 생존을 위한 배수진처럼 하루 두 끼를 꼬박꼬박 챙겨 먹는다. 부안여인숙 달방 사람들 대부분처럼 승기 자신이 한 끼만으로 예순다섯의 목숨을 끌고 가는 것에 견주면 일흔셋 노파는 호사를 누리는 셈이다. 그래 보았자 냉난방도 안 되는 1평짜리 달방에서 시나브로 죽어가고 있을 뿐이지만.

"아, 이게 무슨 똥 냄새야?"

고요의 늪에 한바탕 파문을 일으키는 물소리에 취한 듯 누웠을 때다. 13호실 골퍼가 소리를 질렀다. 승기는 힐끗, 벽시계를 보았다. 네 시가 조금 지났다. 깜박 잠이 든 모양이다.

　"이거 완전히 시체 썩는 냄새 아냐?"

　골퍼가 방문을 왈칵 열어젖히면서 목소리를 높였다. 승기는 기지개를 켜고 방문 틈으로 밖을 훔쳐보았다. 8호실 흰머리 천 씨가 방문을 열어둔 게 틀림없다. 똥 냄새와 시체 썩는 냄새. 부안여인숙에서 이런 악취를 풍기는 사람은 둘뿐이다. 폭염 경보에도 방문을 굳게 닫아건 5호실 청바지와 8호실 흰머리. 둘 다 몸에 물을 대지 않는다. 공용 세면실에서 얼굴에 물 찍어 바르는 것조차 본 사람이 없다.

　5호실 청바지의 방은 복도 왼쪽 끝이다. 일 년 내내 똑같은 청바지만 입고 지내면서 옷을 빨지 않아 악취가 풍기지만 오른쪽 중간쯤에 있는 승기의 방을 지나가기 전엔 악취가 방안으로 파고들진 않는다. 베니어합판 문짝을 뚫고 들이닥칠 만큼의 악취는 흰머리가 그 주인이다. 오늘도 변기통을 세면실에 엎어놓았을 것이다. 안 봐도 다 보인다. 도대체 오장육부가 어떻게 생겼기에 한낮에 방안에서 대소변을 쏟아내는지. 인간이 아니라 짐승이다.

새벽녘에도 흰머리의 악취가 여인숙을 한바탕 뒤집어놓았다. 일 년쯤 뒤 철거 예정인 낡은 여인숙이 일 년을 못 채우고 폭삭 주저앉을 뻔했다. 달방 사람들이 하나둘씩 기지개를 켤 무렵이다.

"천 씨, 어디 가려고?"

면도칼 같은 목소리가 복도 벽을 긁었다. 여인숙 여사장 곽 여사였다. 8호실 흰머리가 지팡이를 짚고 방문을 나서다 휘청, 중심을 잃었다.

"어디 가냐구?"

"정수기."

"그런데 방문은 왜 열어놔?"

"더워서."

"더워서 문 열 거면 몸을 닦으라고 대체 몇 번을 말해야 알아듣는 거야. 몸 닦고 문을 열든지, 안 닦을 거면 문을 처닫든지 하라고."

대체…… 이 찜통더위에 물을 대지 않고 살 수 있다니. 변기통과 함께 문을 닫고 지낸다는 게 말이 되는가. 아픈 무릎 때문에 옷을 입고 벗는 게 불편하고 쭈그려 앉는 게 고역이라서 화장실과 세면실 출입이 어렵다는 것은 이해한다. 그래도 하루나 이틀이지 주야장천 그럴 수는 없지 않은

가. 더구나 이 폭염에 말이다. 창문이라고 해보았자 쟁반만
한 것 하나가 전부다. 방문을 닫은 채 선풍기를 틀면 그
바람은, 악취는 어디로 날아가는가. 승기는 선풍기의 목이
돌아가는 것처럼 좌우로 머리를 돌렸다. 곽 여사의 악다구니
에 천 씨가 지팡이를 짚은 채 방 문턱에 엉거주춤 걸터앉아
있다. 늙은 가슴이 처져서 주름살이 잡힌 복부에 시꺼먼
얼룩이 보인다. 겨울부터 물을 대지 않아 살갗에 퇴적층처럼
쌓인 때다. 흰머리와 견주면 턱없이 까맣다. 발등부터 겨드
랑이까지 살빛이 까무잡잡하다. 당장이라도 터뜨릴 듯 까만
살빛을 삿대질로 집적거리던 곽 여사가 씩씩거리며 복도
모퉁이 방으로 들어간 뒤, 흰머리는 화장실 쪽으로 한 발짝도
떼지 못한 채 방문을 닫았다.

쾅! 흰머리의 방문 닫히는 소리 덕분이다. 여인숙 실내의
고요가 여느 때보다 일렀고, 깊었다. 초복의 무더위가 손가
락 끝으로 숨통을 지긋이 조이기 시작하는 복도를 떠나
사람들은 말복 더위보다 날카로운 손발톱을 치켜세우고
있을 1평짜리 찜질방으로 숨어들었다. 다들 곧장 자지러졌
는지 한동안 숨소리조차 들리지 않았다.

"이 씨발아, 세면실에다 변기통 쏟아붓지 말라고."

이건 또 무슨 일인가. 느닷없이 벼락 치는 소리가 들린다. 13호실 골퍼다. 목소리에 취기가 줄줄 흐른다.

인간도 아니고 짐승도 아닌 것들. 이 징그러운 소란도 이제 끝이다.

승기는 혼잣소리를 흘리면서 드러누웠다. 오래전에 다친 왼쪽 어깨가 결린다. 궂은 날씨를 정확히 알아본다. 밤에 장맛비가 쏟아진다고 했다. 마른장마 끝에 폭우가 예상된다는 일기 예보가 오전 내내 이어졌다. 그렇다면 중앙시장 순댓집이 오늘은 아홉 시 전에 문을 닫을지 모른다. 식당 여주인과 합의를 본 뒤, 순댓집에 앉아 맥주 한 잔이라도 느긋하게 마시려면 서둘러야 한다.

승기는 벗어둔 추리닝을 끌어당겨 주머니에 손을 넣었다. 오만 원짜리 지폐가 잡힌다. 이 종이 한 장 때문에 곽 여사에게 수모를 당했다. 오전에 검찰 출두 명령서를 받은 뒤였다.

"아저씨, 돈 빌려서 또 술 마시려는 거야?"

"아, 아줌마. 돈 오만 원 때문에 사람 추하게 만들지 말고 그냥 빌려줘요."

"돈이 문제가 아니라 술 마시면 쓰러지니까 그러지. 119가 또 오면 어쩌라구."

"119 부르지 말고 그냥 죽게 내버려 둬요."

승기는 지폐를 움켜쥐었다. 이것 때문에 밥을 굶은 채 멀쩡한 자신을 죽이고 있었다. 마음 같아선 당장이라도 지폐를 찢어발기고 싶다. 차용금의 10%를 선불 이자로 떼는 곽 여사. 지독한 여자다. 돈을 넘겨주기도 전에 한 귀퉁이를 잘라가다니.

"벌레 잡지 마세요!"

어제 공용 세면실을 다녀오다 승기는 깜짝 놀랐다. 세면실 벽을 타고 오르는 벌레를 잡으려는 순간, 곽 여사가 팔뚝을 낚아채면서 소리를 질렀다. 아저씨, 그거 돈벌레요. 정색을 한 곽 여사의 눈에서 불꽃이 튀었다. 승기는 방으로 돌아와 곽 여사의 표정을 떠올렸다. 어처구니가 없었다. 담배꽁초만 한 벌레 하나 때문에 인간이 눈을 동그랗게 치켜뜨다니. 승기는 그 생각 끝에 웃었다. 징그럽게 매달린 수십 개의 다리로 제 생계를 꾸려가서 돈벌레라는 이름이 붙은 모양인데, 그러고 보니 여인숙이 돈벌레를 닮았다. 복도는 돈벌레의 몸체인 셈이다. 그 양쪽으로 방 여섯 개가 돈벌레의 팔다리처럼 나란히 매달려 있다. 달방 사람들은 좁고 어둡고 덥고 추운 여인숙에서 살아남기 위해 필사적으로 돈을 마련한다. 그야말로 인간 돈벌레다. 곽 여사는 그 돈벌레로부터 매월 월세를 받거나 차용금의 선불 이자를 떼면서……

***

"나오세요. 냉면 왔어요."

복도가 떠들썩하다. 배달시킨 냉면이 도착했나 보다. 팔
하나를 펼치면 벽에 손바닥이 닿을 듯한 복도다. 마치 가스
풍선처럼 사람들 소리가 복도에 탱탱하게 부풀어 오른다.
승기는 방바닥에 누운 채 벽시계를 보았다. 여섯 시 오
분. 식당 여주인과 합의서를 쓰기로 약속한 게 일곱 시
반이다. 아직 여유가 있다.

"오늘 저녁은 냉면 파티합니다."

삼십 분쯤 전이었다. 턱수염이 방을 떠날 때 병용 형이
냉면 주문을 받았다. 승기는 외출한다는 핑계로 주문하지
않았다. 그런데 웬일인가. 느닷없이 냉면 파티를 벌인다니.
파티라는 말부터가 몸에 맞지 않는 기성복을 입은 것처럼
어색했다. 사람들이 둘러앉아 음식을 먹는 것은 한 계절에
두어 번 있을까 말까 한 낯선 풍경이다. 모레가 생계 급여
타는 날이다. 여사장 곽 여사 빼고는 다들 급여비 통장이
밑바닥까지 텅 비었을 것이다.

생계 급여만으로 아슬아슬하게 살아가는 이곳엔 몇 가지

생존 방식이 있다. 그중 하나가 식사에 대한 묵언의 약속이다. 옆방에서 무엇을 먹든 서로 모르는 척한다. 밥 먹었어요? 이 말은 가능해도 밥 먹어요, 라는 말은 없다. 서로들 생활비의 한계를 알고 있기에 각자도생에 익숙하다. 그러므로 50% 할인 아이스크림이든 천 원에 다섯 마리짜리 붕어빵이든 주문받은 사람이 반드시 계산해야 한다. 평소 복도 끝의 출입구 공간에 둘러앉는 사람이라고 해보았자 오늘처럼 네댓 명에 불과하다. 그러나 결코 적은 숫자가 아니다. 생계급여와 거주 급여 70만 원을 받아 월세 빼면 50만 원이 남는다. 한 달 생활비 50만 원에서 냉면 네댓 그릇값을 한 끼 식사비로 충당하는 것은 손가락 하나를 잘라내는 것과 같다.

"승기 씨, 냉면 안 먹어?"

조금 전에 병용 형이 주문받을 때, 승기는 잠시 고민했다. 눈에 사람이 보이니 그냥 하는 소린가? 아니면 진심으로? 병용 형 성품으로 보면 진심이다. 형의 언행은 모두 진실이다.

이곳은 거주하는 사람의 특성상 진심이나 진실이 거의 존재하지 않는 세계다. 알코올 중독자. 조현병 환자. 도피자. 가족으로부터 버림받은 장애인. 오로지 잠만 자기 위해 드나드는 정체불명의 남녀. 무연고 암 말기 환자. 그리고 자신과 같은 전과자. 달방 사람들 상당수가 신분을 감추거나 아예 사람의 말을 한마디도 나누지 않고 지낸다. 그와 반대로 자신을 터무니없이 과격하게 드러내기도 한다. 장애 등급을 받아 기초생활수급자가 되기 위해 스스로 장애인 행색을 하는 경우마저 있다. 그런 까닭에 눈에 보이고 귀에 들리는 것 대부분이 거짓이다.

이를테면 부안여인숙과 엇비슷한 철거 직전의 여인숙은 열 개의 사실로도 하나의 진실을 이루기 힘든 생존의 거처이다. 하나의 진실이 열 개, 스무 개의 거짓으로 포장되는 시공간이기도 하다. 대개 그 진실과 거짓의 실체, 또는 허상은 권력 소유자인 갑으로부터 탄생하고 소멸한다. 역전통 뒷골목 세계의 갑은 명확하다. 여인숙 사장이나 천길도 같은 주먹 출신 관리자다. 그들이 시발과 종결의 주체다.

강진 놈의 사례가 그렇다. 금강여인숙 여사장 장 여사가 죽은 뒤 곧바로 방을 뺀 것을 두고 반년이 지난 지금까지 풍문이 이어지고 있다. 강진 놈이 속리산여인숙 관리자를 그만둔 것은 사실이다. 금강여인숙과 속리산여인숙 관리 책임을 두고 천길도와 갈등이 빚어진 것도 맞다. 그러나 골목 사람들 입에서 입으로 눈덩이처럼 굴러다닌 나머지

이야기는 진의를 파악할 수 없는 루머에 불과하다.

당뇨로 죽어가는 늙은이를 자빠뜨리려고 장 여사 휠체어를 밀고 모텔에 들어갔다. 달아날 계획을 세우고 월세와 관리비를 빼돌렸다. 청송감호소 출신, 별 열세 개짜리 진짜 주먹에게 지방 교도소 잡범이 까불다가 코뼈가 부러졌다. 앙갚음하기 위해 어디선가 복수의 칼을 갈고 있을 것이다…….

3호실 늙은 매춘부 정임이도 마찬가지다. 작년에 한 번, 올해만 두 번째 금강여인숙을 드나들었다. 연말엔 난방이 전혀 되지 않는 금강여인숙의 한파를 피해 연탄보일러가 있는 원동여인숙으로 떠났다. 이른 봄에 돌아왔다가 한 달 만에 고향의 노모 병간호 때문에 또 방을 뺐다. 그리고 폭염이 시작되는 월초에 입실했다. 정임이가 방을 들락날락한 일을 가리켜 사람들은 벼룩의 간을 빼먹는 짓이라고 했다. 불쌍한 인간들 양식을 긁어서 저 혼자 배 터지게 처먹다 돈 떨어지면 죽을죄를 지은 것처럼 납작 엎드려 기어들어 온다는 것이다. 이 말은 뒷골목의 포청천이자 상왕인 천길도, 천 실장 입에서 맨 처음 나왔다. 정임이 그년, 흡혈귀 같은 년이야. 투석한다는 젊은 놈에게 비상금 털리고 저보다 못한 인간들 피를 빨아먹는 년이라고. 그년,

진도 밑에 섬이 고향이라고 했잖아. 틈만 나면 고향 같은 바다가 보고 싶다며 고향 갈 차비 좀 빌려달라고 했고. 그것 전부 거짓말이야. 섬은 그 섬이 아니라 영등포역 앞에 있는 섬 다방이야.

이 말도 천길도 입에서 시작되었다. 천길도가 줄줄이 엮어내는 말들, 그것은 진실 여부와 상관없이 금강여인숙과 근처의 달방 사람들에겐 그대로 진실로 여겨졌다. 천길도는 월세 수입이 아쉬워 정임이에게 매번 달방을 주면서도 사실과 진실, 거짓의 쇠를 녹여 주조한 쇠붙이를 담금질하고 연마하여 정임이의 등에 비수를 꽂았다.

승기는 안다. 내일 부안여인숙 방을 빼면 강진 놈이나 정임이처럼 등에 비수가 꽂힐 것이다. 가장 먼저 칼을 꽂을 사람은 당연히 천길도다.

이 새끼. 지가 나가야지 별수 있어. 내 곁에선 견딜 수가 없는 줄 아는 거야. 청송감호소 후배라고 봐줬더니 외상 술이나 처먹고, 계집질로 돈 날리고. 양아치 같은 새끼.

승기는 훤히 꿰뚫고 있다. 천길도가 쏟아낼 거짓말을 옮겨 적으려면 밤새 쓸 수 있을 만큼 상상이 된다. 관리실장 감투에 눈먼 비루한 골목대장 천길도. 여인숙 사장이나 건물주에 붙어 호구지책을 이어가는 인간 기생충. 그는 청량리에서 운영하던 불법 도박 하우스와 사채업으로 덜미가 잡혀 학교를 전전하던 끝에 지방의 경부선 역 뒷골목으로 스며든 실패한 인간이다. 도박으로 한때 이름을 날렸다는 놈이 감춘 패도 없이 주먹을 앞세워 골목 사람들을 휘어잡는다. 하늘 높은 줄 모르는 허장성세는 속 빈 강정 같은 인간성의 극치다. 내가 청량리에서 하우스 운영할 때 말이야. 여자 칠천 명과 배꼽을 맞추었다고. 그게 얼마나 허무맹랑한 자랑인가. 대체 칠천 명이 가능한 일인가. 하룻밤에 만 원짜리 뜨내기손님을 받고 똥오줌 묻은 빨래를 하면서 노래방 도우미에게 일이백만 원씩 돈을 퍼준다는 말은 들을 때마다 애처롭기까지 하다. 내일이면 그 모든 허상과 종지부를 찍는다.

　승기는 일어나 옷을 입었다. 식당 여주인과 합의서 쓸 준비를 해야 한다. 아직 시간은 남아 있다. 냉면 파티가 궁금해서 문틈에 귀를 붙였다.
　"하, 냉면 맛 괜찮네."
　"면발이 살아 있어."
　"면발이 아니라 병용이 돈이 살아 있다."
　"병용이 덕분에 우리도 살아보자고. 하하."

주고받는 말소리로 보아선 오늘도 네 명쯤 나온 듯하다. 여사장 곽 여사와 10호실 여수 노파, 12호실 병용 형, 8호실 흰머리 천 씨. 다른 사람은 방문을 걸어 잠근 채 누워 있을 게 틀림없다. 복도 천정의 하나뿐인 형광등 불빛이 밤보다 어두운 한낮의 어둠을 간신히 밝히고 있는 낡은 콘크리트 구조물. 그 중간중간 왜곡된 사진처럼 박혀 있는 합판 방문들. 언뜻 바라보면 흡사 집단 고려장 고분 같은 방에서 골퍼와 정체불명 남녀와 초로의 말기 암 환자, 그리고 늙고 낡은 청바지, 누구랄 것 없이 더위와의 전쟁에서 패배하고 시체처럼 쓰러져 있을 것이다. 혹은 소주병을 빨거나 허기를 잔뜩 끌어안은 채 면벽 수행 중인지도 모른다. 2호실 턱수염도 마찬가지다. 지금쯤 방문을 걸어 잠근 채 무엇인가 끄적일 것이다. 내가 들려준 녹음을 글로 옮겨 적는지도 모른다. 독한 놈이다. 이 무더위에 한 번 방문을 닫으면 화장실에 갈 때 말고는 꿈쩍도 하지 않는다. 이 사람들 말고 고분 멀리, 냉면 멀리, 살아서 움직이는 사람은 딱 한 사람, 4호실 오선균뿐이다. 지금쯤 강화도 인삼밭에서 냉면 대접 속의 육수만큼 비지땀을 쏟고 있을 것이다. 냉면 네댓 그릇과 부탄가스 몇 줄을 마련하기 위해 열 시간을 폭염 속에서 버텨야 한다. 나이 예순둘. 43kg. 159cm. 몸이 북어포처럼 쪼그라들었으나 10호실 여수 노파처럼 정신이 맑다. 골목 바깥세상에서 말하는 '빈곤 함정'을 탈출할 수 있는 유일한 인간인 셈이다. 그 때문일 것이다. 연말에 기초생활수급자 갱신 심의에서 탈락한 것은. 탈락하는 순간, 생존의 동맥이 뚝 끊겼다. 취업을 도모할 자격증도 없고 육체노동은 엄두가 나지 않는다. 월세는 고사하고 밥 한 끼 마련하기도 버거워 쪽방촌 대책위원회와 교회의 무료 급식만으로 하루하루를 버틴다. 생존 현실이 그 지경인데 어쩌다 인력 시장에 나가서 피땀과 맞바꾼 푼돈을 오락실에서 탕진한다. 심성은 착하지만, 사는 게 도박이고 사는 게 가짜인 하류 인간이다.

오선균을 비롯해 모두 스물셋이 이웃사촌으로 살아가는 부안여인숙과 금강여인숙 달방. 작은 키에 터질 듯 뱃살이 팽팽한 곽 여사처럼 풍요롭거나, 살려고 발버둥 치거나, 간신히 살아 있거나, 죽은 듯이 누워 있거나, 다 죽어가는 인간의 거처.

이 속에서 진실을 소유한 사람을 꼽으라면 딱 하나, 병용 형이다. 오늘 한 움큼 살점을 떼어낸 무모한 사람. 십여 년째 부안여인숙 잡일을 하는 관리자. 말이 관리자이지 실상은 조선 시대 머슴 한 가지다. 똥오줌 묻은 이불 빨래부터 열세 개의 방과 공용 화장실, 세면실 따위의 모든 시설

관리를 책임진다. 그럼에도 월급은커녕 특별한 보상이 없다. 여인숙 월세 15만 원에서 고작 5만 원을 깎아줄 뿐이다. 여사장 곽 여사의 노동과 임금 착취에 대해 형은 일절 말이 없다. 자신처럼 못난 사람을 거둬주고 쫓아내지 않는 것만으로도 고맙게 여긴다. 예순일곱 살 형은 일부 모자라거나 지나치게 넘치는 인간이 분명하다.

실제로 형은 오른쪽 시력과 청력을 완전히 잃었다. 왼쪽 청력도 희미해서 보청기를 낀다. 160cm도 안 되는 4호실 오선균에도 못 미치는 키에 기형적인 두상으로 신체적 열등감이 극심해서 외부 노출을 꺼리는 형은 놀랍게도 세상을 많이 떠돌았다. 김천에서 태어나 열두 살에 가족과 헤어진 뒤 서울과 부산을 거쳐 제주도에서 살았다. 스물다섯에 바다를 건너가 제주도에서만 삼십오 년을 머물렀다. 애월리 해안가에 이복 누나의 중국집이 있다. 누나의 일을 도와주며 인생의 절반이 넘는 세월을 바다 곁에서 지냈다. 바다를 보면 가족과 헤어진 아픔부터 마음의 상처 모두를 잊을 수 있었다.

나는 어디서든 살 수 있어. 결혼을 안 해서 처자식이 없고, 무엇이 되고 싶다는 욕심도 없으니까 아무것도 필요한 게 없어. 그런데 나이 육십에 바다를 포기하고 왜 하필 경부선 역 뒷골목에 마지막 거처를 잡았냐면…….

하루 한 끼 무료 급식의 지속성, 쪽방촌 봉사 혜택 가능성, 의료 시설의 활용성, 유사시 교통의 편리성 등등을 따져본 결과였다. 요약하자면 바다를 포기하고 역전 통 뒷골목을 선택한 것은 고아와 다름없는 수급자로서 생활비와 건강 유지, 두 마리 토끼를 잡을 수 있어서였다. 형의 말대로라면 그것은 신의 한 수였다. 인생 내리막길의 속도를 늦추기 위한 솔로몬의 지혜. 분에 넘치는 물욕은 없으나 하루살이 같은 삶을 연명해 나가는 이치에 밝은 병용 형다운 결정이었다.

형은 청력을 거의 상실한 탓에 목소리가 높을 뿐, 누구에게 감정 표현을 해본 적 없다. 그 착한 천성 그대로 오늘 냉면 주문을 받았을 것이다. 짐작하건대 지난달의 생계 급여가 조금 남았다는 뜻일 터였다. 형은 2,500원짜리 김밥 한 줄로 늦은 아침을 해결하고 무료 급식으로 이른 저녁을 때우면서 한 달을 계획적으로, 치밀하게 산다. 어쩌다 역 광장 건너편 중앙시장에서 순대국밥이나 소머리국밥 따위의 외식을 하는 경우도 있다. 그것은 말 그대로 가뭄에 콩 나는 일이다. 손에 거머쥔 것을 비워야 다른 것을 채울 수 있습니다. 어쩌면 형은 종일 보고 듣는 텔레비전 방송에서 명상록의 한 구절을 들었는지도 모른다. 만약 그랬다면, 하루 뒤에 기초생계 급여 통장이 꽉 찰 것에 대한 흐뭇함으로 이번 달의 생계비 통장 잔액을 아낌없이 비우고 싶었을 것이다.

어쨌거나 승기는 외출한다는 말로 둘러대면서 냉면 생각이 없다고 거짓말한 것은 잘한 일 같았다. 사실 승기는 아침을 건너뛰었다. 반찬이 없었다. 늦은 아침 겸 점심으로 컵 떡국에 찬밥을 말아 먹는 시늉만 했다. 저혈당 쇼크를 생각하면 저녁을 굶어서는 안 된다. 냉면 주문을 사양한 일은 밥을 굶겠다는 뜻이 아니다. 형의 한 끼 식사를 해결해 주자는 것이다. 식당 여주인과 합의서를 쓴 다음, 중앙시장 영순 씨를 찾아가 순대국밥을 먹으면 된다.

여기선 사는 데 걱정할 게 없어. 비상금도 필요 없어. 비상금이 쓰일 일이 없거든. 혹시라도 그런 상황이 발생하면 곧바로 119구급대가 올 거야. 119에 실려 가서 병원에 누워 있으면 끝이야.

육 년 전이었다. 승기는 달방에 입실한 얼마 뒤 병용 형 말에 놀랐다. 자신과 똑같은 생각, 똑같은 생활방식을 가졌기 때문이다. 냉면 주문을 받을 때, 승기는 퍼뜩 형의 말을 떠올렸다. 그 순간, 살짝 웃었던가. 자신의 말을 대신해 주는 병용 형 때문에? 마치 자기 인생을 대신 살아주는 것 같아서? 기억이 흐릿하다. 어찌 되었든 냉면 한 그릇 값이라도 줄여서 다음 달 생활비에 숨통을 터주려는 의도는 진심이다.

내가 정말 진심인데, 누가 일 하나 처리해달라면 깨끗하게 끝내고 학교로 들어가고 싶다. 홀가분하게 한 십 년 학교 살다 나오면 내 인생 끝난다.

오후에 방문을 걸어 잠근 채 턱수염에게 했던 말도 진심이고 진실이다. 병용 형과 견주면 자신은 아예 소유한 게 없다. 무소유로 산다. 학교생활 이십사 년을 마친 뒤부터 그렇게 살아왔다. 병용 형은 제주도에 이복 누나가 살아 있으나 자신은 세상 어디든 피붙이가 없다.

제주도에서 살 때 내 별명이 뭔지 알아? 고독한 질주야. 스쿠터 한 대를 사서 제주도 떠나올 때까지 타고 다녔거든. 혼자 말이야. 가족이든 중국집 일이든 머리가 복잡해지면 다 잊고 무작정 달리는 거야. 아무리 먼 길을 달려도 섬 안에 있고, 바다 곁에 있는 게 즐거워서 틈만 나면 달렸어. 그야말로 고독한 질주였지.

승기는 고독한 질주에 피식, 웃었다. 병용 형의 고독한 질주는 아직 멀었다. 깊이가 얕고 빛도 밝다. 길은 끝이 보이고 평탄하다. 며칠 전 턱수염 녹음기에 대고 말했던 것처럼 후암동 고아원을 뛰쳐나온 게 여덟 살이었다. 그 뒤 빈손으로 예순다섯이 되도록 혼자 살았다. 고독은 이런 것이다. 바닥도 빛도 길의 끝도 보이지 않는 어둠의 질곡. 가족의 개념조차 모르는 무소유. 이것의 혼합이 고독이다. 그렇다고 소유물이 전혀 없는 것은 아니다. 단 한 개의 치아도 없이 흔적만 남은 잇몸. 소년원을 떠돌다 견딜 수 없어 열아홉 살에 들이켠 쥐약 후유증으로 오늘까지 국수를 씹을 때도 시큰거리는 턱뼈. 팔다리와 등을 뒤덮은 장미 덩굴과 나비 문신. 학교 졸업장 같은 귀두의 해바라기. 당뇨 와 저혈당, 속병으로 노동력을 상실한 육체. 그리고 더 있다. 거처를 옮길 때 입는 사계절용 옷 한 벌과 신발. 교통카드와 생계 급여 통장.

승기 자신의 생애에서 진실을 가리자면 이 무소유의 소유 가 그 실체다. 턱수염에게 던진 말, 묵직한 일 한 가지 처리하 고 마지막 삶을 학교에서 편히 보내고 싶다는 그 말, 서슴없 이 뱉은 이유가 여기 있다. 모든 것이 진실이기 때문이다. 거짓이 비집고 들어설 틈이 없다. 그런데 내일 여인숙을 떠나기로 작정한 것, 그것도 진실일까. 과연 그게 가능할까.

***

"나, 내일 여기 뜬다."

"왜, 갑자기?"

"오래전부터 생각했다. 모레가 생계 급여일이잖아. 그 전에 뜰 거야."

오후에 냉면 주문을 받기 전이다. 턱수염을 방으로 불러 문을 걸어 잠근 채 여인숙을 뜨겠다고 한 말은 진심이었다. 그 말끝에 죄인처럼 고백한 방 빼는 이유도 진심이었다. 둘 다 때를 놓치면 안 되는 일이었다.

"승기야, 그 말 하려고 방문까지 닫아건 거야?"

"실은 한 가지 부탁이 있어."

"뭔데?"

"쪽팔리는 얘기라 너한테는 안 하려고 했는데 말이다. 이만 원만 빌려주라."

쪽팔리는 이만 원을 턱수염 앞에 불쑥 들이민 승기는 담배 절반이 타도록 더듬더듬 말을 이어갔다. 턱수염은 이게 무슨 소린가 싶은 눈으로 우두커니 듣기만 했다.

내가 진짜 쪽팔리고 좆같이 됐다. 급하게 칠만 원이 필요한 데 이만 원이 부족해. 어제 강진 놈 만나러 순댓집 가면서 곽 여사한테 빌다시피 오만 원을 빌렸거든. 그건 안 써서 그냥 있는데…… 이것, 검찰 통보서다. 봄에 무전취식한 것, 출두 명령서야. 씨팔, 맥주 칠만 원어치 먹고 검찰 출두다. 이상하게 그날 맥주가 당기더라. 맥주가 너무 시원한 거야. 한 컵 마시자마자 가슴이 탁 트이더라고. 그냥 맥주 마시다 죽어도 좋겠더라. 먹다 보니 열 병쯤 마셨나? 그게 칠만 원이 된 거지. 맥주 마시다 튀었다고 식당 여주인이 고발했고, 검찰이 불렀는데, 참 좆같다. 검찰청 가기 전에 칠만 원 갖고 합의 안 하면…… 내가 전과가 많잖아. 너 같으면 칠만 원, 그거 별것 아닌데 나는 특가법으로 한참 무거워지거든. 검찰이 개 취급할 게 뻔하고. 내가 검찰청하고 학교 드나들면서 가장 많이 들은 말이 뭔지 아니? 인간이 돼라. 인간답게 살아라, 인간 흉내라도 내라, 개새끼야. 그런데 그 말을 또 들으면…….

"냉면 양이 많아서 내일 아침까지는 굶어도 되겠는데요."
턱수염에게 쪽팔려가면서 받은 이만 원을 주무르는데 병용 형 목소리가 높다. 배가 부른 모양이다. 아니다. 기분이 좋은 것이다.
"병용아, 새끼야. 너는 맨날 배 터지게 처먹으면서 굶는다는 타령이냐."

266

곽 여사다. 말은 작고 흐리지만 어투만 보아도 안다. 이 바닥에서 병용 형을 향해 새끼야, 를 할 수 있는 사람은 곽 여사뿐이다. 처세에 능한 천길도는 면전에서 절대 그렇게 부르는 일이 없다. 공존과 상생이 불가능한 갑과 을. 선택적으로 가능한 갑과 을. 공존과 상생의 개념조차 무의미한 을과 을. 호칭 하나만으로도 두 계급 관계가 적나라하게 드러나는 세계가 바로 이곳이다. 곽 여사와 천길도는 이 세계 갑의 중심인물이다.

"안 먹어도 배가 터질 듯하니 맹꽁이배 아니요."

"뭐? 그럼 맹꽁이가 냉면을 먹어?"

"와하하하."

을과 을 몇이 갑에 편승하여 마구잡이로 웃고 떠든다. 참 딱한 일이다. 지금은 착한 머슴, 아니 맹꽁이 새끼 덕분에 배부르고 즐거운 한때다. 그렇다면 공짜 냉면이라는 공통분모가 동종 인간끼리의 상생을 위해 한몫해야 당연한 일이다. 그런데 거꾸로 한 인간을 짓밟는 구둣발이 된 형국이다.

그러고 보면 얼마 전에도 복도가 소란한 적이 있었다. 그땐 맹꽁이 새끼가 둘이었다. 올여름 첫 수박입니다. 오늘은 제가 쏩니다. 턱수염이 수박을 들고 와 쪼개 먹은 게 7월 첫날이다. 이십여 일 전쯤이다. 냉장 수박이네. 씨 없는 수박이라서 비싸겠는데. 병용 형이 신문지 위에 쟁반을 올려두고 식칼로 쩍, 쩍 쪼개어 곽 여사를 포함해 여섯이 나눠 먹고, 방에 누워 있는 사람에게도 빠짐없이 돌렸다.

야, 맹꽁이 새끼야. 넌 밑구멍이 뚫렸냐? 대체 수박을 몇 조각째 처먹냐.

여사님. 저도 맹꽁이배처럼 탱탱합니다.

곽 여사가 병용 형을 맹꽁이로 후려치는 게 민망했던지 턱수염이 자신의 아랫배를 퉁, 퉁 두드렸다.

어이구, 이 작가는 키가 커서 짝퉁 맹꽁이여. 남은 거 다 먹어도 절대 배 안 터져.

그 말로 수박 파티는 막을 내렸다. 상황 판단과 임기응변의 달인 같은 곽 여사. 이 바닥에서 오십여 년 뼈가 굵은 여장부다운 말솜씨였다. 키 작은 진짜 맹꽁이가 수박 껍질을 거둬 여인숙 밖 분리수거 통에 쏟아붓고 올 때까지 두 맹꽁이 새끼를 두드리는 을과 을의 소리로 복도가 시끌시끌했다. 그 뒤로는 오늘까지 실내가 조용했다.

여인숙 복도 공간이 좁은 탓이 아니다. 돈 문제가 가장 큰 이유지만 꼭 그렇지만도 않다. 함께 음식을 먹는 동안 빚어질 소란 때문이다. 시끄러워도 괜찮다는 달방 사람들의 암묵적인 동의가 필요하다. 그렇지 않으면 13호실 골퍼나

6, 7호실 정체불명의 남녀가 언제 방문을 열고 튀어나올지 모른다.

이런 씨팔, 여기가 니 집이냐? 니가 전세 냈어? 여긴 공동주택이야, 공동주택!

이런 돌발사태가 종종 빚어지곤 했다. 그랬기에 복도나 출입구 공간에 신문지를 깔고 앉아 여럿이 음식을 먹는 일은 사실상 불가능하다. 그러나 세상일이 그렇듯 예외가 있다. 오늘처럼 곽 여사가 일행에 포함되면 전혀 문제가 되지 않는다. 곽 여사는 자신의 의지대로 언제든 먹고 마시고 떠들 수 있다. 그것은 뒷골목 전통 여인숙만의 생존 특성을 극명하게 보여주는 행태다. 곽 여사는 엄연히 이 세계의 지배계급이자 포식자, 갑의 상징이다. 그의 언행을 두고 볼 때, 이곳은 공정과 상식이 무의미하다. 칼로 말하자면 여인숙 내부의 질서와 정의를 벼리는 칼은 여인숙 밖의 그것보다 거대하고 날카로우나 그 칼의 손잡이는 오로지 곽 여사 한 사람의 몫이다. 달방 사람들은 기껏해야 칼등이나 칼날을 움켜쥔 형국이다. 곽 여사는 사람을 가려가면서 칼등과 칼날을 교묘하게 사용한다. 무소불위의 권력자 곽 여사를 제외하면 을에 해당하는 모든 세입자는 신분 고하, 직업, 남녀노소를 막론하고 평등하다. 이 역설적인 진실 때문에 여인숙은 죽은 듯이 살아 있고, 무미건조하면서도 변화무쌍하다. 갑과 무관한 예측 불가의 상황은 오로지 을의 세계에서 지뢰밭처럼 펑펑 터지곤 한다. 을은 피붙이처럼 살갑게 지내는 틈틈이 서로 치고받고 싸우는 것으로 갑에 대한 저항을 간접 표현하거나, 견디지 못하고 스스로 떠나거나, 숨죽여 살면서 생존을 이어간다. 그중 관리자이자 머슴인 병용 형은 운명에 순응하는 인물의 전형인 셈이다. 그렇다고 곽 여사와는 기생 관계도 아니다. 생존을 위해 온갖 노동력 착취와 인권 유린을 감내하는 피지배계급일 뿐이다. 형은 곽 여사의 수족이 되기로 결심한 뒤 죽으라면 죽는시늉도 마다하지 않는다.

곽 여사님 시키는 대로 하면 돼. 이런 말도 있잖아. 피할 수 없으면 즐겨라. 이왕에 할 일, 즐겁게 하는 거야. 그러면 힘들고 배고파도 애월리 바다와 마주 앉은 것처럼 마음이 평화롭고 가벼워져.

거짓말이 무엇인가조차 모르는 착한 머슴, 병용 형. 형은 오늘처럼 내일도 무사할 것이다. 즐겁고, 가볍고, 평화로울 것이다. 그런데 나도 그런가? 부안여인숙 달방 육 년째. 그동안 형처럼 즐겁고, 평화롭고, 가벼운 날이 과연 있었던 가.

승기는 방문을 열고 나섰다. 검찰 출두를 피하려면 식당 여주인을 찾아가 합의를 봐야 한다. 그래야 내일 떠날 수 있다. 승기는 턱수염이 건넨 이만 원을 주머니 깊숙이 구겨 넣으며 여인숙 1층 계단으로 내려섰다.

***

아아!

손등으로 입술을 닦는데 면도칼에 긁히는 듯한 통증이 느껴진다. 그새 마른 피딱지가 떨어져 나간 걸까. 승기는 벽에 걸린 손거울을 집어 들고 입술을 보았다. 아랫입술 가운데에서 피가 흐른다. 오늘 새벽, 저 피투성이 속에 앞니가 박혔을 것이다. 그 상상 때문인지 통증이 심해진다. 거울을 조금 멀리하고 안면을 훑어보았다. 누군가에게 얻어터진 것처럼 안면 전체가 불그죽죽하다. 틀니가 빠져나간 입은 나라미 쌀자루 입구처럼 쭈글쭈글하게 오그라져 있다. 승기는 거울을 내려놓고 방바닥으로 눈을 돌렸다. 난장판이다. 물병과 부탄가스와 재떨이가 뒤엉켜 있다. 구석에 밀어둔 이불 위로 옷과 초코파이 봉지와 담배꽁초가 날아다닌다. 틀니는 버려진 것처럼 냄비에 담겨 있다. 방 안에서 제

자리를 지키는 게 있다면 벽시계뿐이다. 하루에 오 분씩 늦는 물개 모양의 벽시계. 이곳은 밤과 낮이 없고 시간도 알 필요가 없다. 누우면 자고, 깨면 먹거나 굶으면 되었다. 그래서 늦게 가는 대로 두고 보다가 생각나면 시간을 맞춘다. 급할 땐 복도의 벽시계를 보면 된다. 그런데…… 한밤중에 다들 살아서 꿈틀댄 것 같은데 벽시계 하나만 죽어있는 듯해서 처량해 보인다. 야, 박승기. 입에서 피가 흐르는데 무슨 낭만이야? 승기는 자신을 향해 멋쩍게 웃고 나서 엄지와 검지로 틀니를 들어보았다. 아래쪽 앞니 하나가 보이지 않는다. 두 개는 절반쯤 사라졌다.

"살려줘서 고맙다. 내가 아직 죽을 때가 아닌가 보다."

아홉 시가 막 지났을 무렵이다. 공용 세면실에서 부러진 틀니를 닦는데 턱수염이 찾아왔다. 승기는 턱수염에게 고맙다는 말을 했다. 새벽에 119구급대원이 돌아간 뒤에도 고맙다는 인사를 건넸다.

"고맙다. 니 덕분에 또 산다."

아침부터 여인숙 실내가 뜨겁다. 다들 방문을 열기도 전인데 한낮의 열기다. 어떤 정신 나간 놈이 창문도 없는 방에 휴대용 가스레인지를 켜놓은 것처럼 복도 천정으로 열기가 풀풀 날아다닌다. 일기 예보는 며칠째 장마 예고를 반복했다. 그러나 말짱 거짓말, 오보다. 게릴라성 폭우 두어 번 쏟아부은 게 장맛비의 전부다. 여인숙 밖은 그만두고 동굴 같은 실내 구석구석에 열대야가 식을 겨를도 없이 달아오른다. 승기는 몸에 조금이라도 물을 더 뿌릴 깜냥으로 부러진 틀니 닦는 시간을 질질 끌었다. 자칫 방심하는 어느 순간, 전쟁터 같은 풍경이 벌어질 것이다. 냄비와 변기통과 재떨이를 든 사람들이 공용 세면실 밖으로 줄줄이 늘어선 채 씨부렁거릴지도 모른다. 하필 내가 나오는 그 순간, 모처럼 몸 좀 닦으려는 그 찰나, 대여섯 명이 몸싸움을 벌이곤 했다. 묵은 빨래의 시꺼먼 땟물이 투명해지도록 퍼질러 앉은 인간 때문에 오전을 날려버린 적도 있다. 오늘도 그런 일이 벌어지면 공용 세면실 사용은 끝이다. 마침 턱수염이 세면실로 얼굴을 들이민 것은 다행이었다.

"승기야, 틀니 부러져서 어쩌냐."

"이 없이도 살았는데, 살아난 것만 해도 복이다."

"어젯밤은 어떻게 된 일이야?"

"식당 여주인과 합의하고 순댓집 영순 씨한테 들렸거든. 외상이 좀 깔려 있잖아. 돈은 꼭 갚겠다고 했더니 무슨 뜻인가 알아들었는지 안 갚아도 된다면서 맥주를 몇 병 꺼내주더라고."

"취해서 당 떨어지면 위험한 일을 치르잖아. 그걸 알면서 술을 마셔?"

"이젠 죽으면 죽고, 살면 살고."

"무슨 소리야. 악착같이 살아야지."

"국수도 제대로 못 씹는데 무슨 미련이 있다고 악착같이 사냐. 지은 죄가 많아서 오래 살 생각도 없다."

"죗값은 다 치렀잖아."

"글쎄, 그런 셈이긴 한데……."

"승기 너, 이번엔 진짜 죽을 뻔했다. 쓰러진 건 기억 나니?"

"뭐가 자꾸 시끄러워서 잠을 깼거든. 무슨 일인가 보려고 일어났던 것까지는 기억난다."

승기가 쓰러진 것은 13호실 골퍼와 7호실 여자가 말다툼을 벌인 뒤였다. 밤 열 시쯤 순댓집에서 돌아와 취중에 잠이 들었다. 서너 시간을 잤을 것이다. 문밖의 소음에 얼핏 잠이 깼으나 당이 떨어지면서 저혈당 쇼크가 왔다. 뒤틀리는 몸으로 이것저것 물건을 움켜쥐고 무어라 신음을 쏟았으나 아무도 듣지 못했다. 싸움이 잦아들 무렵에 앞으로 고꾸라진 것도 몰랐다. 승기는 그 사단의 앞부분만 간신히 기억했다.

지난봄에 119구급대원이 왔을 때도 그랬다. 쓰러지기 직전의 기억은 있었다. 당이 떨어지는 것을 느끼고 밥을 먹으려는데 밥솥이 비었다. 얼른 쌀을 씻어 밥솥에 넣고 급한 대로 초코파이를 먹으려다 쓰러졌다. 대개 쌀밥이나 초코파이를 보충하면 저혈당은 막는다. 그랬기에 늘 밥솥에 한 끼분의 쌀밥을 남겨두고 1인용 냉장고엔 초코파이와 오렌지 주스를 채워둔다. 그러나 그것은 의식이 남아 있을 때나 가능한 일이다. 오늘 새벽처럼 술에 취해 잠들었을 때 당이 떨어지면 속수무책이다. 그런 위험 때문에 쌀밥 두어 술이나 초코파이 한 개를 잠들기 전에 먹어 왔다. 어젯밤엔 그게 불가능했다. 더위와 영양 부족으로 파김치처럼 늘어진 몸에, 더구나 공복에 알코올을 들이부었으니, 취기를 감당하기엔 역부족이었다.

"나 때문에 고생했다."

"어제 합의서는 제대로 쓴 거야?"

"방에 들어가서 얘기하자."

부러진 쥐 틀니를 움켜쥔 채 승기가 턱수염 팔뚝을 쳤다. 술값 칠만 원 합의는 세면실 문간에서 할 얘기가 아니라는 눈치다. 사람들이 언제 들이닥칠지 모른다.

"아저씨, 열두 시부터 빵 무료 급식 있어요 배를 채워야 또 술을 마시던지 이빨이 부러지든지 하지."

승기가 턱수염을 앞세우고 세면실을 나설 때다. 언제

방에서 나왔는지 곽 여사가 등을 떼밀었다. 복도 통로가 좁아서가 아니다. 빵 배급을 구실로 새벽의 119 출동 사건을 되씹자는 뜻이다.

"아저씨, 아저씨는 오늘 시체처럼 누워서 푹 쉬는 게 낫겠다. 한 끼 안 먹는다고 119가 달려올 일은 없을 테니까 걱정 붙들어 매시고."

"……."

"나는 야채 사러 벼룩시장 다녀올 거요. 조금 있다가 병용이 보고 화장실 청소 좀 하라고 해줘요. 누가 또 싸질러 놓았더라고. 그래 놓고도 밥이 목구멍으로 들어가나? 인간이 아니야. 인간이라면 짐승보다 못한 인간이라고."

복도를 지나 1층 출입구 계단으로 내려서는 내내 곽 여사는 인간을 입에 담았다. 생각할수록 피도 눈물도 없는 인간이다. 이 순간에 119와 화장실과 인간을 비빔밥처럼 버무려 씹다니. 공용 화장실이 더럽다며 자신은 방안에서 플라스틱 요강으로 볼일을 보면서 밥이 목구멍이 넘어가나? 짐승보다 못한 인간이다.

"합의서 어떻게 됐어?"

승기가 전선 쪼가리로 방문을 닫아걸기가 무섭게 턱수염이 물었다.

"쓰긴 썼어."

"썼는데?"

"인감도장이 없다고 오늘 다시 오래. 지금 당장……"

식당을 찾아가 합의를 끝내고 싶다는 말을 승기는 목구멍
으로 삼켰다. 곽 여사는 역 광장의 벼룩시장에 갔다. 다녀와
서 병용 형과 빵 무료 급식소에 갈 것이다. 방을 빼는 시간,
그때가 딱 좋다. 떠나는 길에 식당 여주인을 찾아가 합의서에
인감도장을 찍는 게 최선이다. 그러나 할 일이 있다. 정임이
를 만나야 한다.

"승기야, 짐은 쌌니?"

"당뇨약하고 니가 준 양말, 마스크, 팬티 하나, 초코파이
한 박스."

"이걸로 살 수 있어?"

"야, 사람들 봐봐. 가진 게 많으면서도 늘 사는 게 힘들다고
하잖아. 나는 나만 있으면 어디서든 살 수 있다."

"갈 곳은 정했고?"

"순천이나 목포, 바다 쪽으로 가려고."

"바닷가는 왜?"

"평생 콘크리트 벽에 파묻혀 살았잖아. 그 인간이 참
딱해서 말이다. 처음이자 마지막이라도 좋으니 그 인간에게

맑은 공기 좀 선물하고 싶다."

"바다…… 아직 못 봤니?"

"응. 인간답게 못 살았지. 후훗."

"예순다섯에 처음 바다를 보는 인간이라는 얘기네."

"그래, 다 죽어가는 나이에 말이다."

"인간 되기 힘들다."

"니가 살려준 덕분에 인간 된다. 고맙다."

"고맙다는 말은 골퍼나 7호실 여자한테 해라. 내가 아니라 그 사람들이 너 살려준 거다."

"야, 너 진짜 미친 거니? 어쩌 부처님 같은 소리만 하냐. 그런 마음으로 나 같은 놈을 소설로 쓰겠냐?"

"배낭이나 잘 챙겨라. 방에서 기다릴게."

"그래, 미친 부처님아."

승기는 등을 돌리는 턱수염의 어깨를 툭, 쳤다. 턱수염이 돌아보며 웃었다. 턱수염의 눈에서 나비가 팔랑거렸다. 검붉은 장미꽃이 만발한 자신의 몸에서 노랗게 나비가 날아올랐다. 한때 아름답고 웅장했던 장미 넝쿨과 나비 떼. 언젠가 자연 속에 파묻혀 살고 싶은 희망을 새겼다. 여느 양아치나 조폭들과 새긴 목적이 달랐다. 학교에서 틈틈이 만든 몸의 곡과 각에 맞추어 한 땀 한 땀 정성을 쏟은 작품이다. 이젠 아니다. 쓸데없이 군살이 늘고 주름살이 잡힌 육십 중반의 중년 몸에선 부조화의 극치다. 살갗을 남김없이 벗겨내고 싶을 때가 한두 번이 아니다. 볼 때마다 비천한 생의 혼적이다.

방문을 잠그고 승기는 배낭을 끌어당겼다. 배낭은 더 싸고 말고 할 게 없다. 지금 그대로 둘러매고 일어서면 된다. 한 가지 일만 마치면 모든 게 가능하다. 그러나 아직 이른 시간이다. 정임이가 화투패를 마친 뒤에 방문을 열어야 한다. 거의 매일 점심 때쯤 화투패를 접는다. 그때 차용금 얘기를 꺼내야 한다. 자칫 화투패를 걷기도 전에 방문을 열어젖히면 무슨 일이 벌어질지 모른다. 십오만 원 때문에 모든 게 물거품이 될 수도 있다.

승기는 입술이 터지지 않게 조심조심 방바닥에 드러누웠다. 새벽에 벌어진 일을 하나씩 짚어보았다. 턱수염 말이 틀리지 않았다. 119구급대가 다녀간 다음 의식이 돌아왔을 때, 턱수염이 상황을 대충 요약해 주었다. 그 말이 사실이라면 자신을 살려준 사람은 13호실 골퍼와 7호실 여자라고 해도 틀린 말이 아니다.

하루에 1.8리터 소주를 꼬박꼬박 한 병씩 마시는 13호실 차승천. 육십 대 후반의 말쑥한 남자다. 내가 이래 봬도 노동운동한 사람이야. 국민연금 수혜자라고. 알아? 차승천은 틈만 나면 자신의 이력을 강조하면서 달방 사람들과는 어울리지 않는다. 낮엔 술에 취해 쓰러져 자고 한밤중에 깨어나 심야 골프 방송을 시끄럽게 청취해서 골퍼라는 별명이 붙었다. 7호실 오십 대 여자는 아무도 정체를 모른다. 이른 아침에 잠근 방문 자물쇠를 한밤중에 연다. 둘 사이에 그동안 심야 소음으로 자잘한 시비가 잦았던 터였다. 그러다 어젯밤 제대로 한판 붙었다. 하마터면 둘 중 하나가 피를 볼 뻔한 그 싸움이 다 죽은 사람을 살릴 줄은 부안여인숙 사람들 누구도 몰랐다.

***

새벽 한 시 어름이었다. 턱수염이 승기 녹취를 풀어내는 중이었다. 초저녁에 깜박 잠이 들었다 깬 뒤로 더위도 잊은 채 녹음 파일을 노트북에 옮겨 쓰는 작업을 했다.

나도 학교에 있을 때 소설 썼다. 내 얘기를 소설책으로 내려고. 학교에선 가진 게 시간뿐이야. 누워서 천정만 보고 있으면 시간이 썩어. 그래서 법전 쌓아두고 법 공부하다가 소설을 쓴 거다. 그런데 학교를 많이 옮겨 다니다 때려치웠어. 턱수염 니가 나 대신 써 봐라.

승기가 여덟 살에 후암동 고아원을 탈출한 것부터 1992년 청송감호소에 갇힌 것까지를 정리한 뒤, 학교에서 소설 공부를 했다는 녹취를 풀 무렵이었다. 느닷없이 복도가 시끄러웠다. 처음엔 게릴라성 폭우가 쏟아지는 줄 알았다. 그게 아니었다. 소리가 날카로웠다. 이 밤중에 누가 양은 냄비 설거지를 하려다 바닥에 떨어뜨린 것인가. 그 소리도 아닌 것 같았다. 턱수염은 모기장을 걷고 방문 밖으로 나섰다. 복도 중간쯤에서 다투는 소리가 들렸다.

"줄여!"

"못 줄여."

"왜 못 줄여!"

승기가 주사를 부리는가? 칠만 원을 들고 합의 보러 나간 뒤에 밤 아홉 시쯤 잠들 때까지 들어오는 걸 못 보았다. 공복에 술을 가득 채우고 저러는지 모르겠다. 턱수염은 복도 중간쯤으로 한 걸음 다가섰다.

"내 돈 주고 내가…… 텔레비전 보는데 왜에에에 소리를 줄이라, 말라 해."

"여기서 아저씨 혼자 사는 게 아니잖아."

"듣기 싫으면…… 귀를 막든지…… 방을 닫든지 하라고."

아하, 승기가 아니라 13호실 골퍼였다. 혀가 꼬부라진 것으로 보아 한밤중까지 소주를 들이켠 듯했다. 머리끝까지 치솟은 취기를 곤두세워 두 칸 건너 7호실 여자를 향해 푹푹 찔러대는 중이었다.

"내가 이래 봬도…… 프로 골프 선수 지망생이었어. 공부를 해야 골퍼 꾸우우움을…… 이루지."

"골프고 골퍼고 소리나 줄이라고. 잠을 자야 내일 일할 것 아니야."

"잠자는 것은 아줌마 사정, 일하는 것도 아줌마 사정. 나는…… 나는 주경야독. 주경야독 몰라?"

"뭐라고? 야이, 니기미 씹새끼야. 너는 일 안 하고 술이나 처먹어도 살지만 나는 일해야 산다고. 내 말 못 알아들어?"

"일? 하아, 일을 한다고. 이쁜 아줌마가 일한다면 어디…… 노래방? 단란주점? 어디야. 나도 가보고 싶네. 하아하."

"이, 씨발놈아. 너, 지금 성희롱하냐?"

더 뜨거워지기 전에 두 사람을 말려야 할 것 같았다. 저러다 말겠지. 그렇게 넘길 사안이 아닌 듯했다. 달방 사람들끼리 칼로 물 베기 같은 소란이 일상처럼 반복되곤 했다. 그런데 이번은 달랐다. 한밤중에 폭발한 적은 없었다. 남의 일에 참견하지 않는 게 이곳의 불문율이지만 자칫 밤새도록 여인숙 전체로 불씨가 번질지도 몰랐다. 두 사람 어투를 보아선 경찰이나 119구급대가 들이닥칠 수도 있었다. 일단 두 사람을 진정시키고 볼 일이었다.

턱수염이 골퍼 방문 앞을 막아서려는 순간이었다. 복도 끝 모퉁이 어둠 속에서 누군가 뒤뚱뒤뚱 걸어 나왔다. 곽 여사였다.

"이 밤중에 대체 뭔 일인데 이렇게 소란해."

"텔레비전 소리 때문에 다투나 봅니다."

곽 여사를 앞세우고 턱수염이 골퍼의 방 앞에 섰다.

"아줌마, 아줌마는 문 닫고 자요."

곽 여사가 7호실 여자에게 손사래를 쳤다.

"하루 이틀도 아니고, 어떻게 좀 해봐요. 술 처먹고 여럿한 테 피해 주면 안 되잖아요!"

여자가 곽 여사를 향해 눈을 치켜뜬 채 방문을 쾅, 닫았다. 주인이 이런 것 하나 해결 못 하냐는 뜻이었다. 곽 여사가 턱수염을 힐끔 돌아본 뒤 골퍼의 방에 내려친 발을 걷어 올렸다.

"아저씨. 텔레비전 소리 좀 줄여."

"어이쿠, 여사님. 죄송합니다요."

"아저씨, 한밤중에 또 이런 일 생기면 방 빼는 줄 알아."

곽 여사의 두 마디로 소란은 성겁게 끝났다. 목소리가 천만뜻밖에도 낮고 간결했다. 한밤중 소란으로 부아가 머리 끝까지 솟구친 것을 억지로 참는다는 표정이 역력했다. 그 분기를 간파한 것처럼 골퍼는 텔레비전 볼륨을 줄인 뒤에 살그머니 방문을 닫았다.

"아, 참말로 징글징글하네. 온다는 비는 안 오고, 빌어먹을 더위는 잠도 안 자냐. 낮이나 밤이나 어쩌자는 겨."

곽 여사는 복도 끝 모퉁이를 돌아 자신의 방문을 열 때까지 빈 깡통 구르는 소리를 질질 끌었다. 턱수염은 깡통 소리가 사라지기 전에 방으로 돌아왔다. 한바탕 소란의 소용돌이가 휘돌고 떠난 복도는 무거운 적막감이 흘렀다. 적막의 물살을 거스르는 송사리 떼처럼 누군가는 방문을 더 굳게 닫았고, 또 누군가는 닫아놓은 방문을 빼꼼, 열었을지 모르지만 복도 가운데 천장의 낡은 형광 불빛이 터무니없이 밝아서 지금이 밤인지 낮인지 현실감이 없었다.

턱수염은 드러누워 천장을 올려다보았다. 그럭저럭 세 시가 넘었을 것이다. 잠에 쫓겨 눈을 감았다가 떴으나 잠이 이어질 것 같지 않았다. 더위 때문에 노트북을 켜고 승기의 녹음 파일을 풀어낼 여력도 없었다. 밤 아홉 시쯤 잠든 사이 잠깐 비가 뿌린 것은 그나마 다행이었다. 열대야가 조금 가라앉은 듯했다. 그래도 팔뚝까지 끈적끈적한 날씨는 견디기 힘들었다. 턱수염은 선풍기를 강풍으로 돌리다가 벌떡 일어났다.

"가만있어 봐. 아까 승기의 방문이 닫혀 있었지?"

턱수염은 무엇인가 확인시키듯 자신에게 물었다. 승기는 여름 내내 전선 고리를 걸어두고 방문을 한 뼘쯤 열어두었다. 골퍼의 텔레비전 소리 때문에 이따금 눈에 불을 켰던 승기다. 그런데 조금 전에 방문이 닫혀 있었고, 그 소란에도 아무 반응이 없었다. 문을 열고 나설 만도 했는데 이상한 일이다. 식당 주인과 합의를 보고 돌아왔으면 방이 한 뼘쯤 열려 있어야 했다.

턱수염은 발소리를 죽여 승기의 방문 가까이 다가섰다. 귀를 방문에 바싹 붙였다. 아무 소리도 들리지 않았다. 아직 돌아오지 않은 걸까. 방문을 살그머니 당겼다. 손잡이에 전선이 걸려 있지 않고 힘없이 열렸다. 손잡이를 조금 더 당기는 순간이었다. 무엇인가 툭, 하고 문턱으로 떨어졌다. 승기의 머리였다.

"어이쿠!"

턱수염은 깜짝 놀라 뒷걸음질을 했다. 승기가 방문 안쪽으로 쓰러지면서 목이 꺾여 있던 게 틀림없었다.

"승기야."

턱수염은 쭈그려 앉아 어깨를 흔들었다.

"박승기!"

대답이 없었다. 취했나? 얼굴 쪽을 들여다보았다. 입과 방바닥이 피범벅이었다. 이 모습은? 술에 취해 쓰러진 게 아니었다. 저혈당 쇼크로 의식을 잃은 것이었다. 턱수염은 후다닥 방으로 달려가서 휴대폰을 들고 119를 찍었다.

"2, 3분만 늦게 발견했으면 큰일 치를 뻔했습니다."

승기의 방 앞에서 119구급대원의 응급조치를 지켜보던 곽 여사와 여수 노파와 턱수염을 향해 구급대원은 같은 말을 두 번씩이나 강조했다. 2, 3분만 늦게 도착했으면……. 턱수염은 구급대원의 말을 받아 입속으로 꿀꺽, 삼켰다.

"이 아저씨, 이번이 네 번째에요. 죽을 줄 알면서도 술을 퍼마신다니까."

구급대원이 승기를 뒤집어 누인 뒤 팔뚝에 수액을 꽂을 때까지 침묵하던 곽 여사가 입을 열었다. 하마터면 장마철에 시체 치울 뻔했다는 눈빛이었다. 그 눈빛과는 상관없이 승기의 눈은 반쯤 열린 상태로 허공을 까마득히 바라보고 있었다. 입술은 무엇인가 깨물고 있는 것처럼 앙다물었다.

조금만 틈이 보여도 붉은 핏줄기가 입 밖으로 솟구칠 것 같았다. 그 상상 때문이었다. 턱수염의 눈이 승기의 붉은 장미 넝쿨을 따라잡은 것은. 그러다 아차, 싶었다. 두 허벅지의 장미 넝쿨이 교차하는 어두컴컴한 골짜기에 물 마른 풀잎처럼 축 늘어진 해바라기가 보였다. 턱수염은 후다닥 빨랫줄의 수건을 걷어 해바라기를 덮었다.

"으으으……."

수액이 절반쯤 줄어들었을 때였다. 승기가 가늘게 신음을 흘렸다. 불과 십여 분 전에 피거품을 물고 쓰러졌던 승기가 거짓말처럼 회복되고 있었다. 턱수염은 승기의 냉장고에서 초코파이를 꺼냈다.

"살려줘서 고맙다."

승기는 초코파이 한 개를 다 먹은 뒤, 턱수염을 향해 짧은 문장을 흘렸다.

"고마워."

"승기야, 너 살려준 사람은 따로 있어."

고맙다는 말에 턱수염은 엉뚱한 소리를 했다. 자신 말고 누가 살려줬다는 말인가. 119구급대원을 말하는 것인가. 그 뜻이 아닐 텐데……. 승기는 무슨 말인가를 못 알아듣겠다는 것처럼 고개를 갸우뚱하다가 오렌지 주스를 마셨다.

***

　정임이가 방에 없다. 공용 화장실과 세면실, 건물 뒤편의 세탁실까지 둘러보았으나 보이지 않는다. 방을 다시 들여다보았다. 이불 위에 화투가 널려 있다. 고향 섬의 바다와 색이 똑같다는 파랑 화투다. 엎어져 흐트러진 그대로다. 화투패를 끝내지 않았다는 뜻이다. 매일 아침, 무슨 의식을 치르듯 지극정성으로 오늘의 운세를 점치는 화투패다. 밥은 굶어도 화투패를 건너뛰는 일은 없다. 꼭 아침이 아니라도 무료할 때마다 화투패로 시간을 죽이는 일이 흔하지만 어느 경우든 정임이는 화투를 깔끔하게 정리한다. 화투의 네 귀를 딱 맞추어 이따금 막걸릿잔으로 사용하는 양은 대접에 담아둔다. 그런데 화투를 버린 것처럼 이불에 뿌려두었다. 담배를 사러 간 것 같지도 않다. 재떨이 옆에 담뱃갑이 놓여 있다. 속에 두어 개비쯤 보인다. 애지중지하는 담배를 두고 방을 떠났다면 멀리 간 게 아니다. 곽 여사를 따라서 벼룩시장에 갔는가? 그것도 아니다. 벼룩시장이 엎어지면 코 닿을 거리라 해도 방문을 잠갔을 것이다. 이 바닥은 방을 비우고 한눈을 파는 순간, 방 안의 쓸 만한 물건은 남의 것이 된다. 오죽하면 사람들이 화장실에 갈 때도 방문을 잠그겠는가. 승기는 언젠가 텔레비전에서 보았다. 파리나 이탈리아에서 한국 관광객이 눈 깜짝할 사이에 배낭과 복대를 털렸다는 뉴스가 나왔다. 베르사유 궁전 앞에서 집시 소매치기와 경찰이 쫓고 쫓기는 장면을 실시간으로 중계한 적도 있다. 그와 엇비슷한 풍경이 종종 빚어지는 게 이 세계다.

떠날 시간이 눈앞이다. 정임이를 마냥 기다릴 수가 없다. 이삼십 분 지나서 나타나지 않으면 십오만 원을 포기해야 한다. 그러자니 아까운 돈이다. 자그마치 십여 일 생활비다. 식사와 담배를 넉넉히 해결할 수 있다. 적은 금액이 아니기에 내일 생계 급여를 타면 송금해달라고 계좌번호를 전하고 떠날 생각이었다. 송금이 쉬운 일은 아니다. 승기는 안다. 꼭 갚겠다고 약속해도 안 주면 끝이다. 그렇다고 그냥 돌아서기엔 너무 손실이 크다. 지금 당장 현금으로 받으면 좋겠지만 오늘은 이곳의 누구라도 주머니가 텅 비었다. 당장 차용금을 받는 것은 꿈도 못 꿀 일이다. 없으면 받을 방법이 없다. 밥도 굶었어. 먹고 죽을 동전 한 잎도 없다고. 그 한두 마디로 끝이다. 너 때문에 나도 굶어야 하잖아. 돈 감춰두고 너는 담배 사 피면서 왜 약속을 안 지키냐. 이따위의 말을 덧붙였다가는 오히려 봉변을 당한다. 칼로 배를 찢어서 내장이라도 꺼내 가라, 씨발놈아. 내 구멍에 부탄가스 박아서 터뜨려봐, 개새끼야. 그런 소란이 벌어지면 낭패다.

"승기 자네, 웬일인가?"

금강여인숙 출입구를 엉거주춤 나서는데 천길도가 부른다. 1호실 천길도의 방문에 자물쇠가 걸려 있는데 어디서 나타났나? 홍길동 같은 인간이다. 늘 그렇다. 철거 직전의 낡은 여인숙 구석구석에 CCTV를 매달아둔 것처럼 천길도는 난데없이 나타나곤 한다. 하여튼 대답이 삐끗, 어긋나면 시끄러워질 판이다.

"길도 형님, 정임이 어디 갔어요?"

승기는 짐짓 태연하게 되물었다. 별일 아니라는 것처럼 대화를 마쳐야 한다.

"부추 사러 갔어. 점심때 주차장에서 부추전 먹기로 했거든."

"아, 예."

"정임이한테 무슨 볼일 있는가?"

"담배 좀 빌릴까 해서요."

담배를 방에 두고 온 것은 잘한 일이었다. 담배 아니었으면 둘러댈 말이 없었다. 천길도가 누군가. 청량리 시절에 머리

회전이 좋다고 해서 천머리로 불렸다. 천길도는 여인숙과 쪽방촌 사람들에게 틈만 나면 천머리를 들이댔다. 점심으로 부추전을 먹기로 했다는 주차장에서 천머리의 가짜 무용담에 자빠진 인간이 하나둘이 아니다.

　"오늘 하루는 담배 굶어야겠네요."

　승기는 거짓말로 둘러대고 방으로 돌아왔다. 휴우. 된숨을 내쉬고 방바닥에 드러눕는데 또 숨이 찼다. 천길도가 종종 입에 담는 말대로 하마터면 지뢰를 밟을 뻔했다. 이곳은 지뢰 천지요. 언제 사람 목숨을 앗아갈지 몰라요. 천길도는 새로 달방에 드는 사람들에게 항상 지뢰밭을 강조한다. 안전사고가 날 경우를 대비해서다. 사고의 책임을 피하기 위한 천머리다운 꼼수다. 물론 금강여인숙은 지뢰밭이 맞다. 지붕에 덮어씌운 천막이 낡아서 폭우가 쏟아지면 수도꼭지처럼 빗줄기가 쏟아지는 천장. 쩍쩍 갈라지고 틈이 벌어져 언제든 무너질 준비가 되어 있는 외벽. 한밤중에 불길이 치솟아 올라도 이상할 게 없는 알코올 중독자의 재떨이. 계절이 바뀌도록 몸에 물을 대지 않는 몇몇 사람의 악취와 쓰레기 덕분에 때와 장소 불문하고 창궐하는 바퀴벌레. 승기는 그 지뢰의 정체를 여실히 안다. 천길도는 모든 지뢰의 뇌관 같은 존재다. 위험한 요소와 제거 방법을 꿰뚫고 있으면서 그것을 교묘하게 활용한다. 요컨대 각종 지뢰는 천길도의 권력 유지와 수입 창출의 견고한 수단인 셈이다. 따지고 들자면 천길도는 금강여인숙 지뢰의 상왕 같은 지뢰다. 그러니까…… 가능한 이 지뢰만은 피하자. 일찌감치 살길 찾아서 떠난 강진 놈이 현명했다. 십오만 원 때문에…….

"승기 형님."

십오만 원 때문에 발이 묶이면 안 된다, 는 독백을 막 삼키는데 누가 방문을 두드린다. 누군가?

"형님, 별일 없었죠?"

4호실 오선균이다. 그런데 이 친구가 이 시간에 왜? 왜 여기 있지? 지금쯤 강화도 인삼밭에서 비지땀을 흘릴 시간이다. 왕복 일곱 시간씩 차 타는 게 힘들어 지난주부터는 아예 인삼밭 오두막에서 묵는 중이다. 승기는 방문을 열고 4호실 쪽으로 얼굴을 내밀었다. 복도 끝 창문의 빛을 등진 오선균이 뼈대만 남은 허수아비처럼 서 있다.

"아니, 자네 언제 왔는가?"

"어제 자정쯤 왔어요. 피곤해서 자다가 방금 일어났네요."

"인삼밭 일은?"

"힘들어서 그만두었어요. 하루 열 시간씩 땀 쏟는 것, 도저히 인간이 할 짓이 아닙니다."

인간이 할 짓. 승기는 오선균의 말을 꿀꺽, 삼켰다. 그 말, 익숙하다. 인간이 할 짓이 못 되는 일 때문에 승기는 십 대부터 검찰에서 살다시피 했다. 검찰과 학교를 드나들며 잔뼈가 굵어지는 동안 검찰은 주술사처럼 승기를 세뇌했다. 주문은 간단명료했다. 인간이 돼라. 인간답게 살아라. 인간 흉내라도 내라, 개새끼야. 승기는 오랜 세월 개새끼였다. 여덟 살에 후암동 고아원 담장을 개처럼 뛰어넘은 뒤 집도 가족도 없이 용산과 영등포를 길 잃은 개같이 전전했다. 오로지 먹고살기 위해서 피땀을 흘렸던 모든 일은 인간이 아니라 개새끼가 한 짓이었다.

　"자네, 힘들지만 바다 보는 재미로 견딜 만하다고 했잖아."

　승기는 복도 벽시계를 힐끔, 보면서 단숨에 말을 뱉었다. 열한 시 십오 분. 무료 급식 빵 배급이 열두 시다. 곽 여사와 병용 형이 빵 타러 갈 때, 그 틈에 떠나야 한다.

　"형님. 하루 이틀도 아니고, 땡볕에 산비탈 인삼밭에서 바다를 내려다보면 입술이 바삭바삭 탄다니까요. 당장 바다에 뛰어 들어가고 싶어 미쳐버릴 것도 같고요."

　"그래도 바다를 보면 뭔가……."

　"뭔가 보일 거라고요? 꿈, 행복, 뭐 이런 거요?"

　"글쎄, 여기서는 못 보는 뭔가……."

"형님, 바다 보면 말입니다. 아무것도 없어요. 온통 물뿐이 어요."

"……."

승기는 입을 다문 채 벽시계를 보았다. 잠시 숨을 고른 뒤 정임이를 만나야 한다.

"피곤할 텐데 좀 쉬게."

"예."

"오락실은 가지 말고."

"예, 형님. 피 같은 돈, 아껴 써야죠."

승기는 방문을 닫고 지그시 눈을 감았다.

세월이 흐른 뒤에 돌아보면 후회도 하겠지만 그래도 인생 에서 자신이 선택한 기억할 만한 순간이 한두 번은 있어야 한다.

마지막 학교를 떠날 때였다. 승기는 새까만 후배들에게 그 문장을 들려주었다. 학교에서 쓰다가 그만둔 소설 속의 문장이었다.

오선균은 오랜 세월 후회하며 살아왔다. 기억하건대 아버 지를 용서한 것보다 더 큰 후회는 없었다. 오선균은 출생지를 똑똑히 기억한다. 아버지가 도박으로 집을 날려서 외할아버지 참외밭 원두막에서 태어났다. 어린 시절은 아버지의 구타로 점철된 지옥이었다. 열세 살에 지옥을 탈출해 홀로 세상을 떠돌다 스며든 게 여인숙이다. 승기 형님, 나 진짜 억울한 인생이어요. 살려고 노력했어요. 그런데 그게 안 돼요. 필사적으로 살아남기 위해 다 죽여놓은 몸과 마음이 지금까지 숨 쉬는 게 기적이었다. 그 기적 같은 인생의 어느 모퉁이에서 자신도 모르게 발을 들여놓은 게 오락실이다. 형님, 처음에 오락실에서 생계비 날리고 말입니다. 제가 어쨌는지 아세요? 아버지를 원망했어요. 나한테 물려준 도박 핏줄을 물어뜯고 싶었어요. 그런데 다시 오락실에 가서 돈 날리고, 또 날리고, 밥 굶고 울다가…… 결국은 아버지를 용서했어요. 제가 정말 죽일 놈입니다. 오선균은 입버릇처럼 그 말을 반복했다. 아버지를 용서한 자신을 용서할 수 없다며 처절하게 후회했다. 그런데 오늘 표정을 보면 그게 아닌 듯하다. 강화도 인삼밭의 노동을 더 후회하는 것 같다. 처음 얼마 동안은 즐거워했던 일이다. 몸이 감당하기 어려운 노동이었으나 자신의 선택을 뿌듯하게 여겼다. 형님, 인삼밭 비탈에 앉아서 바라보는 수평선 말이에요. 평생 기억에 남을 풍경입니다. 그 말을 두어 차례 강조했다.

새벽 네 시에 여인숙을 떠나 밤 아홉 시에 돌아오면 손발을 닦을 틈도 없이 쓰러지면서도 쉬는 날이면 달방 사람들에게 바다와 수평선을 까마득히 펼쳐놓곤 했다.

승기는 오선균의 바다를 떠올리며 자신에게 말했다.

부안여인숙 9호실 방을 빼고 바다를 향해 떠나는 것. 어쩌면 이것이 남은 인생에서 마지막 선택일지 모른다. 비록 그것을 후회할 세월이 남아 있을지는 모르겠지만.

오늘, 이것 말고 기억에 남을 만한 선택이 있다면 무엇일까. 승기는 턱뼈를 주무르면서 기억을 더듬었다. 오래 생각할 것도 없다. 기억할 게 너무 많다. 하나같이 떠올리고 싶지 않은 일들이다. 생존을 위한 불가피한 선택이었기에 대부분 후회한 기억조차 없다. 또렷한 후회가 있긴 하다. 혼자서 살아가는 게 힘들어 열아홉에 쥐약을 먹은 것, 먹고 살아난 것이 가장 후회된다. 뱃속의 모든 것을 쏟아냈는데 어떻게 살아났는지. 살아남아서 오십여 년째 턱뼈가 욱신거리는 고통을 견뎌야 하는지. 생각할수록 고통이 너무 깊고 길다.

승기는 벽시계를 보았다. 지금쯤 정임이는 방으로 돌아왔을까. 이불에 주저앉아 화투패로 오늘의 운세를 점쳤다면 과연 정임이의 오늘의 운세는 무엇일까. 까치가 반가운 소식을 물어온 뒤, 이윽고 돈뭉치를 거머쥐는 소식일까. 아니면 그 반대일까.

승기는 손거울에 얼굴을 들이밀었다. 퀭한 눈과 붉은 입술이 거울에 꽉 찬다. 목덜미 뒤쪽에서 노르스름한 나비 한 마리가 날아오른다. 누군가? 낯설다. 주머니에 동전 한 잎 없이 먼 길을 떠나는 피폐한 육십 대. 거울 속 남자가 자신이라는 게 믿어지지 않는다. 이틀 동안 맥주와 돼지머리 고기 외엔 밥 한 숟가락을 입에 담지 못했다. 오늘까지 어떻게 살아왔는지. 내일도 오늘처럼 살아갈 것인지. 승기는 거울 속 남자의 눈꺼풀이 바르르 떨리는 것을 보았다. 이 순간, 대체 정임이는 왜 보려는 것인지.

***

정임이가 도발적인 행동으로 돈을 빌린 게 딱 한 달 전이다. 6월 20일, 생계 급여일이다. 이 바닥에서 공무원 월급으로 불리는 그날은 아침부터 소란했다. 이른 더위에 잠을 설친 달방 사람들이 아침 대신 맹물을 마시고 기지개를 켰을 무렵이다. 금강여인숙 입구에 사람들이 웅성거렸다. 14호실 짝퉁 유격대장이 쫓겨나면서 천길도와 실랑이가 벌어진 탓이다. 천길도가 유격대장의 살림을 철거물 포장용 마대자루에 묶어 여인숙 밖으로 내던졌다. 니기미, 니기미. 마대자루가 길바닥에 하나둘씩 나뒹굴 때마다 유격대장의 눈이 이글거렸다. 그러나 그뿐이었다. 천길도의 행위를 저지하거나 마대자루를 방에 끌어올리거나 하지 못했다. 역부족이었다. 유격대장은 힘을 쓸 줄 몰랐다. 쓸 힘도 없었다. 언어와 한쪽 팔 장애에 조현병까지 겹친 탓에 욕도, 밥도 자신의 의지대로 하는 게 불가능했다. 가공식품이나 무료 급식으로 끼니를 해결해 왔기에 능력이 있다면 강렬한 악취뿐이다. 천길도의 앞뒤에서 안절부절못할 때마다 몸에서 악취가 풍겼다. 한겨울부터 장마철이 되도록 닦지 않은 몸. 겹겹이 쌓아놓은 쓰레기 더미가 흡사 바퀴벌레의 아파트 같은 1평짜리 달방. 그 둘이 합작한 냄새였다. 도저히 인간의 몸에서 만들어졌다고는 믿을 수 없을 만큼 냄새가 역겨웠다. 그 냄새의 한 겹이라도 벗겨내기 위해 천길도는 14호실이 있는 2층 복도에 밤낮으로 향을 피우고 대형 선풍기를 틀었다. 지난봄이었다. 오늘처럼 11호실 여자가 쫓겨났다. 머리카락이 허리춤까지 흘러내려 전설의 고향으로 불린 여자는 팔다리가 불편하고 요실금이 심한 반곱사등 장애인이다. 여자는 종종 복도에 대소변을 흘렸다. 제대로 몸을 닦지 못하는 여자의 옷과 이불도 악취를 감당할 수 없었다.

강제 추방당하는 모습이 전설의 고향과 똑같구나.

그 생각을 하면서 승기가 유격대장을 지켜보는 중이었다.

"승기 씨. 잠깐 나 좀 봐."

정임이가 낚아채듯 승기의 팔을 잡고 방으로 들어갔다.

"생계 급여 타면 갚을게. 돈 좀 빌려줘."

"왜?"

"기초수급 다시 신청하려면 의사 진단서가 필요하거든. 순천향병원까지 다녀와야 하는데 돈이 없어."

"얼마?"

"팔만 원."

팔만 원, 하면서 정임이가 한쪽 다리의 무릎을 세우고 담뱃불을 붙였다. 라이터 불을 끄면서 세운 무릎을 살그머니 벌렸다. 노팬티였다. 승기는 단박에 무슨 뜻인가 알았다. 이 바닥의 생존 법칙을 누구보다 잘 아는 승기다. 별 열여덟 개의 절반을 용산과 영등포역 앞에서 삐끼로 먹고살 때 만든 것이다. 정임이의 셈법은 노팬티의 속살처럼 훤히 보였다. 언제 한 번 줄게. 오늘 빌리는 팔만 원, 그걸로 퉁, 치자. 그런 속셈이었다. 승기는 바지 주머니에 구겨 넣은 돈을 꺼냈다. 오만 원짜리 세 장이었다. 아침에 은행에서 찾아온 생계 급여의 일부였다.

"야, 변정임. 다른 건 필요 없고, 다음 달 생계 급여 타면 갚아."

"승기 아저씨, 고마워."

"일주일 동안 밥하고 담배 굶을 테니까 꼭 갚아."

"땡큐. 내가 언제 섬 구경시켜 줄게."

***

승기는 방문을 열고 복도를 살폈다. 아무도 움직이는 사람이 보이지 않는다. 다들 무료 급식 빵 배급 타러 간 것 같다. 무료 급식을 먹지 않는 10호실 여수 노파의 방에서 텔레비전 소리가 새 나온다. 자신을 두 번씩이나 살려준 인연을 생각하면 염려할 일이 아니다. 조심스럽게 2호실 턱수염 방문을 두드렸다.

"이 배낭 들고 중앙시장에서 기다려. 영순 씨 순댓집 가는 입구, 알지?"

"너는?"

"정임이 보고 갈게."

"곧바로 와라. 딴생각 말고."

"그래. 나 먼저 나갈 테니까 조금 있다 빠져나가."

승기는 종종걸음으로 복도를 지나 1층 여인숙 출입문을 밀었다. 문이 열리지 않는다. 어라, 왜 이러지. 다시 밀려는 순간, 문이 저절로 열렸다.

"아저씨, 빵 타러 가려고?"

여사장 곽 여사였다. 벼룩시장을 다녀와 출입문 밖에서 노닥거리고 있었나 보다. 병용 형과 무료 급식 받으러 갈 참인 듯했다.

"나는 몸도 뻐근하고, 빵 생각도 없습니다."

"그려. 이도 부러지고 입술도 터졌으니 누룽지나 삶아서 드셔."

"두 분, 어서 다녀오세요."

"병용아, 가자. 늦어서 큰길까지 줄 서면 쪽팔리잖아."

하늘이 심상치 않다. 절반 넘게 잿빛 구름이 들어찼다. 며칠째 오리무중이던 장맛비가 쏟아질 것 같다. 날씨는 폭우의 전조답게 후텁지근하다. 금강여인숙을 한 바퀴 둘러보는 사이에 등에서 땀방울이 구른다. 터진 입술 속으로 소금 조각이 파고든 것처럼 통증이 느껴진다. 시큰하고 따갑다. 숨을 내쉴 때마다 앞니가 사라진 틀니의 빈틈에서 바람이 샌다. 북풍처럼 차고 맵다. 부러진 틀니가 아플 까닭이 없다. 더위 탓이다. 한낮이 되기도 전에 몸이 늘어지기 시작한다. 더위에 대한 몸의 반응이 정상이 아니다. 감각이 무뎌지는 게 아니라 죽은 감각마저 살아나는 듯하다. 승기는 한순간 불안감에 휩싸였다. 예상하지 못한 통증과 미묘한 반응이 이대로 서너 시간 지속되면 바닷가에 닿기도 전에 저혈당 쇼크처럼 고꾸라질지 모른다. 누군가 자신을 발견 못 한 채, 발견했으나 119구급대원을 부를 겨를도 없이, 부른다 해도 골든 타임을 놓치고 숨이 끊어질 것만 같다. 그러면 안 된다. 바닷가에 도착한 뒤엔 무슨 일이 벌어져도 괜찮겠지만 지금은 아니다.

승기는 고개를 털고 멀찌감치 풍경을 보았다.

이십여 미터쯤 떨어진 보천장여관 주차장에 사람들 예닐곱이 둘러앉아 있다. 주차장은 골목에서 더위를 피할 수 있는 유일한 공간이다. 3층짜리 여관 1층을 개조해서 주차장으로 사용하지만 승용차 두 대가 간신히 들어설 공간이다. 숙박 손님을 받지 않아서 늘 비어 있다. 그래서 달방 사람들의 휴게실이자 공용 취사장으로 쓰인다. 시골 마을회관이나 사랑방인 셈이다. 오늘도 사람들은 찜질방 같은 방에서 탈출하듯 나왔을 것이다. 수도여인숙 강 사장과 옆 골목 산호여인숙 관리자, 여관 달방 사람들이 보인다. 몸이 불편해 누워 있거나 도시철도 지하도로 더위를 피한 사람 빼고 걸을 수 있는 사람은 다 나온 것 같다. 일행의 복판에서 천길도가 쭈그려 앉아 프라이팬을 흔들고 있다. 한창 부추전을 먹는가 보다. 그런데 정임이가 보이지 않는다. 눈을 좁혀 뜨고 다시 둘러보아도 찾을 수가 없다. 천길도 말로는 벼룩시장으로 부추 사러 갔다고 했다. 그런데 아직 오지 않았나? 한 시간은 넉넉히 지났을 것이다. 부추전 서너 판을 먹고도 남을 시간이다.

아침에 방을 비운 정임이가 지금, 이곳에도 없다면……. 승기는 돌연 불길한 생각이 떠올랐다. 정임이 그년, 여인숙을 떴다. 쥐도 새도 모르게 날라버렸다. 전에도 그런 적이 있다. 생계 급여 하루나 이틀 전이다. 가능한 많은 사람, 할 수 있는 대로 최대한 푼돈을 긁어 사라졌다. 만약 오늘도 그랬다면 어쩔 수 없는 일이다. 십오만 원. 이 바닥에선 제법 큰 뭉칫돈이다. 그러나 그 돈 없어도 산다. 좀 아쉽기는 하지만 괜찮다. 지난달 며칠 굶었을 뿐, 멀쩡하게 살아 있지 않은가. 그 돈의 무게만큼 가벼워졌다는 생각으로 툴툴, 털고 떠나면 된다. 뒷골목을 떠돌며 벼룩의 간을 빼먹는 년으로 소문 난 변정임. 오죽하면 그러겠는가. 정임이는 최근 하루 한 끼만으로 연명하듯 견딘다. 수입이 없다. 초등학생만 한 체구에 못난 탓이 아니다. 코로나가 터지고 몇 년 동안 손님이 뚝 끊겼다. 이웃 여인숙에서조차 콜이 없어 폐업 직전이다. 섬에 두고 온 하나뿐인 딸에게 생활비 보낸 게 까마득하다. 씨발, 먹고사는 게 죽기보다 힘들어. 젊은 시절의 승기 자신처럼 오롯이 몸으로만 먹고살아 온 예순한 살 매춘부. 치아가 절반 이상 빠져나갔으나 틀니 낄 형편조차 못 되는 딱한 인간이다.

승기는 주차장 사람들을 피해 슬그머니 고개를 돌렸다. 그때였다. 돌아서는 시선 속으로 얼핏 천길도가 흔드는 손이 잡혔다. 승기 자신을 향한 손짓 같아서 주차장 쪽으로 다시 고개를 돌렸다. 오라는 건지, 가라는 건지, 천길도가 손바닥을 아래위로 흔들면서 소리쳤다.

"어이, 박승기! 이리 좀 와보게."

피할 수 없는 늪에 발을 들여놓는구나. 어쩌면 죽을 때까지 승부를 펼치는 검투사의 원형 경기장에 서게 될지도 모른다. 승기는 천길도의 입에서 자신의 이름이 터져 나오는 순간 직감했다.

"자네, 아까부터 금강여인숙을 두리번거리는데, 정임이

찾고 있나?"

"예. 뭣 좀 물어볼 게 있어서 말입니다."

"자네, 왜 솔직하지 못하고 그러나. 아까는 담배 때문에 왔다고 했잖아."

"담배도 필요하고……."

"자네, 정임이한테 돈 뜯겼지?"

"아닙니다."

"그년, 여인숙 떴어."

"방에 살림이 그대로 있는데요. 옷도 걸려 있고."

"그년이 무슨 살림이나 옷이 필요해. 걔는 팬티도 안 입어."

예감이 맞았다. 승기는 그러려니 했다. 별수 없는 일이다. 돈을 뜯긴 게 사실이니 담배로 둘러댄 게 무슨 대수냐. 천길도가 목에 핏대를 세울 일이 아니다.

"내가 진작 알아봤어. 그년, 아침에 부추 산다고 돈 만 원 달라고 하면서 뭐라 하는 줄 알아? 뭐, 내일 생계 급여 나오면 준다고 담배 한 보루만 사달라는 거야. 느낌이 이상하지만 오만 원짜리 한 장을 줬어. 그런데 그대로 날라버린 거야."

"……."

뭐 그럴 수도 있다. 이 바닥이 원래 그런 곳 아닌가. 승기는
침묵했다.

"그런데 자네, 정임이한테 돈 꿔준 게 아니라 살 섞으려고
돈 준 거 아니야?"

이게 무슨 말인가. 승기는 몸이 부르르 떨렸다. 몸 어딘가
에 웅크리고 있던 감각의 눈들이 한꺼번에 번쩍, 불꽃을
쏟아내는 것처럼도 느껴졌다. 순간, 귀에서 스톱워치의 초
침 소리가 들렸다. 중앙시장 입구에서 턱수염이 시간을
재는 소리 같았다.

"그게 무슨 말이래요. 정임이가 그래요?"

승기는 거의 절규하듯 반문했다. 그래서는 안 되는 줄
알면서, 늪에 더 깊숙이 파묻힐 줄 알면서, 무엇인가 작정한
듯 목소리를 높였다.

"내가 다 들었어."

다 들었다고 한다. 대체 무엇을 다 들었다는 말인가. 표정
으로 보아선 이제부터 천길도, 아니 이 세계의 상왕 천머리
의 강론이 시작될 것 같다. 사람들은 천머리의 강론을 진실
로 믿고 곧바로 세뇌될 것이다. 승기는 심호흡을 하면서
조용히 말을 삼켰다. 진실이 승리한다. 그런데 천길도가
사실과 진실을 구별이나 할까?

"정임이 한번 자빠뜨리려고 했는데 정임이가 자네 해바라기가 싫다고 했고, 자네가 성질나니까 돈 돌려받으려는 것 아니야?"

"나, 참. 길도 형님. 정임이를 자빠뜨리다니요?"

"자네, 왜 그러나."

"아니, 내가 뭘요? 정임이 그년이 진료비가 없다고 해서 십오만 원을 빌려준 게 전분데, 내가 뭘 어쨌다는 거죠?"

"야, 인마. 정임이 그년이 행태가 나쁘기는 하지만, 걔는 가족이야. 어떻게 가족끼리 살을 섞으려고 그래."

"아니, 형님. 사실 여부를 파악하고 말씀하셔야지요."

승기는 진실이라는 낱말 대신 사실을 선택했다. 천길도나 달방 사람들에게 진실은 무리다. 사실과 거짓만 대비시켜도 충분하다.

"형님. 내가 정임이랑 살 섞을 사람으로 보입니까? 나 참, 기가 찹니다. 양쪽 얘기를 다 듣고 사실과 거짓을 확인한 다음에……."

"너 인마, 이 바닥에서 이런 짓 자꾸 하다간 로또 귀신 만날 수도 있어."

로또 귀신? 느닷없이 튀어나온 그 말, 무슨 뜻인가 안다. 죽은 장 여사를 두고 하는 말이다. 지난겨울에 장 여사가 죽은 뒤, 방을 정리하던 천길도가 정부미 자루를 꺼내와 주차장에 엎었다. 자루에서 로또복권이 끝없이 쏟아져 나왔다. 복권 폐지를 분리수거 봉지에 쑤셔 넣으면서 천길도는 로또 귀신이 장 여사를 데려갔다는 말을 주문처럼 반복했다. 주차장에 있던 달방 사람들은 그게 사실인 것처럼 고개를 끄덕였다. 승기는 그 일을 모르는 척 입을 열었다.

"형님. 로또 귀신이 무슨 말인지는 모르겠지만 말입니다. 하여튼 형님 말씀에 사실이 아닌 게 있어요."

"뭐라? 사실이 뭐 어째? 그럼 내가 가짜로 꾸며댔단 거야?"

"내가 정임이 자빠뜨린다는 얘기부터 그렇잖아요."

"이 새끼가 누구를 사기꾼, 양아치로 몰아."

"형님 말이 다 옳은 게 아니라 오늘처럼 틀릴 수도 있다는 얘깁니다."

죽을 각오를 하고 칼을 빼 든다. 그 말, 지금 딱 승기가 그렇다. 무작정 덤비는 게 아니다. 천길도는 감춰둔 패가 없다. 승기 자신은 히든카드가 많다. 결정적 순간에 판을 뒤엎을 수 있는 패다. 담뱃값으로 끌어당겨 웃돈 얹어 팔아먹는 나라미. 밥그릇을 강탈당한 강진 놈부터 장 여사 아들의 증언. 쫓겨난 전설의 고향과 유격대장의 인권 유린. 무수한 지뢰밭들. 승기는 격해졌던 감정이 차분하게 가라앉는 것을 느꼈다.

　"형님. 내 말이 틀렸습니까?"

　"뭐야?"

　"사람들은 무슨 일이든 형님 말만 듣고 그게 사실인 줄 아는데, 사실과 다른 것도 많잖아요."

　"야이, 개새끼야. 이 새끼 청송 후배라고 대충 넘어가려고 했더니……."

　"잠깐, 잠깐만요!"

　10호실 여수 노파가 아니었으면 생각보다 큰일이 벌어졌을지도 몰랐다. 천길도가 주먹을 치켜세운 채 승기를 향해 달려드는 순간이다. 노파가 우산을 흔들며 두 사람 사이를 비집고 들어섰다.

　"천 실장님, 승기 아저씨. 다들 흥분 가라앉히소."

　과거 여수항 인근에서 주먹으로 날렸던 남편과 맞짱 뜬 노파다. 남편의 폭력과 외도를 참지 못한 어느 날이다. 속옷까지 다 벗고 칼로 아랫배를 그어 남편을 무릎 꿇게 했다. 남편이 향일암에서 변사체로 발견된 뒤, 바닷가 멀리 떠돌며 홀로 늙어가는 중이다.

　"이제 그만들 하시고 비 쏟아지기 전에 부추전이나 드입

시다."

할복을 시도했던 전력 때문일까. 노파 뒤에서 몇 차례 가쁜 숨을 몰아쉰 천길도가 말없이 의자에 앉았다. 승기는 주차장 밖으로 두어 걸음 물러났다.

여수 노파가 보천장 주차장에 나타난 것은 극적이었다. 흡사 영화의 한 장면 같았다. 노파는 무료 급식 빵을 타러 간 곽 여사가 돌아올 시간에 정확히 나타났다. 여인숙과 쪽방촌으로 이어진 골목길 저 끝에서 곽 여사와 병용 형이 걸어오는 게 어렴풋이 보일 때였다. 노파의 등장으로 끝이 보이지 않을 듯한 드라마는 반전도 없이 파국을 맞았다.

"자, 이제 부추전이나 잡수입시더."

"여수 아줌마. 부추는 없고 말짱 고추뿐이요."

"하모, 고추전 맞네요. 이리 구질구질한 날씨엔 고추전이 부추전보다 낫지예."

노파가 우산으로 프라이팬 옆 바닥을 탁, 탁 내리쳤다. 고추뿐인 밀가루 반죽이 애달프다는 눈빛이다. 달방 사람 하나가 듬성듬성 고추가 박힌 밀가루 반죽을 프라이팬에 한 국자 퍼담았다. 피지직. 프라이팬에서 기름이 튀었다. 이런 염병할. 점잖기로 소문 난 수도여인숙 강 사장이 비속어를 뱉으며 의자 밖으로 튕겨 나갔다. 그 모습에 살짝 웃음을 흘린 노파가 승기 쪽으로 다가서며 속삭였다.

"2호실 아저씨가 기다린다 캐요. 어서 가 보이소."

***

승기는 노파의 말이 끝나기가 무섭게 몸을 돌렸다. 역 광장과 큰길로 이어지는 골목이 텅 비었다. 골목 입구 어딘가에서 턱수염이 지켜보고 있을 것만 같다. 주차장 쪽으로 힐끗 눈을 돌렸다. 노파에게 인사를 드릴까 하다 그만두었다. 백여 미터 거리에서 곽 여사와 병용 형이 검은 비닐봉지를 흔들며 걸어오고 있다. 승기는 돌아서서 잰걸음을 했다. 금강여인숙 앞에서 잠깐 멈추고 들여다보니 정임이 방문은 열려 있는 그대로다.

"승기 아저씨."

열 걸음 남짓 빠져나가면 큰길에 닿는 샛골목으로 막 들어설 때다. 누군가 불렀다. 멈칫, 돌아보았다. 여수 노파다. 주차장에서 고추전을 먹는 줄 알았다. 급하게 뒤쫓아 왔는지 숨을 몰아쉬었다.

"우산 가져가소."

"예?"

"남쪽은 호우 경보 내렸어예. 태풍도 온다카고."

"……."

"바다가 좋긴 한데, 바람이 쎄서 탈이라예."

승기는 깜짝 놀랐다. 턱수염과 나눈 대화를 노파가 알고 있다. 종잇장 같은 벽에 바다가 스며든 것 같았다.

"아, 예. 고맙습니다."

승기가 우산을 받아 드는데 노파의 손바닥에 만 원짜리 지폐가 접혀 있다. 두 장이다. 승기는 놀란 눈으로 노파를 보았다. 눈가와 입술에 주름을 잡으며 노파가 미소를 지었다. 두 번씩이나 살려준 은혜도 갚을 길이 없는 터에 떠나는 줄 알면서 우산과 돈까지 챙겨주다니.

"이 돈, 2호실 아저씨가 준 거라예."

"예?"

"조금 전에 2호실 아저씨가 배낭 메고 나가면서 부탁했어 예. 십 분쯤 뒤에 밖에 나가봐달라고. 골목에 승기 아저씨가 보이면 얼른 순대국밥집으로 가라고 말해달라 했어예."

"아……."

승기는 이제야 가늠이 되었다. 턱수염이 소설가답게 상상 한 것이다.

턱수염은 시간에 쫓기면서도 기어이 정임이를 만나러

간다는 승기의 의도를 간파했다. 차용금 말고 다른 목적이 있다. 정임이를 찾아 여인숙 안팎을 두리번거리는 어느 순간, 틀림없이 천길도와 맞닥뜨릴 것이다. 피할 수 없는 천적의 조우다. 오늘 방을 빼면 서로 얼굴을 마주할 일이 없다. 그런 까닭에 승기는 자신이 떠난 뒤에 벌어질 일을 예상하고 천길도와 한바탕 설전을 벌일 것이다. 그동안 천길도의 갑질 행태에 대해 억눌러왔던 말들을 쏟아낼 것이다. 이 골목의 진실과 거짓에 대한 실상을 바로잡는 것, 그게 승기의 목적이다. 정임이는 그 목적을 위한 수단 같은 인물일 뿐. 청송감호소 선후배 사이에 양보할 수 없는 싸움이 벌어지면, 그때 노파가 나타나서…….

"내게 심부름 값이라고 줬는데 내가 돈이 뭐 필요하겠어예. 먼 길 가는 사람이 필요하지예."

승기는 우산과 이만 원을 받아 들고 고개를 숙였다. 무슨 말인가를 해야 할 것 같은데 아무 말도 못 했다.

"어여 가소. 어디 가든지 죽지 말고 잘 사소."

"예. 건강하세요."

승기는 한 번 더 고개를 숙인 뒤 돌아섰다. 시간이 지체되었다. 중앙시장 입구에서 턱수염이 애가 탈 것이다. 골목을 빠져나와 저만치 남쪽 하늘을 보았다. 여인숙 골목에선

보지 못했던 하늘이다. 하늘은 멀고 가까운 곳 어디랄 것 없이 짙은 회색이다. 볼수록 오랜 세월 갇혀 있던 콘크리트 벽을 닮았다. 어딘가 파란색 구멍이라도 뚫려 있으면 벽을 빠져나가는 비상구처럼 보일 텐데 전혀 없다.

승기는 횡단보도 신호를 기다리며 중얼거렸다.

이제 저 벽을 뚫고, 남쪽 끝까지 간다.

쓸쓸한 아름다움

이 면 우 (시인)

이강산과 나는 신탄진 사람이다. 나는 대전서 낳고 자라는 동안 고향 신탄진을 뻔질나게 들락거렸다. 그의 고향은 금산. 일찍 이주하여 초중고와 대학까지 마쳤으니 찐 신탄진. 오며 가며 마주치기도 했겠으나 첫 만남은 내 나이 사십 중반. 여덟 살 젊은 이강산이 그해 늦가을 불쑥 나타났다.

사람 만나는 처음이 아! 이래도 되는구나 할 만큼 깜짝 등장. 밀물처럼 막무가내 직장과 집으로 쳐들어왔다. 그는 그렇게 삶의 결이 나와 다른 사람이다. 먹고사는 일 빼면 나는 서재로 올라가는 동굴족. 그는 부지런히 이 일, 저곳, 쫓아다니는 스타일. 그렇게 화장실 천장 뚫고 만든 다락방에 그가 맨 처음, 다음 시인 류지남이 나타나고 소설가 한창훈, 시인 유용주가 그 뒤를 이어 사방 칠십 센티 정사각형 구멍 위로 쑥 올라왔다. 그 첫날. 천성이 선량한 웃는 얼굴 이강산이 서재를 쭉 일별하더니 어째 시인의 서가에 시집이 보이잖냐며 심각한 표정으로 바뀌던 기억. 이날 이렇게, 그와의 첫 만남으로 내 생의 방향이 결정됐다. 그동안 큰형인 소설가 이진우가 자신이 속한 문협 쪽에 『저 석양』을 소개했으나 한결같이 시큰둥. 그런 자리에 가닿고자 서울행 기차를 타고 다닌 쓸쓸한 기억. 그런데 대전·충남작가회의가 막 태동하던 무렵 이강산의 손에 이끌려 참석한 자리에서 참 낯선 환대를 경험했다. 고마울 뿐이다.

당시 직업 아파트 보일러 운전공. 건강보험과 연금에 올라타고자 현장 설치공에서 막 전환한 무렵. 노통 연관 세 대 나란히 세운 장방형 지하실을 자전거로 짧게 왕복하며 운전 상태를 점검했다. 그 지축을 뚫는 굉음 속으로 그날 이강산이 쑥 들어왔다. 환히 웃는 그의 손엔 몇 년 전 낸 내 첫 시집 『저 석양』이 들려 있었다. 나와 같은 아파트에 살며 그와 함께 신탄진 새일고교에 근무하는 미술 교사를 거쳐 마침내 가닿은 붉은 표지의 그것.

공주 사는 교사 시인 류지남이 두 번째로 다락방 서재를 방문한다. 해맑은 동안의 청년 교사가 건넨 『저 석양』에 대한 촌평. 잘 쓴 시가 아니라 좋은 시란다. 무슨 까닭인지 금강 강변을 길게 걷는 동안 나눴던 이야기 두 꼭지 중 하나. 사대 졸업 뒤 발령지로 떠나기 전 한 처녀와 밤 지새운 일. 넌 아랫목 난 윗목 그대로 아침을 맞았다는 것. 한참 뒤 대학원 수료한 일. 수료와 졸업의 차이를 내가 묻고 답 길게 듣던 중 강 건너 가장자리 얼음에 살짝 덮인 눈 보던 일. 중학 졸업인 내겐 참 멀고 아득하던 그 거리감. 그는 명예퇴직을 앞둔 2021년 1월, 등산 중 심장마비를 만난다. 그리고 공주에서 고향 청양 가는 큰길가 공원 시비로 남았다. 돌 속에 올곧고 선한 마음 깊게 새겨졌다.

시집 날개 글은 몇 차례 썼으나 발문은 처음. 그것도 소설집. 그가 아니면 누가 내게 떠맡길 것인가. 형 쉽게 가. 사는 동안 얽힌 일이나 그냥 풀어내. 오오냐 그래. 그렇게 빚 갚는 심정으로 받았다. 그러나 소설에 대해서 나는 게으른 독자. 그래 그의 시와 사진에 비끄러매 어물쩍 함께 가기로 한다. 미리 적어두지만 나는 칭찬과 좀 먼 사람이다. 내 시를 칭찬받을 때도 손발이 오글거린다. 이건 선천성이고 그것이 남의 작품을 칭찬하지 못하는 습성과 연관된다. 이건 다른 시인들에게 늘 부끄러운 일. 그래서 이번엔 작심하고 서툰 그걸 좀 흉내 내기로 한다.

나는 박용래를 사숙했다. 그의 시집 『먼 바다』 세 번 읽고 『저 석양』을 만났다. 애써 분류하면 박용래는 순수, 생활 시인. 건설 현장 근로자 이면우는 생활, 노동자 시인. 첫 시집 내기 전 이강산은 삶과 시의 결이 나와 달랐다. 민중시 계통 시편들 참 낯설었다. 그때나 지금이나 나는 박용래를 통해 세상의 모든 시를 본다. 진선미의 맨 마지막, 시의 궁극은 아름다움이라고 믿는다. 그러나 그와 나를 결정적으로 가른 건 실생활. 먹고사는 일 끝내면 즉시 귀가하는 나에 비해 그는 퇴근 뒤 전교조 시위 참가, 선후배 시인들 만나기, 이곳저곳 출판 기념회에 몸 내민다. 당시 같은 점은 술, 담배 외면. 가족에 나름 충실하다는 것.

그러나 정작 중요한 구분은 성장기. 중졸로 학업을 끝낸 나에 비하면 그는 모범 소년. 전체 다섯 손가락 안에 드는 성적. 그래 학교장 추천으로 이강산은 신탄진 떠나 구미 금오공고 입학. 기숙 시설까지 완비된 비용 일체 면제의 국립. 치를 값은 졸업 뒤 부사관으로 일정 기간 의무 복무. 이렇게 적어나가다 나는 드디어 그의 운명이 된 어떤 지점에

도착한다. 여기가 바로 이강산의 시, 소설, 사진을 관통하는 중심인 것이다.

금오공고에서 이강산의 전공은 제도製圖. 뾰족한 심으로 종이 위에 선을 그어 대상의 실체를 그려내는 일. 끊임없이 그리고 지우고 또 그리는 연속 작업. 이윽고 그는 제도 기능대회 메달 여럿을 거머쥔다. 이게 말로 쭉 써내니 쉽지만 나 같은 이는 도저히 견뎌낼 수 없는, 아니 애초 십 리는 달아나 버릴 그런 작업인 것이다. 나는 열 살 전 책상에 앉는 공부 말고 걸어서 왕복 오십 리 길 심부름을 더 즐겨 다녔다.

나는 보일러 운전공 이전 현장 설치공으로 길게 살았다. 그러니 일이나 생활에서 어느 정도 오차가 허용된다. 그러니까, 뭐 조금 어긋나도 이번 일은 여기서 끝내지, 할 수 있는 생활과 직업인 것이다. 그러나 소년 이강산이 맞닥뜨린 제도는 정밀 그 자체. 이것이 그의 일생을 관통한다. 무어든 열심히 하면 좋은 결과가 나타난다는 굳건한 믿음. 그가 시, 소설, 사진으로 꾸준히 확장해 나갔던 까닭도 이것과 관련된다. 시간과 공력을 집중하면 어김없이 발전하던 경험이 바탕이다. 그리고 지우고 또 그리면, 더 좋은 설계도가 틀림없이 나온다. 쓰고 다듬기를 계속하면 시도 소설도 좋아진다. 사진도 마찬가지. 평생 굳게 믿고 여기까지 왔다.

오십 줄에 만난 사진은 특별히 더 그렇다. 어떤 대상을 찍고 시점을 바꿔 또 찍다 보면 드디어 마음 적시는 게 나타난다. 애초에 여기서 그와 나의 갈림길이 생겼다. 나는 처음 바로 그때, 무언가 강렬한 게 안으로 들어선다고 믿고 가는 사람이다. 그게 오지 않으면? 안 쓰면 그만이다. 고백하자면, 나는 정신의 게으름을 즐기는 쪽이다. 몸 쓰는 건 좋아라 하지만 머리는 대체로 그냥 둔다. 삶이나 시에서 경쟁을 열심히 피한다. 다만 몸 쓰는 일로 느리게, 건강하게 살아내는 소망을 품고 간다. 시는 그다음이다. 그래 시집 간격 평균 십 년. 그러나 이강산은 시, 소설, 사진집을 삼 년 이내 한 권은 꼭 냈다. 삶을 대하는 생각, 태도, 행동이 달라도 너무 다르다. 내가 보기엔 몸과 마음을 콩 볶는 수준. 그걸 삼십 년 넘게 줄기차게 해냈다. 주 두 번 대전 서울 오가며 중앙대 대학원 사진 공부도 했다. 세상에 이런 이와 누굴 견줄까. 그렇게 사는 동안 변함없이 곁을 지켜준 그의 부인. 이 이가 또 대단하다. 백 명쯤 모인 자리에서 먼저, 혼자, 떠오르는 수려한 미인. 나이가 몸과 마음을 비켜 갔다. 건강하게 자란 세 자식도 빼놓을 수 없다. 무슨 별자리 타고났던가, 참 욕심 많은 사내 이강산이다.

　첫 만남 그때로 돌아간다. 일구구륙년 늦가을, 이면우 첫 시집 『저 석양』을 움켜쥔 그가 지하 보일러실 계단을 내려선 바로 그때 나는 자전거로 짧게 왕복하며 수면계, 압력계를 감시하는 중이었다. 그는 어두운 계단 쪽에서 막대 형광등 주렁주렁 천장에 매달린 눈부시게 밝은 세계로 쑥 들어섰다. 웃는 동안인 그는 소년처럼 환했다. 무슨 약속 먼저 있었던가. 아닐 것이다. 딱 일 년 쓰고 시집 한 권 낸 뒤 잊고 살던 내게 그는 첫손 내밀었다. 그렇게 이끌려 나는 비로소 지방 문단에 들어갔다. 이날의 만남 두 해쯤 뒤, 멈칫대던 한 중년 사내의 운명이 시인의 길로 방향을 잡게 된다. 당시 나는 물을 이용한 김칫독 특허에 몰두하던 중이었다. 이게 뭔가 돼주면 좋겠다는 기대, 딴짓보다야 책 보는 게 낫지, 하는 마음 반반. 사십 중반 넘긴 가난한 사내에게 사실 시는 특허보다 더 막막, 막연했다. 첫 시집 『저 석양』은 다락방 정부미 포대에 꽁꽁 묶여 있었다. 그런 내게 이강산은 소설가 한창훈을 이끌고 보일러실로 온다. 키 크고 영화배우처럼 잘생긴 그는 내 시 진행 방향에 강한 힘을 보탠다. 세 해쯤 뒤 그에 의해 비로소 중앙 문단과

접속됐던 것이다. 잠들기 전, 가끔 이 모두를 짧게 복기하며 나는 가슴 쓸어내린다. 사람이 다른 사람 운명에 이렇게 관계 맺는구나. 내 시의 길엔 고마운 이들 참 많았구나.

이강산이 중앙 일간지 신춘문예 최종심에서 떨어졌다. 생의 간난신고를 담은 자전적 소설. 일생을 걸고 꼭 쓰지 않고는 못 견딜 이야기. 그러니까, 문학은 독자가 듣고 싶은 이야기에 자신이 꼭 해내야 하는 그걸 교묘히 비끄러매는 것이다. 그 뒤 뚜렷이 나타나는 제도사 기질. 쓰고, 다듬고, 응모하기를 계속한다. 그러나 또 최종심 탈락. 나라면 애초 피해 갈, 그 간절한 기다림 뒤 긴긴 쓸쓸함에 대해 가끔 생각했다. 손가락 끝, 바로 거기까지 와 닿는 당선.
그해 가을 어느 밝은 정오, 마주 앉은 자리에서 그는 내게 그것에 관한 깊은 속내를 꺼내 놓는다. 직업, 가족, 문학, 이 셋이 함께 가는 지난함. 그는 이렇게 말했다. 내게 부족한 건 시간이다. 조금만 더, 조금만 더…… 결국 그는 소년기 제도 경험에 시달리고 있었던 것이다. 그날 마주 앉은 자리에서 나는 띄엄띄엄, 이렇게 말했다. 간격을 두고, 좀 쉬면서, 느긋하게 가라. 여기부턴 귀신이 도와줘야 되는 거다. 그가 내게 한 말은 대체로 이랬다. 형은 자신을 낭비하

322

는 중이다. 시를 쓰지 않는 건 자신에게 저지르는 죄다. 그리고 그가 학교로 돌아가기 전 떠돌던 길고 쓸쓸한 침묵.

　그런데 이날 나는 특별한 경험을 하게 된다. 고백과 충고 두 시간 넘겨 서로 말하고 듣던 중, 십 년 뒤 눈으로 지금을 보게 된 것이다. 거실 창밖 벚나무 가지에 울던 새, 잎새 사이로 떨어진 투명한 햇빛. 암적색 장판 사방연속무늬에 반짝 빛났던 먼지. 야근 끝내고 돌아와 잠 뒤채던 내게 그의 조바심이, 문학적 성공에 대한 열망이 어느 지점부터 옮겨와 이렇게 살아서는 안 된다, 그렇게 죽어서는 안 된다. 생의 막막함 뚫고 그래 해보자, 한 번 더 해보자, 울리는 내면의 소리를 듣게 된 것. 여덟은 아래지만 선생이던 이강산이, 내겐 부족하지만 당신에겐 넘치는 시간 허투루 쓰지 말라고 꾸짖는 자리였던 것이다. 당시 나는 시를 외면하고 물로 된 김칫독 특허에 매달리던 중. 점심 짬 찾아와 자신의 문학에 대한 열망을 십 년 뒤 내게 조목조목 들려주며 일깨웠던 것이다. 같은 무렵 소설가 한창훈은 전화로 시 쓰세요, 시 안 쓰면 산 것도 아니에요, 달에 한 번 정해놓고 그렇게 권유하던 중. 그렇게 나는 두 번째 시집 『아무도 울지 않는 밤은 없다』를 준비하는 시의 길로 들어선다. 그리고 그와 나는 멀어졌다. 상대의 깊고 아픈 데까지 서슴없이 빠르게 내려갔던 그 두 시간 뒤로 오래 만나지 못했다. 삶의 계층과 결이 달랐고 무엇보다 나는 일 관계된 것 말고 사람 만나길 피하는 쪽. 이강산은 찾아 나서는 마당발. 그런 그해 겨울 돌연 아이엠에프가 왔다. 나는 아파트 지하 보일러실을 떠나 충남대 파워플랜트로 옮겼다. 비로소 밝고 어두운 지상의 한 부분이 된 것이다. 야산과 숲이 있는 그곳, 왕벚나무들 흰 구름 크게 한 짐씩 머리에 이고 저 끝 보일러실까지 함께 가던 봄, 길. 심야 가로등 사이사이 쓴 그 시편들은 중앙의 문학 전문지에 연달아 발표되며 호평을 받게 된다.

이강산이 대전과 서울에서 사진전을 열었다. 그는 중앙대 사진학과 대학원에 등록하며 더 깊이 들어선다. (실은 대학원을 중간에 그만두었다. 여인숙 다큐 작업으로 달방에 파묻히면서 돈과 시간에 쫓겨 자퇴했다. 그래서 사진이 더 깊어졌는지도 모른다.) 나는 검정고시 거쳐 방송대 찍고 한남대 문창과 대학원. 참 힘들게 가던 시절이라 그의 사진전에 가진 못했다. 그러던 어느 날 발표된 그의 시 「나무 기러기」를 만났다. 이마 쌔하게 좋았다. 하늘 땅 새, 지극한 인연의 아름다움이 간결하게, 너무 깊지도 높지도 않게 표현됐다. 그동안 이강산의 시에서 만나지 못했던 맑고 서늘한 그것. 이건 제도사가 다듬고 또 다듬는다고 나타날 시공간 결코 아니다. 몽땅 걸고 끝까지 밀고 간 뒤 비로소 만나는 어떤 체념의 세계. 그때 나는 이강산의 시가 드디어 박용래의 '쓸쓸한 아름다움' 속으로 들어섰다고 생각했다.

박용래, 이강산의 연결 통로가 되는 사진을 짚어본다. 육십년대 끝 한글 시단에 말로 찍어낸 흑백사진 돌연 나타난다. 의미에 꽂혀 있던 흐름에 던져진 박용래 영상시映像詩. 지극히 압축된 한 행은 찰칵, 그대로 한 장 사진이 된다. 이건 말 그대로 시대적 상상 이상이다. 백지에 그런 사진 몇 장 간격 두고 세워 완성된 낯선 시. 그 틈새 투명한 공간은 독자 마음 오래 머물도록 넓고 깊다. 그렇게 박용래 명시「저녁 눈」은 같은 저녁 품은 쓸쓸한 마음이 자신을 들여다보게 만드는 힘을 지닌다. 따라서 음미되는 모든 생은 아름답다. 나는 그 쓸쓸한 공간으로 이강산이「나무 기러기」를 밀어 올렸다고 생각했다.

그러나 이건 그의 사진을 보기 전 일이다. 그러니까, 그동안 두 번쯤 사진전을 연 이강산이 쓴 시를 그냥 막연히 연결시켜 보았을 뿐이다. 그의 사진이 깊다는 소문 말고 실제로 만난 건 한참 뒤 일이다. 처음 본 순간 나는 몸 부르르 떨었다. 그동안 나는 이강산의 시를 통해 사진과의 보상관계를 가볍게 정리하고 덮었다. 박용래가 끈질기게 사진을 향해 갔다면 이강산은 사진을 통해 새롭게 시의 길로 들어섰다고. 그러나 이런 상념은 모두 그의 사진을 보기 전의 것이다. 속절없이 무너져 내리기 전 일이다.

불후不朽에 대한 짧은 정리. 세월 지나 소환될 때 그것은 기록으로 불후가 된다. 이강산의 사진집 맨 뒷장부터 펼쳤을 때 처음 밀어낸 중얼거림 아! 바로 그 길이군. 대전 (구)역광장 북쪽 한참 걸어 어둡고 긴 굴다리 빠져 북북동으로 나서면 더 좁고 구부러진 골목들 연결하며 군데, 군데, 피난민촌. 그 길 따라 말이 끄는 수레들 함께 사람들 어깨 부딪히며 흘러 다녔다. 일천구백육십년대 중반까지 그랬다. 먹고사는 일 시내에 있으니까, 돈 되는 날품이든 공장 직공이든 아침 길 따라 시내로 나갔다가 저녁 길 되짚어가는 것이다.

배고픈 시절, 그 길에 연결된 작은 네거리에 적갈색 설탕소 넣는 빵 가게가 문을 열었다. 연탄 화덕 여럿이 달군 대형 오븐에 쉴 새 없이 구워내도 긴 줄 서 기다려야 차례가 왔다. 그리고 가로등 없는 길 따라 뜨거운 빵 봉지 함께 가깝거나, 멀거나, 아주 먼 피난민촌까지 발걸음 재촉한다. 참 오래 잊고 살았다. 반세기 더 지나서야 이강산의 사진

속 그 길로 나는 갑자기 소환된 것이다. 눈발 날리는 쓸쓸한 풍경 속 허물어지기 직전 사람들. 낯설게 시작해 한꺼번에 익숙해지는 어떤 느낌. 모든 예술은 영혼의 감각적 표현이다. 한 시공간을 아릿아릿 떠도는 말똥 냄새, 따각따각 말발굽 소리, 뱉고 던지는 고함, 분주한 발자국들, 살갗에 와닿는 찬바람. 결국 삶 또는 아름다움은 그걸 느끼는 자의 몫이다. 그리고 이 모든 것은 공동체 속에서 나와 다시 공동체 속으로 흘러 들어간다. 나는 이강산이 시와 소설로 가닿고자 진력한 그 지점에 사진으로 우뚝 섰다고 생각한다. 문학의 꿈인 진, 선, 미의 맨 나중인 미의 지경에 도착했다고 믿는다. 그리고 가장 중요한 건 그걸 끌어낸 공동체 속으로 고스란히 되돌려놓는다는 것이다. 이것이 불후에 대한 그의 예술적 태도다. 박용래의 「저녁 눈」, 「봄비」, 「삼동」이 품는 그것. 보는 자와 보여주는 자가 여전히 '함께 있음'의 그 '쓸쓸한 아름다움'이 드러내는 생의 비의秘意.

그러니까, 이강산의 명품 사진집 『여인숙』은 사진으로 만나는 박용래다. 그리고 사진 속 그 길은 시인 신정식 내외가 살던 먼 피난민촌에 가닿는 길. 한 잔 술에 외로워진 박용래가 두 잔 술과 시 찾아 걸어간 저녁 눈 흩뿌리는 길. 나는 부르르 등줄기로 짧게 떨었다.

내부자의 시선, 진실의 거리

 글과 다큐멘터리 사진 작업으로 전국의 철거 현장과 전통 여인숙을 오가는 중이다. 각각 30년, 15년을 넘겼다.

 사회적 소외와 외면의 시공간에서 힘겹게 생존을 이어가는 여인숙과 쪽방촌 사람들. 철거재개발 현장에서 '생존권 사수하자', '여기서 죽자' 투쟁의 머리띠를 두른 영세 원주민과 세입자. 나는 그들을 가족이라 부른다. 함께 먹고, 자고, 싸우고, 119구급차에 실려 가는 거처에서 혈육의 인연을 맺은 어머니, 이모, 형님, 누이, 아우, 삼촌이다. 중편 소설 「별의 나라」와 「바다, 인간의 조건」은 그 가족들 이야기다. 「금반지, 인간의 조건」의 중심인물 이 씨는 일제 징용과 한국전쟁에서 살아남아 평생 오일장 장터를 떠돈 장돌림 아버지다.

붕괴 위험과 폭력적 갈등, 생존권 싸움으로 숨 가쁜 순간순 간 가족들은 내게 강변했다. 진실을 쓰고 찍어라. 공존과 상생을 도모하라. 가족들 말에 쫓기듯 나는 몇몇 욕망과 인연을 끊고 철거 예정지의 여인숙 1평짜리 달방에 박스 살림을 들였다. 어언 4년이 지나고 있다.

'모든 소설은 가족사다.'

선배 작가께서 들려준 이 말을 나는 달방 천장을 가로지르 던 바퀴벌레가 모기장 위로 떨어지는 모습을 지켜보며 수없 이 되뇌었다. 죽은 앞방 형님과 행방불명이 된 옆방 누이의 빈방에 마구 토해내기도 했다. 그 까닭이 중편 소설집 『바다, 인간의 조건』에서 찾아질 수 있을 것이다. 『바다, 인간의 조건』은 가족들 실존의 진실을 탐구하려는 나의 희망을 문자의 렌즈로 기록한 다큐인 셈이다.

***

'진리를 규명하고 싶은 감정이 격렬하게 움직이기 시작'

해서 일본 최고의 다큐 사진 '미나마타'를 기록한 구와바라 시세이. '직접 체험하지 않은 허구는 한 번도 쓴 적이 없다'고 천명한 작가 아니 에르노. 그리고 발터 벤야민.

이들은 내게 글도 사진도 '산책자가 아니라 내부자의 시선'이 필요함을 일깨워 주었다. 내가 중심을 잃고 흔들리면 그때마다 거리距離의 문제를 송곳처럼 들이밀었다. 대상과 나의 물리적, 심리적 거리를 좁히지 않으면 불가능한 작업이 다큐멘터리다. 소설도 마찬가지라는 생각이다.

이 당연한 이치를 종종 의심한 덕분일 것이다. 현재 내 시선이 머문 시공간이 어딘지, 진실을 분별할 만큼 거리는 좁혔는지, 여인숙과 철거 현장을 오가며 시시때때로 내게 반문하는 것은. 『바다, 인간의 조건』이 그 대답의 일단을 보여준다면 다행이겠다. 장편 소설 『나비의 방』의 중심인물 한용주와 소설집 『아버지의 초상肖像』에서 결별을 밝힌 아버지를 다시 등장시킨 까닭도 내부자의 시선에서 찾아질 수 있기를 기대한다.

***

오랜 세월 장터를 떠돌던 아버지를 어머니와 내가 지켜본

것처럼 오늘도 집 밖으로 떠나는 내 뒷모습을 아내와 삼
남매는 오래 바라본다.

　가족에게 미안하다는 말을 제대로 못 한 채 나는 오늘도
신발 끈을 묶는다.

2024년 가을

이강산

바다, 인간의 조건

초판 1쇄 발행 2024년 10월 15일

지은이 이강산
펴낸이 조기조
펴낸곳 도서출판 b
등 록 2003년 2월 24일(제2023-000100호)
주 소 08504 서울특별시 금천구 가산디지털2로 169-23 가산모비우스타워 1501-2호
전 화 02-6293-7070(대) | 팩시밀리 02-6293-8080
이메일 bbooks@naver.com | 홈페이지 b-book.co.kr

I S B N 979-11-92986-28-9   03810
정 가 15,000원

* 이 책은 2024년 〈대전문화재단〉 대전문화재단 ☲ 의 지원을 받았습니다.
* 이 책 내용의 일부 또는 전부를 재사용하려면 저작권자와 도서출판 b의 동의를
  얻어야 합니다.